天空の女王蜂《ホーネット》

F18 発艦せよ

夏見正隆

Natsumi Masataka

文芸社文庫

目次

■登場人物

【西日本帝国】

愛月《まなづき》有理砂（27）　帝国海軍空母〈赤城〉所属・F／A18Jホーネットのパイロット。

望月ひとみ（25）　帝国空軍救難航空隊・UH53J大型ヘリコプターの機長。

森高美月（23）　帝国海軍戦艦〈大和〉・着弾観測機シーハリアーFRSのパイロット。

葉狩真一（29）　分子生物学者。十年に一度の俊才。女の子にはもてない。

峰剛之介（48）　西日本帝国・陸海空三軍の統合幕僚議長。海軍中将。女性問題により独身。

木谷信一郎（47）　西日本帝国の内閣総理大臣。若い頃は苦学生だった。

迎秀太郎（22）　森高美月の後席に搭乗する着弾観測員。総理秘書官・迎理一郎の弟。

波頭《はとう》少佐（34）　国家安全保障局の軍事アナリスト。

羽生恵（30代半ば）　国防総省勤務の情報士官。もと峰の愛人。空軍中佐。

葉月佳枝（25）　帝国空軍E3A早期警戒空中管制機《AWACS》の電子戦オペレーター。津田塾卒。

原田次郎（36）　帝国空軍F15イーグルの編隊長。民間エアラインへ移籍を希望している。

【東日本共和国】

山多田大三（？）　自称『世界で一番偉い』東日本平等党委員長。独裁者。

加藤田要（42）　平等党第一書紀。大三の片腕。

水無月是清（26）　大三に反旗を翻した水無月現一郎の息子。共和国陸軍大尉。母はロシア人。

プロローグ

ピピピピピピピピピ！

何よ、もう。

ピッピッピッピッピッピッ！

「姉さん、鳴ってるよ」
「いいのよ」

ピピッピッピッピピッピピッ！

「うるさいわねぇ、もう」
「電話、したほうがいいんじゃない？」

その夜。

すべての始まりだったその夜。

わたしは都会を見下ろすジュニアスイートの二人がけソファで、三歳年下の俊之の膝《ひざ》の上に乗っかって、ルームサービスで取ったカマンベールチーズを口移しで食べさせてもらっている最中だった。

ソファの脇《わき》に用意したクーラーの中のドン・ペリニヨン（最上級のシャンパン。すっごく高いんだこれが）もまだ栓を抜いていなかった。

わたしの喉《のど》が欲しがっている。

今夜は思いっきり欲求を満たすつもりでこの部屋を取った。


ピピッピッピピ、ピピピピピッ！　ピピピピピイピー！


ベッドのサイドボードにのせた、わたしのバッグの中で携帯の特定呼出音が鳴り響き続ける。

「んもう、うるさいわねえ！」

わたしの雇い主は、わたしが取るまで鳴らし続けるだろう。

それは、わかっていた。

鳴り始めても五分間は取ってやらないのが、わたしのささやかな抵抗だった。

「ちょっと待ってね」

俊之のおでこに「いい子」と軽く口づけして、彼の膝を降りた。ため息をつきながら、ベッドサイドへ行って（ストッキングの素足でカーペットを踏みながら。スリッパはどこかへ蹴《け》っぽってしまった）、携帯を取った。

『帝国海軍司令部です』

女性のオペレーターが出た。下士官だろう。

『愛月中尉に非常呼集がかかっています。ただちに六本木国防総省へ出頭してください』

「ちょっと待って」

わたしは髪をかきあげる。

休暇中をそう簡単に使われてたまるものか。なんのために今わたしは、シティーホテルの最上階のジュニアスイートでピンキー・アンド・ダイアンを身にまとっているのだ。

「わたしいま、奥多摩の山奥の温泉に来ているの。さっき山道が崖《がけ》崩れで埋まってしまったわ。今夜中の出頭は不可能よ」

『愛月中尉』

オペレーターの女性下士官は素っ気なかった。

『海軍では休暇中のパイロットの所在をすべてＧＰＳで把握しております。中尉の現在位置は、六本木プリンスホテル、七階７０２号室。着替え時間も含めて、国防総省まで徒歩にて十八分三十秒以内の出頭が期待されます』

なにが『着替え時間も含めて』だ、このやろう。

切れた携帯をにらんだ。

「姉さん、やっぱり呼び出し？」

わたしは、ため息をつく。

「ストッキングを脱ぐ前でよかったわ」

「でも」

わたしより三つも若い俊之は、わたし以上に離れがたいようだった。

「ごめんね」

わたしは、向き合うと三センチほど背の高い俊之の前髪をかき上げるようにして、年上のお姉さんの精一杯甘い声で、優しく言いきかせた。

「ごめんね僕。行かなけりゃならないわ」

「姉さん」

抱こうとする腕を、マニキュアの爪《つめ》でゆっくりとほどく。「駄目よ」と彼のみぞおちのあたりを人差し指でつっついて、きびすを返し、バスルームへ行く。お泊まりのために持ってきていたヴィトンの小旅行用のバッグを取る。たぶん、着替えがいるだろう。海軍のパイロットが呼び出される先は、ひとつしかない。

「行くわ」

「姉さん、五分あれば一回くらい」

「駄目よ」

誘惑するなよ。わたしだって辛《つら》いんだぞ。

「海軍士官の、辛いところよ」

エレベーターの中で、マニキュアをふき取った。

六本木プリンスから国防総省までの短い距離を乗せてくれるタクシーなんて、ありっこない。オペレーターが言ってたように、徒歩で走らなくてはならないだろう。

「あー、パンプスなんだ、靴」

わたしは下降するエレベーターの中で舌打ちする。

わたしは、愛月《まなづき》有理砂《ありさ》。

西日本帝国海軍の中尉。一年半前から、海軍でいちばん危険な仕事についている。

そう、艦載機パイロットというやつだ。

今つきあっている三つ下の俊之も、実は空軍の戦闘機乗りだ。ふたりっきりの部屋の中ではべろべろに甘えるくせに、空軍では至って優秀らしい。F15からの転換訓練を通過して、先月から衛星高度戦隊に配属されている。栄《は》えある宇宙飛行士だ。一応。

「ねえ国防総省まで乗せてってくれない？」

「ふざけんなよお姉ちゃん。目と鼻の先じゃねえか。歩いていきなよ」

タクシーにはやっぱり、乗車拒否されてしまった。

「ええい、走るか」

アークヒルズを背にして、わたしは六本木交差点の方向へ走る。

ふと振り返ると、アークヒルズの向こう側にイルミネーションを灯した〈壁〉が見える。なるべく都市の美観をそこねないように装飾をほどこした、わたしたちの西東京と向こう側の東東京を分断する、通称〈六本木の壁〉だ。わたしの生まれる前から帝都東京を東西半分にぶった切っている。六本木プリンスの最上階からは、向こう側の東東京を見下ろすことができる。

わたしは走る。でも夜を楽しむための赤いパンプスでは、そうそう走れはしない。

「いいや。ゆっくり行こう」

ピンキー・アンド・ダイアンのピンクのミニのワンピースの腰に巻いた金のチェーンが、早足で歩くたびにジャラジャラと鳴った。クラブの入ったビルが立ちならぶあたりに来ると、急に恥ずかしくなってきた。

（いかに俊之の好みとはいえ、二十七のみそらでボディコンのミニだなんて。ああ恥ずかしい。これじゃクラブにたむろしているねーちゃんと同じじゃないの）

信号が、赤だった。

頭上を首都高速が通り抜ける六本木交差点で、わたしはいらいらと立って待つ。

「お嬢さんお嬢さん」

後ろから気持ちの悪いホストクラブ風の男が声をかけてきた。

無視しようとしたが、男はわたしの首筋にからみつくように寄って来て、

「お嬢さん、あなたを非常によい条件でスカウトしたいのですが」

「なによ。急いでるのほっといて」

「いえいえお嬢さん。わたくしの見こんだところ、あなた様はサロンで最高の〈女王様〉におなりあそばされる素質をお持ちです。ぜひわたくしどものサロンで才能を開花させ――ぎゃふんっ！」思いっきり振り回したハンドバッグが顔に命中して、いかがわしい風俗のスカウトの男は後ろ向きにひっくり返った。

「こっちは忙しいのよっ！」

信号が青になった。

「い、いえお嬢さん」

男はめげずに、歩き出したわたしの前にへいこらしながら回りこむ。

「あなたのその、思い切りのいいパンチならば、確実に当サロンナンバーワンに――」

「そこをおどきっ！」

わたしは気持ち悪いホストクラブ男を蹴飛ばすと、猛然と交差点を渡った。男はなおもめげずに、鼻血をとばしながらついてきた。しつこいやつだ。

「いやさすがです。その素質は、すばらしい」

交差点を渡りきると、シャッターの下りた銀行の前に〈募金屋〉がたむろしていた。

（あ、面倒な連中がいる）

夜の六本木にまるで似合わないやぼったいセーターに、ここ一か月洗ったことのないようなジーパン。おまけに若いくせに太っていて、髪の毛は脂だらけ。顔ときたひには、そろいもそろって肉まんのような輪郭に不精ヒゲがぶちぶち、へびのように細い眼にぶあついくちびる、今どきはやらない黒ぶちのごつい眼鏡をかけていて、そのレンズがまた、大昔の牛乳びんの底だ。

「お姉さんお姉さん」

まずい。寄ってきた。

首から『アジアの人民を救え』とへたくそなマジックで書いたボール紙の募金箱を下げて、四、五人の〈募金屋〉はわたしの進路をはばみ、取り囲むようにして迫ってきた。

「お姉さん、いい格好だなあ」

「かっこいいなあ」

「俺《おれ》たちなんか、相手にしないんだろうなあ」

うぐっ。こいつら、風呂に入ってるのか？

「どきなさいよ」こいつらにかまっている暇はない。

「お嬢さんお嬢さん」後ろからスカウトの男が追いついてくる。

ややこしいことになってきた。

〈募金屋〉たちは、わたしに向かって言いがかりをつけ始めた。

「お姉さん、いい格好して、幸せだなあ」

「六本木で、ボディコン着て、男をいっぱいひれ伏せさせて、うまいもんおごらせて、いい気になって遊んで、そんなことしてて、アジアの人民に申しわけが立つのかなあ」

「アジアの人民が飢えているのに、そんなことしてて、いいのかなあ」

「なによ、あんたらの言う〈アジアの人民〉って、自分たちのことなんでしょ？　募金なんかしないわよ！　そこをどきなさい」

「いいのかなあ、そんなこと言って」

「アジアの人民を怒らせていいのかなあ」

不気味なへびのような細い目が、黒ぶちメガネの牛乳びんの底でちろちろと燃え始めた。

「お嬢さんお嬢さん、さあここは危険です、交差点の向こうへ戻って、わたくしどものサロンへご案内いたしましょう」

「このボディコンの、遊民め！　アジアの人民にすまないと思ったら、募金するんだ！」

「募金しろっ！　あり金のこらず、おいていけっ！」

ええいもう、面倒くさい。

(おまえら、海軍士官を怒らせて、後悔するなよ)

八秒後。

〈募金屋〉五人といかがわしい風俗サロンのスカウトの男は、六本木交差点を渡り終えた歩道の上で、血まみれになって転がった。

パンパン

(男六人お仕置きして八秒か。まあ足元がパンプスにミニスカートだからな。こんなもんか)

軽く手の埃《ほこり》をはらって、わたしはふたたび走り出した。

国防総省の前庭の芝生には、真昼のようなライトに照らされてSH60J対潜ヘリコプターが一機、メインローターを回しっぱなしで待機していた。

キイイイイイン!

「愛月中尉!」

インカム付きヘルメットにオレンジ色の飛行服を着た機上武器員が、大声で呼んだ。

「お待ちしていました。乗ってください!」

わたしはピンキー・アンド・ダイアンに赤いパンプスのまま、白い機体の側面に血のような日の丸を染めぬいた対潜ヘリコプターのデッキに飛び乗った。

ヴオオオオオオ!

わたしのパンプスがアルミ合金のステップにかかるが早いか、SH60Jのメインローターは猛烈に回転を上げ、夜の六本木国防総省の前庭をテイクオフした。

キイイイイン！

ネオンがみるみる小さくなる。

開け放されたヘリのデッキは、ものすごい風が吹きこむ。

「中尉！」

副操縦士の少尉の坊やが、前部の操縦席からロープにつかまりながらやって来て、わたしに大声で耳打ちした。

「お休みのところ申し訳ありません」

「あんたが謝っても仕方がないわ」

わたしも大声で怒鳴りかえす。

「わたしをどこへ連れて行くの？」

「洋上の母艦〈赤城〉です。正確に言いますと、三宅島《みやけじま》沖」

「休暇中の戦闘機パイロットまで呼び戻して、なにがあるって言うの？」

「よくわかりませんが」

少尉は叫んだ。

「今から一時間後に、海軍航空艦隊は緊急作戦を展開するそうです！」

「緊急作戦？」

わたしは風圧に負けないよう怒鳴る。

「東日本が、攻めてきたとでも言うの？」

「わかりません！」

高速を誇る（といってもわたしのF18に比べたらアリみたいなものだが）最新鋭のシコルスキー・ヘリコプターは、あっと言う間に芝浦上空を飛び越え、レインボー・ブリッジを左下に見ながら東京湾上に出た。

「洋上に出たので１５０ノットに増速します！　デッキを閉めますから！」

「そうしてちょうだい！」

わたしはショッキング・ピンクのミニのワンピースのすそを押さえながら叫んだ。

1. 有理砂出撃

有理砂　三宅島沖
十二月一日　〇時二十九分

ヘリは満月に照らされた蒼黒《あおぐろ》い海面を見下ろしながら南下した。

「中尉。あなたのフライトスーツをお持ちしました。着替えてください」

少尉がカーマインレッドのフライトスーツと装具一式をさしだした。

「わたしのロッカーを開けたの？」

「非常時だったものですから、その——母艦の更衣室にある中尉のロッカーを、開けさせていただきました」

「H」

「こちらにヘルメットもあります」

少尉は真っ赤になりながら飛行ヘルメットをさしだした。

「いいわよ。着いてから着替えるわ」

「そうもいきません。あと五分で、三宅島沖を北上中の〈赤城〉に着艦します。降りてから着替えたのでは戦闘機隊の発艦前ブリーフィング（打ち合せ）に間に合いません」

ＳＨ60Ｊは四千フィート下の海面目がけて降下を開始した。

「ええいしょうがないわ」

でもどうやって着替えろっていうんだ。対潜ヘリコプターのメインデッキは戦術航空士席《TACCO》の電子戦コンソールに、振り向けば後ろは機上武器員席で、ソノブイの投下装置が床から突き出ていて物陰なんてありはしない。もちろんトイレなんかついてない。

「ああもう」

周囲を見回して隠れて着替えるのが不可能だとさとったわたしは、

「いいわよいいわよ。あんたたちを男とは思ってないから。全員、むこうを向いてなさい。命令よ！」

わたしは足下におかれた装具の山からフライトスーツをつかみあげた。

「ちょっと、インナー・スーツは？」

「は？」

少尉が振りかえる。

「インナー・スーツ、ですか？」

「あなた、女性パイロットが普通の下着でフライトスーツ着られると思ってるの？」

「そ、そういうものがあるとは、知りませんでした」

幹部候補生学校を出たての少尉は、また顔を赤くした。

「ま、知ってるほうが気持ち悪いけどね。いいわ」

わたしは六本木プリンスにお泊まりするために用意した、ヴィトンのボストンバッグを開けた。明日の朝、ホテル中庭のプールで泳ごうと思って、黒いワンピースの水着を持ってきていた。

「いいわ。水着で代用するから。本当はベビーパウダーもあるといいんだけど」

戦闘飛行はものすごく身体を振り回されるし、ものすごく汗をかく。

「あ、そうですか」

「ほらほらっ、全員あっち向いて！」

「はっ」

「はっ」


キイイイイイイン！

ガシュンッ！

二階から飛び降りるのに近いショックをともなって、ＳＨ60Ｊは西日本帝国海軍・制式空母〈赤城〉の飛行甲板の右舷《うげん》前部に着艦した。

ヒュウウウウウウンン――

タービンエンジンが切られ、巨大なメインローターが頭上を空回りする中を、フライトスーツに着替えたわたしは飛び降りる。

すでに飛行甲板には格納庫からエレベーターでせり上がってきたF／A18Jホーネット艦上戦闘／攻撃機が何機も、ライトに照らされて発艦準備に入っている。

「中尉。ヘルメットをお忘れです！」

ヘリの少尉が後から早足でついてくる。

「わたしの機に載せといて！」

「ど、どれでしょうか？」

「機首に女王蜂《ホーネット》のマークが描いてあるF18よ。いいわね？」

発艦準備の行われている方を指さして怒鳴ると、わたしは飛行甲板を艦橋へ走った。

空母の艦橋は艦載機の司令塔もかねており、アイランドと呼ばれる。

「愛月中尉！」

呼ばれて振り向くと、制服姿の高級将校が立っている。

「郷司令」

〈赤城〉の航空団司令、郷大佐だった。長身の渋い中年、わたしの好みである。昇進しすぎて、最近あまり戦闘機に乗っていないと聞く。

「よく間に合ったな。ブリーフィングルームへ行く必要はないぞ。飛行前ブリーフィングは無しだ。ただちに搭乗したまえ！」

「ブリーフィング無しで、ですかっ？」

潮風がびゅうびゅう吹いている。

「いったい、何なのです？」

「とにかく飛べ。やることは、行けばわかる」

「そんな！」

わたしは、ばさばさになりはじめたロングヘアを手で押さえながら叫び返す。

「目的地も任務も、気象条件も知らされないで？」

すると、

「北の気象は良好です。お姉さま」

「留美」

わたしと編隊でペアを組む、本多留美《ほんだるみ》少尉がいつの間にか後ろに立っていた。フライトスーツ姿にニーボード（パイロットが膝《ひざ》に置いて計算に使う板）を持って、出撃の支度をととのえている。

「お姉さま、一時間前に、空軍から緊急支援要請があったのです。わたしたちは北へ飛びます。それ以外は、知らされていません」

ショートカットの留美は真剣な目を向ける。

「わたしたちへの命令は、F18に対地攻撃のフル装備をして北へ向かえ、それだけです」

「そういうことだ愛月中尉」

「そんな――」

わたしは飛行甲板を振り向いた。

甲板はライトに照らされ、飛行列線に並びつつあるF18の機体のまわりはナイターのグラウンドのように明るく、どこかの地方の喧嘩《けんか》祭りみたいに大勢の整備員が罵声《ばせい》を上げながらかけずりまわっている。


ヒュイイイイイイン！

エンジンを始動するための高圧空気コンプレッサーが、わたしのF18にスタート・エアを送りこみ始めた。

「乗るわ。手伝って」

「中尉。よく間に合いましたね」

「休暇中を無理やり呼び出すんだもの。人使いの荒い海軍だわっ！」

わたしの機を担当するメカニックに、ショルダーハーネスを締めるのを手伝ってもらう。

「何事なんでしょうね中尉？　うわさでは〈東〉と戦争になるんじゃないかって、みんな心配してますよ」

「知らないわ。司令に聞いてよ！」

座りなれたF18ホーネットのコクピットに、わたしはおさまった。

（あれ？）

わたしはコクピットの風防ガラスに載せられたヘルメットを見て、それが自分のものでないことに気づいた。

「あいつ、間違ったのかな」

酸素系統をチェックしているメカニックに、大声で聞く。

「わたしのヘルメットじゃないわ！」

「え？」

「これ、わたしのヘルメットじゃない！」

「ああ」

メカニックは酸素マスクのチェックを終えてマスクをわたしに手渡しながら、

「中尉、試作品の運用評価だそうです。これで飛んでください」

「試作品？」

わたしはかぶってみるのだが、ロングヘアがうまくおさまってくれないし、新型にしては少し重たい。

「いやよ、フィーリングが違うと困るわ」

「とにかく今日は全機これで飛べということです」

「髪のおさまりが悪いわ。前のに替えてよ、あたしこれ嫌よ」

「スタート・エア送ります。ご無事で！」

「あ、ちょっと！」

メカニックはコクピットを離れ、ラダー（はしご）を駆け降りて車輪のチョークを抜く。

本能的にパーキングブレーキを確かめたわたしは、ロングヘアのおさまりが悪い新型のヘルメットを直し、ストラップをかけた。

「もう！」

甲板要員が走ってわたしの機から退避していく。

救難要員が消火器を持って位置につく。ヒアリング・プロテクター（防音キャップ）を耳にはめたメカニックの下士官が誘導用の発光スティックをかかげてわたしの左前方に立つ。発光スティックを回し『ナンバー1エンジン・スタート』の合図。

わたしはキャノピーを跳ね上げた艦上戦闘機のコクピットで、肩をひねり機体の左側をチェックする。

わたしのホーネットの主翼の下の外側ハードポイントに装着した、AGM62ウォールアイ空対地ミサイルと内側ハードポイントのMK《マーク》83レーザー誘導爆弾の信管から、兵装要員たちが〈REMOVE BEFORE FLIGHT《飛行前に取りはずせ》〉の赤いセーフティー・ピンを抜いて、飛行甲板の列線の外へ退避していく。

左側第一エンジンのエア・インテーク（空気取り入れ口）付近に誰もいないのを確認すると両手に革手袋をはめ、左手を上げて人差し指を立て、わたしはナンバー1エンジンを始動する合図を返した。


――『司令、北へ向かう、ということは、〈東〉と戦争になるのですか?』

『たしかに君たちは東日本共和国の領域内へ侵入する。しかしこれは戦争ではない』

『対地攻撃フル装備で〈東〉へ侵入するのに、戦争ではないって――』

「ナンバー1、スタート」

わたしは左手をキャノピーの外に出したまま、右の親指でエンジンスタート・パネルのクランクスイッチを〈L〉に入れる。

バシュッ！

背後で音がして、エア・コンプレッサー動力車からホースを通じて高圧空気が左の第一エンジンに送りこまれる。IHI／GE-F400ターボジェットエンジンのタービンが、回転を始める。5パーセント、10パーセント、15パーセント——

インインインインイン——

——『戦争ではないのだ。むしろ支援だ』
『支援？　爆弾かかえて東日本を？　いったい何から支援するのです』

回転数25パーセント。左のスロットル・レバーをオフからアイドルへ進める。

ドン！

イグナイターが点火し、ケロシン燃料に着火した。排気温度と回転数が急激に上がる。

キイイイイイン！

（ホウ、いい音だこと。いつ聞いても）

ファンが飛行甲板の風を吸いこむ。母艦〈赤城〉は35ノットで風上に突進している。が、凪《な》いだ月夜だ。それ以上の向かい風成分は期待できない。対地攻撃のフル装備で、機体中心線下に３００ガロンの増槽ひとつ。これじゃきつい発艦になる。タービンの回転65パーセント。排気温度４７０度。アイドリング安定。油圧もい い。わたしは前方のメカニックに『第二エンジンスタート』の合図を送る。西日本帝国海軍は、F18Jの機体からAPU（補助動力ユニット）を取り降ろしてしまった。旧式空母〈赤城〉の狭くて短い飛行甲板で運用するには機体の重量を目いっぱい削らないといけないから。おかげでわたしは、こうして前時代の遺物みたいなエア・コンプレッサー動力車にスタート・エアをもらってエンジンをかけないといけない。まだるっこしいったらありゃしない。

――『やることは、行けばわかる。君はいつもの五番機だ。とにかく飛んでくれ中尉』

『無茶苦茶ですわ！』

（まったくもう）

心の中で悪態をつきながら、右の第二エンジンを同じ手順でスタートする。

合図を送り、顔に酸素マスクをかけ、コクピットのキャノピーを閉じる。気密のかかる瞬間耳にキンときた。
（俊之――今ごろ一人で寝てるのかしら……）

――『姉さん、宇宙でちょっと怖い目にあったんだ』
『怖い目って？』
『うん――空軍の機密で言えないんだけど――このあいだ初めてスクランブルがかかって、領空侵犯してきた〈東〉の軌道母艦を追ったんだ。そのときに、ちょっと』
（あの甘えん坊、キスしたあとに変なこと言ったな。そういえば――）

――『撃たれたの？』
『ううん。ただ、変なものを見た、としか言えない』
『変なもの？』
『妙な黒い影が、満月を横切った。ごめんそれ以上は言えないんだ』
『いいわ、聞かない。今夜はうんと甘えなさい』

『うん』

（ああ、いかん）

頭をよぎる会話を、軽く首を振って追いはらう。アフタースタート・チェックリストを済ます。まったく、本当なら今ごろベッドの中にいたっていうのに。三か月ぶりだったのよ。休暇中の士官を呼び出すのやめて欲しいわ、海軍は。

『クイン・ビー5、発艦位置へ』

発艦士官の声がヘルメットのイヤピースに入る。

「ラジャー」

わたしは短く答え、左の後ろを振り返る。双発エンジンの始動を終えたもう一機のF18ホーネットがそこにいる。

「留美、行くわよ」

『いいわお姉さま』

「言い忘れたわ。上がる前にそう呼ぶのはおよし。司令の前で恥ずかしいったらありゃしなかった」

『クイン・ビー6、5に続き発艦位置へ』

『ラジャー』

そう、本当ならわたしは、今ごろ六本木プリンスの最上階のジュニアスイートルームで、ぬくい毛布にくるまって三か月ぶりに逢《あ》うボーイフレンドとごろにゃんごろにゃん楽しんでいたというのに。〈六本木の壁〉のイルミネーションがなまめかしく美しく、その向こうの〈東東京〉は不気味に暗くて静かで、その光景を見下ろしながらルームサービスで取ったカマンベールを口移しに食べさせてもらいながらドン・ペリを飲んでたというのに。

（硫黄《いおう》島基地の宇宙飛行士と空母乗り組みの艦載機パイロットのカップルっていったら、月に一度も逢えやしないのに。あーまた欲求不満がたまる。どうしてくれよう）

わたしはブレーキをリリースしたF18を、アイドルパワーでごとんごとんと走らせる。今日は空母から離艦が可能な最大の重量に近い。対地ミサイルと爆弾のフル装備だ。こんなのは訓練でも珍しい。

ズオッ！

先行する四番機のF18がアフターバーナーに点火した。長い槍《やり》のようなオレンジ色の炎。

ななめ後ろのここから見ると、機体はほとんど見えず闇夜《やみよ》に炎だけが伸びていく。

わたしはなるべく炎を見ないようにする。いつも航空身体検査で両眼の暗順応が遅いと指摘されるからだ。

ドシュンッ!

先行機を載せたカタパルトが作動した。わたしの眼の前で白い蒸気を上げて双尾翼のF18が打ち出される。キャノピーを密閉していても機体がじかに轟音《ごうおん》を受け止めてびりびり震えている。先行するF18はあっという間に発艦した。次はわたしの番だ。

マーシャラーの誘導に従ってカタパルトの発艦位置に着ける。パーキングブレーキで車輪をロック。メカニックが駆け寄って、わたしのF18の前輪をカタパルトに取りつけて固定する。わたしは左右のラダーペダルを交互にフルに踏みこみ、続いて股《また》の間のコントロール・スティックを前後・左右に倒す。機の左前方につき添っているメカニックがわたしの機の操縦舵面の動きに異常がないことを目視確認して親指を上げる。まったく、F16みたいに操縦桿《かん》をサイド・スティックにしてもらえないかしら。座ったら脚を開く習慣ができてしまった。今朝ひさしぶりにタイトミニスカートなんてものをはいて日比谷線に乗ったら、座っても両ひざがくっつかなくて困ったったらありゃしない。

誘導員がカタパルト装着OKの合図。わたしは両の爪先《つまさき》を軽く踏みこんでブレーキを外す。ビフォーテイクオフ・チェックリストの手順に従い、コクピットのセットアップを確認する。レーダーを長距離サーチモードでONにし、闇夜の離艦にそなえ眼の前のヘッドアップ・ディスプレー（風防投影式計器）の輝度を少し絞る。準備よし。

「クイン・ビー5、発艦カタパルトについた」

『クイン・ビー6、待機位置でホールドする』

『了解。クイン・ビー5離艦せよ。発艦後ただちに要撃管制官にコンタクト』

「ラジャー」

右手で合図を送る。オレンジ色のヘルメットをつけた発艦士官の手が上がる。飛行甲板脇《わき》のガラス張りのコントロール・モジュールの中でカタパルト管制士官が蒸気圧力をチェックし、射出スイッチに手をかけて合図する。わたしはスロットルをミリタリー・パワーまで進める。アフターバーナーが自動的に点火する。

ドドドドドド！

あごを引き、息を吐いて下腹を引っこめ、ヘッドアップ・ディスプレーの姿勢表示に視線を集中して衝撃を待つ。女性の戦闘機パイロットがフライトスーツの下にレオタードに似たインナー・ボディースーツを着けるのは、高Gがかかる戦闘飛行で紐《ひも》のようなものを身体に着けていると皮膚を傷つけるのと、Gで下着がずれてもスーツのファスナーを開けて直している暇がないからだ。その上ものすごく汗をかく。ワンピースタイプのボディースーツならどのように飛んでも平気だが、へたに普通のブラなんか着けた日には、爆弾投下と同時に引き起こしをするとGでおへそまで下がってしまう。

発艦士官が手を振り下ろした。

ぐいんっ！

加速がかかった。夜のはずなのに眼の前が真っ白になった。ロスアンジェルスのグレート・アメリカにある〈コロッサス〉ジェットコースターが三十五度の斜面を駆け落ちる時の十倍ぐらいのGが衝撃となってわたしのボディーを打った。

「行けぇーっ！」

前をにらみながら下腹に力を入れてわたしは怒鳴った。カタパルトの射出加速に気合い負けしてはならない。戦闘飛行は最初の一瞬がかんじんで、こいつ（F18）にご主人が誰なのか、甲板を離れる瞬間からわからせてやらないとこの女王蜂はその日一日言うことを聞いてくれない。

ズバッ！

甲板をクリアした。スティック（操縦桿）ですくなくとも水平を維持しながら素早く車輪を引っこめる。１４０ノット。速度エネルギーを保ちながら徐々に機首を上げて上昇に転じる。速度さえ得られればこっちのものだ。２００ノット。フラップを上げると、アフターバーナーを切ってしまう。五万フィートまで上がるような要撃戦闘ミッションではない。燃料は節約して行こう。このろくでなしの女王蜂は、わたしと同じくらい優雅なボディーラインをしているくせに低空の侵攻ミッションではがばがば燃料を食うのだ。

「レベルオフ（水平飛行）」

スティックをほんのわずか前に押して機首を下げ、海面をはうような１０００フィートで水平に加速して行く。３００ノットで両のエンジンを経済推力にセット。

『クイン・ビー5、こちらは〈赤城〉要撃管制。編隊集合ポイントへ誘導する。ライトターン（右旋回）して機首方位０２５度。高度５００フィート（１５０メートル）に降ろせ』

「ライトターン、ヘディング０２５、ディセント５００」

復唱し、機の右側を確認してロールに入れる。スティックをほんのわずか右に倒してやるとわたしのF18はひょいっと四十五度のバンクを取る。

（空気が濃いと反応だけはいいわ、こいつ）

機首を下げてほんのわずかにスロットルを引いてやると、するすると高度が下がる。５００フィートか。気のきいた高層ビルのてっぺんよりも低い高度。わたしのF18は、軽く散歩する程度の３００ノットで編隊集合ポイントめざして北上した。

有理砂
房総半島東方海上

　房総から北側には一万フィートのあたりにべったりと雲の層があった。月が隠されて闇夜になるばかりか、星も見えなくなってしまった。今夜は海面に漁船の漁《いさ》り火もない。

「闇夜か。まいったな」

　念のため、電波高度計のアラームを500フィートにセットしておく。海面も夜空も区別がつかないから、計器だけが頼りだった。

（さあどこへ連れてってくれると言うの？　六本木から突然呼び戻して、ろくにブリーフィングも無しで空へ射ち出しといてさ）

　普通、艦載機パイロットが攻撃目標も任務内容も、気象状況も説明されずに発艦させられることなどあり得ない。今夜はなにか異常だ。

――『緊急事態なのだ、愛月中尉』

〈赤城〉の搭載する八機のF18が残らず出撃していた。

昭和初期に建造されたという航空母艦〈赤城〉は、艦齢四分の三世紀を過ぎてなお現役である。太平洋一年戦争、という主にアメリカを相手にした戦役がかつてあって、ミッドウェー海戦という会戦で日本の艦隊はアメリカの空母機動部隊を誘い出すのに成功し、まぐれか運がよかったのか、これを完膚なきまでに撃滅してしまった。おかげで日本は、開戦から約一年で、ほぼ対等の条件でアメリカをはじめとする連合国側と講和することができたという。そのミッドウェー海戦での日本艦隊の主力空母が〈赤城〉だったという。わたしがF18を飛ばしている同じ飛行甲板から、旧帝国海軍の零戦《ゼロせん》や艦爆が真珠湾やミッドウェー沖の敵空母めがけて出撃したのだという。

ミッドウェー海戦でもし負けていたら、と思うと背筋が寒くなる。日本は、どうなってしまっただろう？　戦争が泥沼で続いたら、当時アメリカは原爆の製造に成功しかかっていたし、日本本土が核攻撃を受けることだって十分に考えられたのだ。そう思うと、〈赤城〉は日本を救った栄光の空母（古くてせまいけど。とくにわたしの士官室の冷房がきかないのはなんとかして欲しい）、と言えるのかもしれない。

その後、なぜ日本が西日本帝国と東日本共和国に分断されてしまったのか。その話をし始めると長くなるからここではやめておこう。

――『緊急事態なのだ、愛月中尉。〈東〉で何かが起きている』
『司令。何かがって言われても、女は抽象的な話は駄目なんですけど』
『東西の対立をいったん棚に上げて、日本民族が――いや人類全体が、かもしれんが――団結して事に当たらねばならんほどの、危機が迫っているのだ』

「そんな大げさな」

わたしはつぶやいた。

「何者かが日本本土に侵攻してきているのか……？　国連は何をやっているんだ」

そんなにあわてて助けに行かなければならないような事態なら、〈赤城〉の八機が助っ人に行ったって、役に立つのかどうなのか。

「やだな。ベッドインの寸前で呼び出しかけられて、これで戦死でもしたらわたしは浮かばれないわ」

仲間がもっと多ければいいのに、とわたしは思った。

でも他の空母〈飛龍《ひりゅう》〉、〈蒼龍《そうりゅう》〉はそれぞれ南方の紛争地域に張りついて哨戒任務に当たっているし、〈加賀〉は佐世保でドック入り、〈瑞鶴《ずいかく》〉はアフリカへＰＫＦに行ってるからこのあたりにいる西日本帝国海軍の制式航空母艦は〈赤城〉ただ一隻ということになる。

最近は西日本帝国軍も忙しくて、アジアの秩序維持だけでは済まずアフリカの内戦の調停までやらされているから人手が足らない。三か月ぶりの休暇で六本木でベッドインの寸前だった女性パイロットまで呼び戻さなければ攻撃機が飛ばないのである。

しかし、爆弾を下げて越境するというのに『攻撃目標は行けばわかる』というのはどういうことだ？　越境——そう、利根川から北、もっと正確に言えば東京都の東半分と茨城県埼玉県から北側の本州全部、それに北海道は半世紀前から〈敵地〉なのである。

——『中尉、〈目標〉へは、空軍のストライク・イーグルが君たちをエスコートするはずだ。ついて行けばわかる。ついでに言うならば、空軍の対地攻撃飛行隊は大半が消耗してしまった』

（大半が消耗——つまり、全滅ってこと？）

——『対空砲火の布陣もわからずに、対地攻撃に向かうのですか？』

『対空砲火はたぶん無い。何度も言うようにこれは東日本共和国に侵攻するミッションではない。支援に行くのだ。だから〈東〉のＳＡＭ（地対空ミサイル）の攻撃は受けないし、高射砲も撃ってはこないだろう。が、しかし、さらに強力な未確認の手段によって反撃を受ける可能性が高い』

『東日本が撃たないのなら、誰に反撃されるのです？』

『未知の何者かに、だ』

「まさかゴジラでも出現したんじゃないでしょうね」

わたしは操縦席でため息をつく。

銚子《ちょうし》沖の編隊集合ポイントまで、25マイル。あと三分だ。

『お姉様、1マイル後方にいます。寄ってもいいですか？』

「いいわ留美。いつものポジションにつけて」

編隊灯を、左側だけ点灯した。推力をほんのわずか絞って、速度を落とした。わたしの僚機をつとめる本多留美少尉のＦ18が近寄ってきやすいようにだ。

（いったい〈東〉で何が起きたんだ？）

わたしは〈赤城〉の要撃管制に誘導され、パートナーの留美をともなって銚子沖の編隊集合ポイントへ飛んだ。発艦して初めて左腕のロレックスＧＭＴマスターを見やると、深夜０時47分だった。

インナー・スーツの代わりに着たワンピースの水着は、すこしきつかった。初めてかぶったヘルメットもわたしの頭にフィットしなかった。

わたしは二十七歳。普通の大学を出て、海軍飛行幹部候補生の戦闘機コースに入って五年になる。F18には一年半前から乗っていた。日本は東西に分割され緊張していたが、小競り合いを繰り返すのみでわたしがそれまで実戦らしい実戦に出されたことはなかった。

その日わたしは、自分の初めての実戦の相手があんな悪魔のようなやつだとは、想像してもいなかった。

2. 帝都西東京

＊愛月有理砂が非常呼集を受けて東日本共和国の領域へ出撃する三日前から、実は災厄と危機は始まっていたのだった。

彼女のフライトに戻る前に、しばらくその動きを追ってみよう。

有理砂の出撃より三日前の、自由が丘の路上から物語は始まる。

自由が丘
三日前夕刻

三か月ぶりに国防総省へ出頭しようというのに、シャツがよれよれであることに気づいた生物学者・葉狩真一は、三浦半島野比の国立海軍研究所からずっと乗ってきた年代ものの日産マーチを第三京浜から降ろすと、環八を少し南下して自由が丘の街に入った。指示された出頭時刻は午後六時、まだ一時間ほどある。どこかで新しいワイシャツを買うくらい、たいした寄り道にはなるまい。

「俗世間は明るいなあ。目にしみる」

真一は一年のうち三百六十日くらいを自分の研究室で過ごす。二十九歳。京都大学理学部では十年に一度の俊才といわれ、大学院を出てからは乞《こ》われてハーバード大学の分子細胞学研究所で三年間研究員としてバイオテクノロジーの基礎研究に従事した。その後、西日本帝国海軍研究所に招請されて帰国、現在では同研究所の講師である。着任と同時に海軍少尉に任ぜられた。彼は機密にも近づかなければならないので、将校であることが最低限必要であるのと同時に、貴重な頭脳が流出しないように海軍が厚遇したのである。

西日本帝国で海軍士官といえば、エリートであった。しかし、学位や経歴や現在の肩書きがその世界でいかに輝かしかろうと世間は厳しく、彼はまったく女の子にもてなかった。ひょろひょろの身体に頭はいつもぼさぼさ、メガネを外すと一歩も歩けず、あまりに体格がみすぼらしいので海軍研究所の入り口ゲートに新入りの警備兵が配置されたりした日には、彼の海軍少尉の身分証明書を信じてもらえず『貴様どこで盗んできた』とひと悶着《もんちゃく》おきるのが常であった。『頭なんか今の半分でいいから、そのぶんかっこよくなって女の子にもてたい』というのが彼の口ぐせだった。京都大学なんて入る必要はない、大学なんて立命館でたくさんだから、そのぶん女の子にもてたほうが男は幸せだ、というのが彼の持論であった。自分には生物学を研究する才能しかないからいつもここにいるんだ、研究室では王様だけど外では乞食同然だ、と時折こぼしてみたりもするが聞いてくれる女の子の助手なんかいやしない。海軍研究所は男だらけであった。だからこうして久しぶりに街へ出てくると、歩いている女の子たちがまぶしくてたまらないのである。

錆《さび》の浮き出た十年物の青いマーチの外は十一月末の木枯らしだった。今しも渋滞で停《とま》った彼の車の横を、あったかそうな赤いコートにブーツ姿の髪の長い女の子がカツカツと歩いて追い越して行くところだった。さらさらのロングヘアが風にふわっと舞い上がる。

「う〜ん」

一瞬、シャンプーのにおいをかいだような気がして、真一は眩暈《めまい》がした。

渋滞の列がすこし動き、真一の車は数メートル前に出て、女の子にすこし追いついた。女の子は依然後ろ姿のままで、どうやら東横線自由が丘の駅へ向かって歩いて行くようだった。どこへお出かけして、どんな楽しいことをするんだろうと真一は思った。あのような可愛い女の子がいったいどんな日常生活を送っているのか、真一には想像できなかった。〈可愛い女子大生〉というのは、彼にとって別の世界の生物であった。生態は謎《なぞ》だった。彼には研究用のラットとハムスターが友達だった。

パッパッと後ろからクラクションを鳴らされ、彼はまたすこしマーチを前に出した。年代物のエンジンがくらんくらん鳴っている。大学院の時に先輩から、ただ同然で譲ってもらった車である。本当は海軍少尉の俸給ならいい新車が買えるはずなのだが、彼は収入をほとんど読みたい本につぎこんでいた。研究者とはだいたい、そのようなものである。

女の子は自由が丘駅前のロータリーを回って歩いて行く。ロングヘアで隠れて顔は見えなかった。歩道の隅にずらりと並んでうずくまる乞食や浮浪者の群れと距離をあけ、歩道の真ん中をカツカツと歩いて行く。

　彼は息をついた。

「僕はいったい……何をしてるんだ」

　国防に関する重大な要件があるので出頭されたし、とメールを受けたのが二時間前。すぐに研究室を飛び出してきた。野比の海軍研究所の門衛は、彼の青いマーチを敬礼で送り出してくれた。そうだ、自分は国防に重要な役割を占める貴重な頭脳なんだぞ、と真一は自分に言い聞かせようとした。これから六本木の国防総省へ行くんだ、そこではみんな僕を必要として待っているんだ。

「貴重な頭脳か……」

　ふん、と自嘲《じちょう》的に彼は笑った。

　赤いコートのロングヘアの、ミニスカートにブーツの可愛い女子大生が嬉《うれ》しそうに手をあげた。自由が丘駅前の柱にもたれて、黒いカシミアのコートを着た背の高い格好いい若い男が彼女を待っていた。

「ふん！」

　真一は思わず、ハンドルを握りしめた。

「元素のイオン化傾向も知らないくせに幸せそうにしやがって」

　真一は気をとり直し、自由が丘駅のロータリーに車を停めると、フロントガラスのワイパーに〈海軍特別駐車許可証〉をはさんで降りた。

そんなとんでもないところに車を停めているのは、彼の貧弱なマーチの他には窓を黒くぬりつぶした巨大な車体のベンツが一台と、当然そこに停る権利を有しているような顔をした大学生が左の運転席に座ったシルバーメタリックのポルシェが一台だった。

もちろん正式に駐禁を取られずにすむのは真一の車だけである。真一はポルシェと、駅の改札前に鈴なりになった待ち合わせの女子大生たちを交互に見て、顔をしかめた。

（いかん。久しぶりに研究所から出ると、俗世間の毒気に当てられそうだ）

真一はなるべく周囲を見ないようにして、新しいワイシャツを買うべくそれらしい店をさがして歩いた。

若者向けの、洋服を並べた大きな店があったので入ることにした。

それは大きな間違いだった。すぐにシャツは買えた。しかし、金を払う段になり店員が言い出した。

「お客さん青いカード作りませんか青いカード。得ですよまだお持ちじゃないんすか青いカード。ねえ作りましょうよこんなにお得すよ青いカード。青いカード作りましょうねえ早く作りましょう便利すよ青いカード。持ってて損はないすよ青いカード

青いカード」

「いや、時間がないから」

「青いカード作りましょうよお客さん青いカードとっても便利すよほら映画館だって安くなるよ作りましょう作りましょう青いカード」

「いや、金を払ってすぐ行きたいんだ」

「手続き簡単すよお金もいりません作るだけですから名前書くだけですからほらこんなに手軽で特典いっぱい青いカード青いカード」

「いや」

「こんなに言ってるのに作らない気かこの野郎」

「だって」

「ねえお客さん作ろうよほら名前書くだけだよ。お金も一切いらないんだよ特典いっぱいだよ。あんたは作るべきだよ青いカード便利で簡単青いカード。ほら申込書に名前書いて後ろのお客さん並んでるじゃないか早くしなよ青いカード。早く名前書けよ名前書かなきゃいけないんだよ、あんたは名前書かなきゃいけないんだ、名前を書くことを命令する」

　遂に店員は、本性をむき出しにして真一に命令し始めた。

「さあ書け。早く書けこのうすのろ」

「………」

真一は、これ以上取り合うのは労力の無駄とあきらめ、素直に名前を書いてやることにした。ただだって言うし。

「よぉし」店員はクレジット申込用紙をひったくるように取り上げると、がちゃこんがちゃこんとその場で手早くカードを作り、ほらよと真一に手渡し「盗難保険料百円だ」と言って手を出した。

「あんた今、無料だと言ったじゃないか」

「実は、盗難保険料がかかる」

「ふざけるな」

真一は怒って、カードいらない、申込書返せと言った。

店員は鼻で笑った。その男の店員は、最初から真一のみすぼらしい身なりを見て、心から馬鹿にしていたのだった。

「一度作った物は返せない」

「じゃあ、その百円はあんたが払え」

「ふざけるなこの野郎。さっさと百円払え。払うことを、命令する！」

男の店員は、ふたたび真一に命令した。

「ううううう！」

　真一はくやしさに歯を食いしばった。どうして、自分は街に出てくるたびにこういう目に遭《あ》うのだろう。自分はラットやハムスターの友達でいたほうがよいと言うのだろうか。まともな人間としての社会生活には向かないのだろうか？

　それというのも自分の片寄った才能のせいだ。生物学を研究する才能だけ突出して、他がおざなりじゃないか。だからこうしてクレジット屋の店員にいわれのない馬鹿にされ方をしなくちゃいけない。でも、自分は身なりに気を遣っている暇があったら研究をしたいんだ。それが悪いと言うのか？　これでも最近は、国防総省の人たちに不快な気分を味わわせないために、六本木に出頭する時には新しいシャツに替えて行くようにしているんだ。それなのに！

「ううっ、ううっ」

　真一はわなわなとふるえた。

「どうした早く払えこの野郎。後がつかえてんだぞ」

　この野郎！　真一は心の中で叫んだ。今、思い知らせてやる。

(使うのか？　あれを)

　真一は自問した。当然だ。こんなやつには思い知らせてやる。

「なにうーうーうなってんだこの野郎、さっさと──」

　店員の顔が、なんだこいつ？　とストップした。

真一は、よれよれの黒いコートのポケットから、ペンライトのような物をつかみ出すと店員の顔にまっすぐ向けた。

「あん？」

「――――」

真一は黙ってスイッチを入れた。それは実際、真一がペンライトのボディーを使って作った〈武器〉だった。

「ひ――、ひっく！」

店員がいきなりしゃくり上げた。その表情が、みるみる変わっていく。赤くなり、続いて青くなった。

「――――」

真一は黙って男を見ている。

「ひ、ひ、ひ」

店員は真一から目を離せなかった。知性のない両目が見開かれた。まぎれもなくそれは、恐怖の表情だった。居丈高に真一へ命令していた店員が、ペンライトのようなものを向けられた瞬間、どうしたわけか恐怖にひきつり始めたのだ。

「ひ、ひいいいいいい！」

店員は耐えられなくなったように、クレジットカウンターから転がり出ると、あろうことか真一の足下にひれ伏してあやまり始めた。

「も、も、申しわけございません！」

「――――」

真一は、冷ややかに男を見下ろしていた。

「申しわけございません。お許しください。もうしません」

店員は、床に土下座してタイルに頭をこすりつけた。ざわざわと人が寄ってきた。何事だろうとみんなが見る中を、男は土下座を繰り返した。

「申しわけございません。私が悪うございました。お客様どうかお許しを！」

「――駄目だ」

真一はぼそりと言った。真一は小さな声でつぶやくように言ったので、まわりの買い物客には真一が男に何と言ったのかは聞こえなかった。

「命令する。今この場で着ているものを全部脱げ」

「ひ、ひえええええ」

真一はもう一度、目立たぬようにペンライトを男の顔にむけてスイッチを入れた。男はびくびくっと反応し、殺されるよりは脱ぐほうがはるかにましだと言わんばかりにその場で裸になり始めた。

ペンライトはもともと真一が六本木の国防総省へ出かける時にはいつも持っていく

物だ。

　毎回毎回国防総省の正門で、乞食と間違われて門衛に追い払われるのに腹を立てた真一が、一回で門を通過できるようにと作った道具である。単三のアルカリ乾電池で動き、先端にはレンズの代わりにシャッターがついていて、スイッチを入れると特殊な放射線を発生する。放射線は人体に無害だが、首の後ろの延髄に当たるとそこに〈恐怖ペプチド〉という物質を発生させる。ジョギングをする人は脳内にエンドルフィンという快楽を司《つかさど》る麻薬のような物質が発生して気持ちよくなると言われるが、ちょうどその逆の現象が起きるのである。この放射線を顔に向けられた人間は、真一に畏怖《いふ》の念を抱く。

　国防総省の正門を通るためには門衛にちょっと畏怖の念を抱かせてやるだけで十分だが、目盛を最強度にセットすると、このように相手に真一を悪魔のように怖がらせることも可能だ。もちろんこの手製の〈武器〉の存在は誰にも秘密にしている。

「『私はサギ師ですごめんなさいごめんなさい』と大声でわめきながら、裸で売り場に小便をかけて歩け」

　真一は小声で命じた。

「ひ、ひいいいいっ！」

　男は、一秒でも早く命令に従わないと殺されてしまうかのような怖がり方で、素っ

裸のまま売り場のフロアへ走り出ると、

「わっ、わっ、わたしは、サギ師ですっ！　ごめんなさいごめんなさいっ！」と声の限りに叫んだ。

「わっ、わたしは、サギ師です！　ごめんなさいっ！　ごめんなさいっ！」

裏返るくらい極限まで声を張りあげる男。天井を向いて叫び続ける。大勢の買い物客たちが輪になって男を取り囲んでいる。

「――――」真一は、その輪の外で、悲しげに男を見ていた。

男は両手で筒を持つと、お詫《わ》びの言葉をわめき続けながらあたり一面に小便を振りまき始めた。きゃああっと女の子が悲鳴を上げ、輪になって男を見ていた買い物客たちはどっと逃げ出した。

真一は客の群れに運ばれて店外へ出た。

（ふう……）

冷たい風がほてった頬《ほお》を冷やした。やってしまった。〈恐怖ペプチド〉の効果は、あと三十分も続く。いかに当然の報いとはいえ……？

（…………）

真一は時計を見た。シャツの包みを抱えなおし、車を置いた駅前ロータリーへと早足で戻った。

ロータリーの真一の車の前では、駅前交番の巡査が駐車違反の黄色いプラスチックの札を取りつけている最中だった。

「な、何をするんだ」

真一が驚いて駆け寄ると、

「この車はお前のか？」

巡査がにらんだ。若い巡査は、真一に比べると熊《くま》のような体格だった。

「こんなところに車を停めて、いいと思ってるのかこの馬鹿野郎！」

「そ、そんな。ここに許可証を出しといたんだ」

真一がフロントガラスの〈海軍特別駐車許可証〉を指さすと、

「この野郎っ！　こんなものどこで盗んで来た」

巡査は許可証を取り上げると、ばりばりと破いてしまった。

「あ、なにするんだ」

「交番へ来い。取り調べる！」

巡査は真一の襟首をつかむと、のら猫でも引きずるように真一を駅前広場の交番へ連れていこうとした。

「や、やめろ」

真一はもがいたがブルドーザーに逆らうようなものだった。もがきながら見ると、さっきから停っている黒塗りのベンツにも、大学生が乗っているシルバーのポルシェにも駐車違反の札は付けられていなくて、なぜか〈海軍特別駐車許可証〉を表示しているはずの真一のおんぼろマーチだけがおとがめを受けていた。

「なぜだ。なぜだ。僕の車は正規の許可証を出しているのに検挙されて、あのベンツとポルシェが目こぼしされるのはどうしてなんだ！」

真一は怒りのあまり叫んでいた。

「この野郎っ！　警官侮辱罪だ！」

熊のような巡査は、くさい息とともにいきなり真一を殴った。ロータリーの真ん中で、引きずられていたかと思ったら襟首つかまれてぶん殴られた真一は、両目から白い火花を飛ばしながらどっちが空だか地面だかわからなくなってしまった。口の中が切れて血がとんだ。

「ぐふっ」

真一は吐きそうになるのを必死でこらえた。道路へ倒れかけるのを巡査に襟首つかまれて引き戻され、さらに殴られた。真一は無抵抗だ。当たり前だ。抵抗できるわけがない。それでも巡査はまた真一を殴った。武道をやっているらしい。ものすごく痛かった。

（ひ、ひどい奴め。容赦しないぞ）

真一は震える手でポケットの中を探ると、〈恐怖ペプチド〉励起装置を最大強度にして巡査の後頭部に見舞った。

「あ？　はぐっ」

巡査の凶暴な顔に驚きが走った。

あ、あ？　と声にならぬうめき声を上げはじめ、真一の襟首をつかみ上げていた熊のような両腕がぶるぶる震え出した。

真一は容赦しなかった。つかみ上げられて真一の両足は地面から三十センチも浮いていたが、おかげで巡査の知性のない顔がよく見えた。

「真っ裸になってロータリーの真ん中でウンコしろこの野郎！」

真一は怒りをこめて命じた。

「う、うがあああああっ！」

恐怖のあまり錯乱した大男の巡査は、ゼンマイの壊れたゴリラ人形みたいに猛烈な速度でギクシャクと服を脱ぎはじめた。警官の制帽だけかぶったままだった。一分もしないうちにアスファルト舗装のロータリーの真ん中にけむくじゃらの尻を据えると、うおおおおっ！　とうなり声を上げて排便しはじめた。

ぶりぶりぶりっ。ぶりっ。ぶりっ

あまりの異常さに、駅の改札口前で待ち合わせをしていた数十人の女子大生たちは、悲鳴を上げるのも忘れてその光景に見入っていた。

真一は鼻血を手でふき、足を引きずりながら車に戻った。

幸い黄色いプラスチックの札は、まだロックされていなかった。真一は札を放り捨て、よろけながらマーチに乗りこんだ。シャツの包みは無事だった。

(よし脱出だ)

真一は、手製の武器をもう一度警官に向けた。

「お前のしたウンコを、あそこのベンツとポルシェに手でなすりつけろ。それから」

それから、どうしてくれよう。

「ベンツの屋根にのぼって、女子大生のみなさんの見ている前でワンワン吠《ほ》えながらウンコを食べて見せろ」

まだじゅうぶんでないが、いいだろう時間がない。

真一は男が命令に従うのを最後まで見届けずに、マーチを発進させた。

裏道をぬって中原街道へ出て、荏原《えばら》あたりから首都高に乗ろうと考えた真一は、しかし百メートルと走れなかった。

「あっ！」

東横線のガードの下でそれに気づいた真一は、あわててブレーキを踏んだ。

（あの娘は！）

その場所は、自由が丘駅前のロータリーから角を曲がってすぐの、東横線のガード下だった。さっき真一の目をうばった可愛い女子大生と、相手の格好いい若い男がどぶねずみ色の集団に囲まれていた。

（あいつらは——）

真一はマーチを停めると、道路の反対側からその光景を見やった。

「あんたたちいいなあ」

「可愛い子だなあ」

「うらやましいなあ」

「楽しそうでいいなあ。ちょっとぐらいアジアの人民のために募金してくれないかなあ」

「な、なんだお前たちは！」

薄暗くなりつつあるガード下で、可愛い女子大生と格好いい若い男は、コンクリートの壁を背にしておびえた目でそいつらを見ていた。

二人を取り囲んでいるのは、うつろな目つきの十数人の若い男だった。そいつらはその黒いコートの格好いい若い男よりみな一様に背が低く、薄汚いジャンパーを着て薄汚れたジーンズをはき、腹が出ていて尻はでかく、黒ぶちメガネに髪は脂っぽい七三分け、にきびづらでメガネの下はみな一様に眼が細い。格好いい若い男がすらりと背が高くて細長い顔で健康的に日焼けしているのに、そいつらの顔は正月の餅《もち》みたいに生白くて円くふくれていて剃《そ》り残したヒゲがごま塩のようだった。首からは全員が紐《ひも》でボール紙の看板と募金箱を下げている。手製の看板と募金箱には、下手くそな字で『アジアの人民を救え』と書かれていた。

「〈募金屋〉だ。それも、ものすごく大きい群れだ！」

真一はぞっとした。

「あんた、いい格好だなあ」募金屋の一人が、格好いい若い男のカシミアの黒いコートに手をかけた。若い男は「触るな」と払いのけた。一対一なら、問題なく格好いい若い男のほうが腕力は強そうである。しかし相手の数は多かった。真一が『ものすごく大きい群れだ』と驚いたとおり、どこから涌《わ》いてくるのか驚くほど似たような特徴を有する若いむさ苦しい男が、あとからあとから路地のあちこちから、まるでシラミのように涌いて出ては垢《あか》抜けたカップルを取り囲む集団に加わっていくのだった。真一は車の中で勘定した。はじめは十七人だったのが、もう二十四人だ！

「募金してくれないかなあ」

「そんなに幸せなんだから募金すべきだよなあ」

「アジアの人民を救わないで自由が丘でデートしてていいのかなあ」

まるで押しくらまんじゅうだった。カップルは絶対に逃げられないだろう。土曜日の自由が丘には通行人も多かったが、餌《えさ》に食いついている募金屋の群れが一点に集まっているのを見るとみんなほっとしたように歩を速め、二人の犠牲者が見えないふりをしてそそくさと歩み去っていく。真一はかたずを呑《の》んだ。

「あんた」

募金屋の群れの先頭に立った肉まんのようなむさ苦しい顔に異様な細い眼をした、ヒゲを剃りそこなってカミソリで切って出血した跡があごにある太った若い男が言った。

「いいなあ。うらやましいなあ。そんないい服を着て、俺たちがビデオでしか拝めないような可愛い女の子をつれて、自由が丘でうまいもん食って。あんた、そんなことしてて、アジアの人民が許すと思ってるのか？」

先頭の太った大学生くずれの男――おそらく〈大学難民〉だろう、と真一は思った――は、格好いい若い男の身なりを上から下まで顔を近寄せてじろじろじろじろとなめまわすように見ながら言った。格好いい若い男は、たじろいだようにのけぞった。先頭の男はのけぞる格好いい若い男の顔を追いかけまわすように、ブチブチのヒゲが生えた肉まんのような顔を近づけ、

「自分さえ幸せならいいって言うのか？　え？　自分さえよけりゃ、他人がどうなっ

てもいいって言うのか？　自分さえこんな可愛い子ちゃんと自由が丘でメシが食えれば、そのあと六本木のクラブで遊べれば、そ、そ、そのあと、そのあと」

肉まんのような男は自分の言動に興奮し、ツバをとばし始めた。

「そのあと、ホテルに行ければ、アフリカの難民が飢え死にしてもいいって言うのか！」

うおお～っ、と二人を取り囲んだむさ苦しい人垣がどよめいた。

「そんなことをしててだな、アジアの人民に申しわけないと思わないのかっ！」

「そうだ！」

「そうだっ！」

「自分さえよければいいのかこのひきょう者！」

「募金しろ！」

「悪いと思ったら募金するんだ！」

「おのれの罪深さを悔い改めて、あり金のこらず置いて行けっ！」

興奮した三十人近いむさ苦しい募金屋が格好いい若い男にいっせいに襲いかかった。おりしもガードの上を電車が通過して、うおおおっという雄叫《おたけ》びは騒音に呑みこまれ聞こえない。

「や、やめろ！　やめてくれ！」

「こんな可愛い子と自由が丘でデートしやがって、アジアの人民に申しわけないとは思わんのかこの野郎っ！」

募金屋どもは、格好いい若い男をたちまち歩道の上に押し倒す。

真一は、格好いい若い男が身ぐるみはがされるのをわくわくして待っていた自分に気づき、いやになった。

連中は、〈大学難民〉と呼ばれる定職を持たないもと大学生である。

五年前、西日本帝国の宰相となった内閣総理大臣木《き》谷《たに》信一郎《しんいちろう》が『遊んでいる若者は働け』という発言とともに、いきなり全国の私立大学助成金を全面的に廃止してしまった。浮いた予算が宇宙兵器の開発にまわされたとかで野党の主権在民党から散々たたかれた、いわゆる〈全国大学取り潰《つぶ》し事件〉である。これにより全国の私立大学は大部分が経営困難に陥ってつぶれ、わずかに生き残った首都圏の名門私立校でも授業料が文科系で三倍から五倍、理科系で十倍、医学部にいたっては八十倍と大幅に値上げされ、授業料を払い切れない学生が次々に放校された。結果的に国公立大学の入試倍率は三倍近く跳ね上がって、以後西日本帝国ではよほど勉強の好きな者か、よほどの金持ちの子弟でなければ大学というものには進めなくなってしまったのだった。

意外なことに、全国が大混乱に陥ったかというと怒って騒いだのは予備校の関係者くらいで、目先の利いた若者はすぐ手に職をつける道へシフトし、本来大学に入ったって学問をする気などさらさらなくて、みんなが行くからしかたなく大学を受けていた層の若者が技術畑に進出しだした。するとどうだろう、三流大学を出て三流の商事会社で営業マンになるよりも左官屋になったほうがはるかに高収入でやりがいもあるではないか。ここにドイツ型の職人社会がごく短期間で現出したのである。

産業界はこの現象をもろ手をあげて歓迎、親たちもどうせ近所がみんな大学へ行かないのなら見栄を張る必要もない。若者たちは自分の手でものを造る喜びを見いだし、伝統芸能にも後継者が増え、はっきり言って八方まるくおさまりどこからも文句が出なかった。浮いた予算の使途に野党が文句をつけたくらいで、当時四十二歳の若き総理大臣木谷信一郎の支持率は下がるどころか十ポイントも上昇したのである。

しかし、と真一は思った。従来の、大学さえ出てサラリーマンになれば一生なんとかなるという古い価値観にしがみつき、バイト・麻雀《マージャン》・たまに講義、試験の前には資料のコピーというモラトリアム期間の甘いぬるま湯から立ち上がれず、手に職をつけて身を立てようという決心もつかず根性もなく、大学生だったというプライドも捨て切れず、ずるずるともう大学生じゃないのに大学生だったころの生活を何年も何年も続けている連中がいる。世間は彼らを〈大学難民〉と呼んでいる。こいつらは乞食になる根性すらないんだ、と真一は思った。自由が丘や渋谷の裏街で徒党を組み、見なりのよい若者を集団で襲っては募金という名目で金品を略奪するのだ。

だからといって真一は、目の前の格好いい若い男の味方をする気はなかった。今や三十人を超す募金屋の大群が格好いい若い男につかみかかり、覆いかぶさり、後からきた募金屋が群れの上に飛びあがって乗っかっては滑りおちた。薄汚いジーパンで、格好いい若い男の姿が見えなくなった。

格好いい若い男――たぶん東横線沿線にある名門私立大学の学生だろう――は、ピラニアに襲われた水牛だった。黒い高そうなカシミアのコートをはぎ取られ、その下の格好いいイタリアン・スーツもむしり取られ、セカンドバッグや財布は言うにおよばずネクタイもワイシャツもその下のシャツもパンツも、容赦なくむしり取られ文字どおり身ぐるみはがされて真っ裸にされ、寒い冬の夕暮れの路上に放り出されてしまった。この間わずか八秒。

（すごい――）真一は息を呑んでいた。赤いコートを着た可愛い女子大生は、唐突な惨劇に声も出ず、両手のひらを顔に当てて、指の間から路上に投げ出された格好いい若い男とうばった財布の中身を取り合って原始人のようにうなり声を上げている募金屋たちを交互に見ては、逃げることも叫ぶこともできずにすくみあがっていた。戦利品の分配が終われば今度は彼女の番だ。募金屋は決して女の犠牲者を路上でむいたりしない。どこかの安アパートのアジトに連れこんで監禁し、以後十数日にも渡って飯も食わずに乱暴し続けるのだ。

「上玉が揚がった」

「上玉だ上玉だ」

「俺もできるかな、できるかな」

驚いたことに襲撃が終わってからも、あとからあとから似たようなむさ苦しい若い男が現場に集まってくる。真一は身の危険を感じた。反対側の路上に停った真一のマーチをうさん臭げに見る者もいる。

(警察はどうしたんだ——あ、そうか)

駅前交番の巡査は、さっき自分が使用不能にしてしまったのだった。すると今、ここから半径五百メートル以内にこいつらを捕まえる警官はいないことになる。募金屋の大群を発生させてしまったのは僕だったのか。しまった。可愛い女子大生は、数秒以内に抱え上げられて連れ去られるだろう。決断しろ、真一。

(どうせあの娘を助けたって——くそっ)

真一は決断し、ポケットから〈恐怖ペプチド〉励起装置を取り出して握ると、マーチのドアを開けて飛び出した。

「うおっと!」

その途端、走ってきた数人の募金屋が開いたドアにぶち当たった。

ガチャン！　カラカラカラ
ペンライト型の武器が、吹っ飛んで路上に転がった。

「あっ！」

「気をつけろこの野郎！」鼻水をすすり上げながら募金屋の一人が真一を殴ってきた。

「うわっ」真一は殴られて転んだ。

どどどどど！

倒れた真一の身体の上を踏み越えて、募金屋の群れが可愛い女子大生に迫る。真一のメガネが吹っ飛ばされた。

（しまった見えない）

真一はなんとか起き上がった。それ以上は襲われなかった。募金屋たちは働きアリの大群のように、可愛い女子大生を抱え上げて自分たちのアジトへ運ぼうと夢中だった。

「メガネ、メガネ」

路上にはいつくばってあたりを探ると、運よくメガネが手に触れた。しかし、かけてみると度が合わない。募金屋の一人がどさくさで飛ばしたメガネらしい。でも文句は言っていられない。

（恐怖ペプチド励起装置はどこだ——？）

うおおお〜っと鬨《とき》の声が上がる。ほとんど抵抗のできない可愛い女子大生が、胴上げされるように宙に舞った。蚊の泣くようなかすれた悲鳴しか聞こえなかった。

「あった！」

真一は募金屋たちのボロボロのスニーカーのあいだにペンライトを見つけると、中腰で走り寄った。

カーン！

真一がそれをつかむ寸前に、募金屋の足の一本がそれを蹴《け》ってしまった。

「ああっ」

真一は募金屋の群れのなかでペンライトを追った。襲われないのが不思議だったが、客観的に見ると無理もない。真一の身なり風体は、痩せているほかは募金屋たちと大差ないのであった。

カラカラカラ
ペンライトは排水溝へ転がっていく。真一はとっさにヘッドスライディングでそれをつかまえた。

「ようし」

今日は二度の戦闘に勝って、真一の気分は高揚していた。普段は出ない大声が出たのだ。

「そ、その娘を放せっ！」

真一はペンライトを最大強度にセットすると、可愛い女子大生を担ぎ上げた一団に向けて放射した。

「なんだとこの野郎！」

うおおおおっとうなり声を上げて募金屋どもが襲ってきた。仲間の一人が獲物を独り占めしようとしたとでも思ったらしい。それが真一には我慢ならない。最大強度の〈恐怖ペプチド〉励起装置を襲いくる募金屋の一団に向け続けた。担ぎ上げられた女子大生のスカートがめくれている。

（はっ）

真一は一瞬、目を奪われた。黒いタイツの奥の奥、本来ならそこに白いものが透けていなければいけないはずだった。しかし白いものは見えない。黒タイツの奥は、あくまで黒かった。

（パンティーも、黒なのかっ？）

その一瞬、真一の頭に衝撃が走った。あの娘はあの格好いい男とクラブのあとでホテルに行く時のために、ミニスカートの下に黒いパンティーをはいて自由が丘のロータリーを歩いていたのか？

涙に似た衝撃が真一の顔面を襲った。こんな不公平なことが世の中に……。

脂ぎった七三分けの長髪、黒ぶちメガネの下にいやらしい細い眼をたたえた肉まんのような顔が十数個、真一目がけてスローモーションで迫ってきた。真一は涙が出てきて、募金屋の一団に〈恐怖ペプチド〉励起装置を向けながら、それが作動していないのに気づくのが遅れた。

「あっ、接触が……」

ペンライトを振ってみるが、遅い。

どどどどどどっ！

とっさに真一は一団の進路から飛びのいてよけると、路上に寝て脚を突き出し、女の子をかついだ募金屋のうち数人に足払いをかけた。

どさどさどさっ！

手の使えない募金屋どもの先頭が倒れ、続いて後ろのやつらがそれにつまずいて倒れかかった。女子大生が放り出される。

「きゃあっ！」

「来るんだ！」

路上に膝《ひざ》をついた彼女に、真一は手を差し伸べた。ところが、

「なにすんのよっ！」

可愛い女子大生は真一の手を払いのけた。真一を募金屋の一人だと思ったらしい。

「僕はこいつらの仲間じゃない。とにかく来るんだ！」

アドレナリンがたくさん出たのか、思いのほか強い力で真一は女子大生の腕をつかんで引き起こし、ドアの開いたマーチへ走った。

「急げ！」

六本木
国防総省・地下

西日本帝国陸軍、海軍、空軍の三軍を統括する統合幕僚議長・峰剛之介《みねごうのすけ》海軍中将が席に着く。六本木国防総省の地下三階、国防総合指令室に隣接した大会議室である。

「総理は？」

「食事に出られたとのことで、秘書官が呼びに走りました」

「うむ」

分厚いコンクリートの天井にパイプ類が走り、空調がうなり続ける。

白いペンキで塗りたくって、なるべく明るく見せてはいるが、核の直撃を想定した西日本帝国の戦時最高指揮命令所である。船乗りの峰中将はこの部屋があまり好きではなかった。

「どうも落ちつかんな、ここは――」

「峰議長、コーヒーは」

「うむ、ブラックに塩を入れてくれ。海軍式だ」

「かしこまりました」

今でも視察だとか兵の激励だとかいろいろ理由をつけては海軍省の執務室を抜け出して実戦部隊の艦艇に出向いている峰である。今日だってこの緊急事態がなければ、佐世保で機関と兵装の一新成った戦艦〈大和〉の竣工《しゅんこう》視察に出かけるはずだった。〈大和〉は十年前、峰が艦隊勤務時代に大佐として二年間艦長をつとめた想い出の艦である。


連合艦隊も戦後は様変わりした。ミッドウェー海戦の大勝利で、米国連合国側とほぼ対等な条件で講和を成し遂げて以来、空母機動部隊は国を守る中核として大いに成果を上げたが、大艦巨砲の大型戦艦巡洋艦は戦後の不況時代に（戦争は引き分けでも世界の趨勢《すうせい》に従って南方植民地を全部独立させてしまったから戦後の不況たるやすごかった。当時の日本の産業構造は植民地からのただ同然の資源補給に頼るいい加減なものだったので、それがまともで自立性の強い健全な産業構造に改革され終わるまでは国内を深刻な不況が襲った。この戦後の大不況が日本を東西に分裂させる主原因となったというのは誰もが知っている日本の歴史である）金食い虫の役立たずとしてほとんどが退役させられ、〈大和〉も海軍記念艦として横須賀《よこすか》につながれ博物館になるところを、米国が戦艦〈ニュージャージー〉を復活させるというので、それにならって現役復帰した西日本帝国海軍唯一の戦艦である。

実際、東日本共和国と幾度か緊張が高まった際にはただちに沖合に出動し、四十六センチ主砲合計九門を向けてにらみを利かした〈大和〉の存在が東との交渉を有利に進める助けになったとされ、結構重宝はされた。それでも建造されてから四分の三世紀を過ぎた帝国海軍主力艦の近代化は空母機動部隊が優先で、〈大和〉の大改修は予算がつかず、峰の艦長在任中には申しわけ程度に巡航ミサイルを装備させてもらったのにとどまり、ついに主機関をガスタービンに換装して念願のイージス艦隊防空ミサイルシステムを装備することはかなわなかったのである。

「残念ですな峰議長。〈大和〉の新装開店で一席ぶつのを楽しみにしておられたのに」

陸軍参謀総長・吉沢泰祐《よしざわたいすけ》少将が席に着くなり汗をふきふき言った。

統幕議長の峰が中将で、陸軍参謀総長の吉沢が少将である。しかも二人とも五十歳になっていない。旧大日本帝国時代には大将も元帥も存在したが、旧帝国時代は陸軍首脳部のゴリ押しで対米戦が始まってしまった経緯もあり、新生西日本帝国では『偉くなり過ぎた軍人と坊主は国のためにならない』という歴史の教訓をもとに、三軍士官の定年をあえて時代に逆らって五十五歳に下げてしまった。どんなに昇進していても全員が五十五歳で一線を退き、頭の軟らかい若い者に後を譲る。だから現在、西日本帝国軍には大将がいなかった。統幕議長をつとめた将官が定年の半年前に大将になって、花道を飾ってもらうというのが通例になっていた。

吉沢少将は、坊主刈りの頭に目尻の下がった上野公園の銅像みたいな男で、防衛大学で峰の一期後輩である。昔の旧帝国時代は陸軍と海軍の士官が別々の士官学校・兵学校で養成されたために、陸海軍の士官同士はひどく仲が悪かったというが峰には想像できない。防衛大学では三軍の士官になりたい者を試験で選抜し入学させ、二年の基礎課程を修了し三年に上がる時に初めて希望をとって陸海空のコース分けをする。だから現在の西日本帝国軍では、陸海空の区別なく士官はみな先輩後輩同僚である。

「〈大和〉は機関も兵装も一新して、生まれ変わったそうじゃないですか」

吉沢は汗をふく。この男が体質にかかわらず肥満体にならずに済んでいるのは、陸軍の日課で毎朝三キロ走っているからである。

「予算折衝に苦労された甲斐《かい》がありましたな、峰さん」

「タイコンデローガ型のミサイル巡洋艦を米国から買うくらいなら、〈大和〉にイージス・システムをつけろつけろと八年間言い続けてようやくついたんだ。わが子の晴れ姿を見たかったよ」

　吉沢を見ていると自分まで暑くなってくる気がして、峰も懐から扇子を取り出すとぱたぱたあおいだ。香《こう》のかおりがつんとした。すこし色のあせた扇子は、峰が海軍大尉でプレイボーイだった頃に京都である女性からもらったものだ（帝国の士官が勲章を受ける時には京都御所に参内する。授与式のあとで洛内《らくない》のお茶屋に繰り出して大騒ぎするのが海軍の伝統であった）。考えると二十年も愛用していることになる。

「まったく議会の連中と来たら」

「米国とのつきあいばかり考えておる、か」

「その通り」

「まあつきあいも大事であろう。つきあいがあるから戦争も起こらぬ。つきあいは絶やさぬに越したことはないでしょう」吉沢少将は言う。

　峰は日ごろから文官との交友が多い吉沢をやり手だなあと思って見ている。

　吉沢が峰の今いる席をねらっているのも知っているし、峰は統幕議長を代わってやってもいいと思っている。もともと峰は統幕議長など自分の柄ではないと感じていた。

吉沢が二十五年前に当時からすでに人気のなかった陸軍をあえて選んだのは、将来統幕議長をねらっていたからだ。

防衛大学では陸海空のコース分けを学生本人の希望と成績によって決めるが、一番希望の多いのが空軍、続いて海軍で、陸軍は人気がない。しかし吉沢は、戦略軍においては陸軍が最も重要な役割を占め、発言権を持つということを知っていた。

たしかに空軍は派手で格好いいし戦争になれば真っ先に敵地を打撃するが、実際に敵地を占領して占領行政を敷くのは後から地道に地面を歩いて行った陸軍なのである。最も大きな利権を握っていて政治家との結びつきも強い。実際、戦後大不況の混乱期から東日本分裂紛争を経て西日本帝国が新民主憲法で再スタートを切ってからも、しばらくのあいだ三軍統幕議長は陸軍最高司令官がつとめていた。しかし西日本帝国軍が専守防衛型の国防軍として体質改善されていき、他国へ出撃するのも国連の要請に基づいた平和維持軍としてのみ、という時代になると占領の大好きな陸軍はけむたがられて隅に追いやられ、かわって海軍と空軍の最高責任者が交替で統合幕僚議長をつとめるようになった。吉沢の思惑が外れ、デスクワークの大嫌いな峰がなぜか統幕議長に任ぜられてしまった。前任者の空軍中将が根まわしの周到な吉沢を嫌い、峰を強く推したといわれている。

「政治屋の連中とて今は腰ぬけばかりではないぞ峰さん。F2戦闘機の後継は国産で行くと決まったではないですか」

「ああ。あれは木谷さんがよくやってくれた。米国の執拗《しつよう》な圧力をはねのけて国内開発を決めてくれたのは立派だ。若いのによくやる総理だよ」

もう大分昔になるが、戦後大不況で東北北陸地方を中心にソ連の支援を受けた革命勢力が勃興《ぼっこう》し、日本政府に反旗をひるがえす大紛争が起きたとき、もうすこしで日本全土が共産化するというところで米軍が介入、革命勢力をなんとか東京都より北側へ押し戻すことに成功した。

それ以来、西日本政府は情けないことに米国に頭が上がらないのである。米軍の駐留さえ許していないが、帝国海空軍の正面装備は軍艦も航空機もほとんど米国製のライセンス生産である。しかも空軍はF15、海軍はF18にイージス巡洋艦と、高い物ばかり買わされている。東日本空軍の主力戦闘機がいまだに旧ソ連製のミグ21で、しかもソ連がなくなってロシアに替ってからはろくにパーツも供給されていないというから、そんなに高級な戦闘機や対空巡洋艦を買わなくたって十分対抗できるのである。

「木谷さんは、東大かい？」

「いや、早稲田だ。苦学生だったって話だよ。家が貧しくて、生活費は全部アルバイトだったそうだ」

「どうりで。根性がある」

「ところで峰さん、今回の緊急事態だが」

「うむ。自分も概略の説明しか受けてはおらん。まもなく国家安全保障局の波頭少佐が来て詳しい状況説明をしてくれるのだが……空軍の新谷参謀総長は遅いな。硫黄島基地からのヘリ便なら、もう着いていい頃なのだが」

「総理も遅い。何をしておられるのか」

「もう一人、今回の事態を分析検討させるために、海軍研究所の若手を呼んであるのだが。遅いな葉狩少尉も」

自由が丘　路上

「来るんだ！」

真一は路上にひざをついた女子大生の手首をつかんだ。

瞬間、はっとした。な、なんて可愛い……。真一はそんなに可愛い女の子をこれほど間近に見るのは初めてであった。しかも手首まで握ってしまった。近寄るといい香りがした。しかし、

「放してよっ！」可愛い女子大生は真一の手を払いのけた。

「僕はやつらの仲間じゃない。助けに来たんだ！」

ぐずぐずしていると二人とも殺されてしまう。真一の心臓にアドレナリンが増加し、思いもかけない力が出た。

「急げ！」真一はもう一度女子大生の腕をつかむと引っぱり起こし、開け放したマーチのドアへ走った。

うおおおお！

真一が逃げるのを見た〈募金屋〉どもは、四方から車を逃がすまいと押し寄せてきた。

「早く！」真一は女子大生を車に押しこむ。女子大生は左ハンドルの車にしか乗ったことがないらしく、無意識に右側の運転席に座ろうとするのを「こっちじゃないそっちだ」と助手席に押しやって自分も乗りこみ、ドアを閉める。

がちん！

閉めようとしたドアに募金屋の一人が指をかけた。

「放せこの野郎！」ドアが閉まらない。

「うがあああ。独り占めは許さねえ～！」

首から募金箱を下げたむさくるしい若い男が、蛇のように細い眼をなおさら細めてよだれを垂らし、しゃああああっと吠えた。

「放せっ！　僕はおまえらの仲間じゃない！」

どどどどどど！

一瞬の遅れがたたって、大量のネズミ色セーターと汚いジーパンが群れをなしてどっとマーチのフロントガラスに張りついた。サスペンションが沈みこんでぎしぎしっと悲鳴を上げる。

「しまった乗っかられた！」

「出して！」

となりの席で震えていた女子大生が叫んだ。

「え？」

「いいから早く出して！」

「あ、ああ！」

真一は募金屋を一人ドアにはさんだまま、エンジンをかけるとセレクターを〈D〉レンジに入れた。

ずざざざざっ！

募金屋の大群をボンネットの上にてんこもりに乗せたまま、錆《さび》の浮いた青いマーチは発進した。

「ま、前が見えない！」

「振り落とすのよっ！」

女子大生はいきなり横からハンドルをつかむと、ぐいぐいっと揺さぶった。

うわ――っ！

悲鳴を上げて車上からこぼれおちる七、八人の募金屋。ドアにしがみついていた募金屋も横っ飛びに吹っ飛ばされた。『アジアの人民を救え』と書かれたボール紙の募金箱が宙に舞う。

急に視界がひらけた。瞬間、反対車線を走っていたことがわかり、迫ってきたトラックをかわすため真一は今度は自分で急ハンドルを切った。

ききききき
ばさばさばさっ
車の脇《わき》にしがみついていた五、六人の募金屋が振り落とされる。しかしまだ屋根の上、ボンネットやフロントガラスの上に十人以上の募金屋をくっつけたままマーチは自由が丘の路地を突進する。

ぎゅいんっ！

路上駐車の車を吊《つ》り上げようとしていたミニパトとレッカー車の脇を、数センチの間隔ですり抜ける。屋根にしがみついていた二、三人の募金屋が振り落とされて、制服姿の婦人警官に頭からかぶさった。

どさどさどさっ
「きゃあっ！」

「お、女だ女だ〜」

「い、いい匂《にお》いだ〜」

警棒でぶったたかれるのも構わず発情した三人の募金屋が婦人警官にしがみつく。

東急ストアの角を急カーブして、横Gでボンネットの募金屋を振り落とそうとした真一は女子大生に止められた。

「待って。曲がったら踏切よ。真っ直ぐ行って！」

「そ、そうか」

真一はハンドルを戻し、アクセルを踏む。マーチは自由が丘から奥沢へ抜ける自由通りを突進する。なおも車にしがみつく十人近い募金屋。それでもリアウインドウにくっついていた募金屋がいなくなって後ろの視界がひらけた。

バックミラーを一瞬チェックした真一はぞっとする。

「な、なんだあいつらは！」

1ダースを超えるミニバイクと、その倍以上の自転車の大群がマーチを追ってくる。首から募金箱を下げたむさくるしい若い男の群れは、インディアンのように奇声を上げるでもなく黙々と真一のマーチを追ってくる。不気味だ。

真一は募金屋がなかなか一網打尽にされないわけがわかった。連中は駅前やマンションの駐車場から自転車やミニバイクを盗み出して機動力にし、警官が追っても蜘《く》蛛《も》の子を散らすように放射状に逃げ去ってしまうのである。ふだんはベンツやＢＭＷが静かに走っている自由通りは朝の出勤どきのハノイみたいだった。

ブブブブブブ
ちゃりんちゃりんちゃりんちゃりん
「なんてしつこい奴らだ！」

「どこへ逃げるつもりっ？」

騒音に負けないように大声で、女子大生が聞く。

「中原街道へ出て荏原から首都高に乗るっ」

真一も怒鳴り返す。

「そんなこと言ったってあなた首都高に乗れるの？」

「大丈夫だ、通行許可証は持ってる！」

「冗談言わないでよっ」

ひとまず絶体絶命から救われた可愛い女子大生は、すこしずつ態度がでかくなり始めた。

「あなたみたいな身分の人間に首都高の通行パスが持てるわけないでしょう？」

ぱりん！

助手席の窓が割れた。ぐあああっとうなりながら屋根に乗っていた募金屋が逆さになって現われた。両腕で女子大生につかみかかる。

「きゃあっ！」

かわす女子大生。上半身を逆さまに車内に入れた募金屋は脂ぎった髪の毛が風圧で両目にかぶさり、女子大生をつかみそこねた。手でぼさぼさの髪の毛をのけようとする。

「えいっ」

一瞬のスキをついて女子大生は、募金屋の顔から黒ぶちのださいメガネをもぎとった。

「ぐ、ぐああっ」

募金屋の両手が窓から車内の空間をさまよう。

女子大生が犬のウンコを素手でつかんでしまったような顔をして、ださい黒ぶちメガネを後席へ放り捨てる。

真一はとっさにハンドルをシェイクして、車を左右に揺さぶった。

うがあっ！

悲鳴を上げて吹っ飛ぶ募金屋。通りに沿った呑川《のみがわ》の水面にフェンスを越えて飛んでいき、じゃぼーんと水柱を上げる。

「大丈夫かっ！　もうすぐ中原街道だ――わっ！」

屋根からフロントガラスに募金屋の顔が現われ、べちょんと張り付いた。肉まんのように円く太った顔と異様な細い眼が逆さまのままで真一をにらんだ。

「くそっ、前が見えん！」

街道に出る交差点の信号が見えない。ちらとバックミラーを見やる真一。バイク軍団が五メートル後ろにつけている。どっちみち突っこむしかない。

「ええい行けっ！」

信号は黄色だった。

きききききき
マーチは細い通りから中原街道に出ると内側のタイヤを半分浮かして左にターンする。横断歩道の歩行者が散って逃げる。屋根から四、五人の募金屋が吹っ飛んで歩行者にからみつく。一瞬おいて十台以上の盗難ミニバイクと二十台を軽く超すカゴ付き買い物自転車が募金屋を乗せてどどどっ、ちゃりんちゃりんちゃりんと駆け抜ける。自転車の女子高生が、吹っ飛ばされて上から降ってきた募金屋にしがみつかれた。

「きゃ、きゃーっ」

「シャ、シャンプーのにおいだ〜、制服だ〜」

真一と女子大生のマーチは、雪谷から荏原方面へ向かう。東雪谷の交差点への上り坂を全速力で駆け上がった。ミニバイクが追う。自転車部隊はさすがに速度がおちている。

ブブブブブブブブ
ちゃりんちゃりん
東雪谷交差点は幸いに青信号だ。丘の頂上でバウンドしたマーチは、屋根にへばりついていた最後の募金屋二人を振り落として洗足池への坂道を下る。その先で環七を交差すれば首都高へはあと三キロだ。首都高の入口検問所には守衛がいるから、遮断機を下ろして募金屋どもを食い止めてくれるだろう。真一はとばした。

「僕はこれでも海軍の特務将校だ」

「ふざけないでよ」

「本当だ。海軍研究所の特別研究員なんだ。ちゃんと京大と大学院を出ているし、ハーバードで助手もやった。大学院の時に国家公務員I種にも受かったけど、研究者の道を選んだんだ」

Ｉ種のことは本人も忘れていたようなことなのだが、真一は女子大生の前で見栄を張った。

「ふうん」

女子大生は関心なさそうだった。

「今日もこれから緊急の呼び出しで六本木の国防総省へ行くんだ」

隣の女子大生がまるで興味を示さないので、真一は思わず国家機密をしゃべってしまった。

「どうやら宇宙空間で非常事態が起こったらしい。静止軌道外で大型の核爆発が起きて、東側の軌道母艦が――ぐっ！」真一は悲鳴を上げた。

「うがあああ。し、死ね～」

突然、後席から伸びた腕が運転する真一の首を絞めあげた。

後席に隠れていた募金屋が顔を出し、メガネの奥の蛇のような細い眼を光らせた。

「ふしししし。死ね～」

「ぐ、ぐわっ、ぐわっ」しまった！

路上でマーチのドアを開けたままにしていたのがいけなかった。募金屋の一人が後席に乗りこんで、息を潜めて隠れていたのだ。

「きゃあ！」

女子大生が悲鳴を上げる。前方、坂を下りきった洗足池交差点は赤信号だ。車が切れめなく横断している。交差点の真ん中で右折を待っている車もある。

「死ね～」

「ぐ、ぐ」

真一はハンドルから両手を離し、首を絞めあげる募金屋の両腕をつかんだ。爪でかきむしった。

「うぐあああ。裏切り者は、ゆるさね～」磨いていない黄色い歯をむきだして、募金屋は臭い息を吐いた。女子大生にありつけなかった恨みはすごかった。

(しまった。このままだとこの娘にこいつらの仲間だと思われてしまう!)

たとえ死ぬにしても、こんな可愛い女子大生に自分が裏切った募金屋の仲間だと思われたまま死ぬのは御免だった。真一は右手でコートのポケットを探る。息ができない。苦しい。

「う、運転して!」

女子大生は百メートル先の交差点と首を絞められてもがく真一を交互に見た。助手席からハンドルに手を伸ばす。真一は脚をふんばってアクセルをフルに踏みこんだまままだ。それに停止したら追っ手の募金屋どもに捕まってしまう。彼女がハンドルをコントロールして車の間隙《かんげき》を縫い、交差点を突破するしかない。ところが、

のだ。

「べっ！」

「きゃあっ！」

女子大生はハンドルを離してのけぞった。両腕のふさがった募金屋が、唾《つば》を吐いたのだ。

女子大生のトリートメントしたさらさらのロングヘアに、募金屋の黄色い唾がべっとりとくっついた。レベルの高い男にしか触らせたことのない、毎日シャンプーしている宝物のような美しいわたしのロングヘアが！

女子大生は一瞬怒りでわれを忘れた。

「なにすんのよっ、ださいくせにふざけるんじゃないわよっ！」

可愛い女子大生は渾身《こんしん》の怒りをこめて怒鳴った。

「う、うがっ」

するとどうだろう。募金屋の蛇のような目つきが一瞬困惑したように引きつり、ひるむではないか。

その反応を見た女子大生はさらに反撃した。彼女は、本気で怒っていた。

「ださいわねっ！　このレベルの低い人間のクズ！」

「う、うがああ」

募金屋は、可愛い女の子の口から発せられる『ださい』という言葉に異常に反応した。苦しそうにうなり声を上げ、続いて恐怖の表情へ変わっていく。

「ださいわねっ！　本当にださい、暗くて虫けらみたいに人間の値打ちのない、格好悪い男だわっ」

「ふぐわああっ！」

ついに募金屋は真一の首を放し、そればかりかまるで暗闇《くらやみ》を恐れる太古の原人みたいに後席にうずくまって頭を抱え、ぶるぶる震え始めた。

「ふぐわあああ。ふぐわあああ」

マーチは赤信号の交差点へ突っこんで行く。

「ふんっ！」

激しく息をつきながら、真一はハンドルをひっつかみ、鋭くひねる。

ブオンッ！

パパパッ！　パーッ！

間一髪、横断する車の間隙を擦り抜けて交差点を突破するマーチ。

可愛い女子大生の発した『ださい』という言葉に異常な恐怖を示した募金屋は、後席でもがき苦しみ続けた。

「お前なんか生きる資格無いわ。ださくて人間の値打ちの無い身長も学歴も家柄も無い、格好悪い男なんか生きてるだけ無駄よ。あたしのような可愛い値打ちのある女の子のそばに近づく資格なんか無いわ！　さっさと死んでおしまい、お前が生きてるだけで地球の酸素が無駄だわっ！」

　ぐがががぁっ、と異常な吠え方をしたかと思うと、後席でもがいていた募金屋はひっくり返って口から白い泡を吹き、悶絶してしまった。

　なにもそこまで言わなくたって、と真一は思うが、非の打ちどころのない美しい娘がその優越エネルギーを自分に向けたりしたらたまらん、と咎《とが》める気も失せてしまうのだった。

　そうしている間に首都高の荏原ランプに近づいた。

　あと五百メートル。黄色と黒の縞《しま》に塗られた遮断ゲートが眼の前に迫る。

「！」真一は後ろを振り向く。

　交差点で少し離したが、五十メートル後方になお十数台のミニバイク軍団が追ってくる。自転車軍団ははるか数百メートル後方、しかし依然として黙々とこぎ続けており、あきらめてないのが気味悪い。

「もうすこしだっ」

「早くしてよ、もうかったるいわ！」

　真一と女子大生がこうして全速力で車を飛ばし、逃げおおせられるのも中原街道の交通量が少なく、邪魔になる路上駐車がほとんどないためである。

都内のあらゆる道路という道路、路地という路地を個人所有の乗用車がうずめつくしていた昭和時代にくらべると、現代は隔世の感がある。

五年前に首相に就任したばかりの木谷信一郎が、産業界の反対を無視して自動車税を十倍に値上げし、さらに二年前には駐車違反の反則金を百倍に値上げしてからというもの、都内の幹線道路から渋滞という現象は消滅したのである。

この思い切った政策を断行してから木谷は自動車産業界を始めとする財界の黒幕たちから命をねらわれ、彼らが放った鉄砲玉に二度も襲われて殺されかけた。しかしあらかじめ命をねらわれることを予期していた木谷は身辺に帝国陸軍特殊部隊の精鋭をひそかに護衛として配置、密造拳銃《けんじゅう》で襲いかかってきた殺し屋をたちまち引っ捕らえ、陸軍国家安全保障局の中央情報管理本部へ連行して徹底的に科学的尋問を行って依頼者を吐かせ、木谷の地位を脅かす政財界の敵を殺人教唆でイモヅル式に検挙、一人残らず硫黄島の陸軍特別刑務所にぶちこんでしまったのだった。

これにより都内で自家用車を一台持つことは、マンションを一軒所有するのと同じ経費がかかることになってしまった。しかも駐車違反をすれば、国産車が一台買えるくらいの罰金を取られてしまうのだ。国会で答弁に立った木谷は、『都市部の住民はバスと電車に乗れ』と発言し、車がなければ商売にならない事業者や、どうしても生活に不便をきたす僻地《へきち》の住民にのみ自動車税の減免を認めると発言した。

　これに対して各界から私権の制限だと非難があがるかと思いきや、まず海外の諸国から木谷の英断をたたえる大絶賛の嵐《あらし》が巻き起こり、つづいて良識ある国民が木谷の政策を支持、今まであきらめて期日前投票に行かなかった人々が、断固として木谷を応援し始めたのである。自動車産業界は傾き、一時期街には失業者があふれたが、それでも地球環境と資源の節約を考える良識ある国民の木谷への支持は衰えず、東京には緑がよみがえり街路には鳥が鳴き、日本の原油消費量は前年比三十パーセントも減少したのである。

　欧米各国における木谷の評価は確固としたものになってしまい、もう現在では産業界の誰も木谷を暗殺することなどできなくなってしまった。

　現在、都市部において個人で自動車を持てるのは、よほどの金持ちか、苦肉の策として事業用に購入した車を社員に貸し与える制度を採っている大企業のエリート社員の家庭、もしくは事業用として車の所有を認められる医師や弁護士、政治家とその秘書などであった（もちろん一般商店も車を持てるのだが、青果店や鮮魚店に所有が許されるのは電気モーターで動く軽トラックのみである）。

　木谷の自動車政策にとどめを刺したのが、首都高の一般車乗り入れ禁止である。帝都西東京オリンピックが華々しく開催された昭和中期に開通した首都高速道路は、慢性の大渋滞でその機能をほとんど失っていた。木谷首相は首都高を消防車や救急車などの緊急車両、公共交通機関のバス、政府機関の公用車や軍の車両のみに限って通行可とし、一般の自家用車はすべて締め出してしまった。するとどうであろう、首都高快速バスによって、丸の内と新宿がわずか七分で結ばれるではないか。都内各地の連絡も、従来にくらべて十分の一の時間で済むようになり、救急車が病院にたどり着く所要時間も平均十分の一に短縮、消防車が現場に遅れることも皆無となった。

西日本帝国の国民に、真に便利で健康的な生活がよみがえり始めたのだ。

しかしながら法に抜け道はあるもので、政府機関の発行する特別通行パスを、政治家のコネによって入手するルートができてしまった。都内の上流家庭では、高額の税金を払うか、もしくは事業用名目で買った高級外車に乗り、コネによって手に入れた特別通行パスで首都高を走るのがステータスとされ、都内の名門私立に通う高級女子大生の間では、彼のポルシェで夜の首都高をクルージングする、というのが最高におしゃれなデートとされていた。

品川ナンバーのポルシェに乗り、駐車違反も恐れずに自由が丘のロータリーに堂々と停っているような大学生は、たぶんどこかの財閥の係累か政治家の親戚《しんせき》に違いなく、駅前交番の巡査が取り締まりをためらうのも無理からぬところがある。しかしだからといって、力のなさそうな真一だけに八つ当たりしてうっぷんを晴らすような違反検挙が許されていいはずがない（真一は〈海軍特別駐車許可証〉を表示していたのだから、そもそもが違反ではない。しかし海軍特別駐車許可証なんて、参謀総長や艦隊司令官でもなければ持てないのだから、盗品だと思われてもしかたがないといえばしかたがないかも知れない）。

と、いうわけで、貧相な真一がボロであっても自分の車に乗り、首都高の通行パスまで持っているのが女子大生には信じられないのだった。

真一が自分の車を持てるのは、海軍特務将校として自動車税特別免除の特典を与えられているからである。本当ならば、アパート一軒分の家賃くらいの自動車税を国へ毎月納めなくてはならないところが、ただなのである。自由が丘の駅前通りに溜《たま》って連なっていた車のほとんどすべてが金持ち大学生の遊び車であったことを考えると、真一は異色の存在であっただろう。

海軍士官ならばだれでも自動車税の減免が受けられるのかというと決してそうではない。通常の士官ならば大佐以上、それでも半額が減じられるだけで、あとは例外として空母乗り組みの艦載機パイロットや空軍の宇宙飛行士などが少尉以上であれば、半額の減免を受けて給料の範囲内で自家用車を持つことができる。であるから、葉狩真一が少尉にして全額免除というのがいかに破格の待遇であるかがわかる。

さて、真一のマーチ（初期に製造された、ガソリンエンジンの１２００ＣＣだ）はようやく首都高荏原ランプのゲートへ上って行く。錆の浮いたおんぼろマーチを見るや、ゲートの守衛が黄色と黒の遮断機を下ろした。

「開けてくれ！」

運転席の窓から叫ぶ真一。

だが、五十代の守衛は、『あっち行け、しっしっ』と手ぶりで追い返そうとする。

「パスはあるんだ！　すぐに開けてくれ！」やつらが来る、真一は焦った。

募金屋たちの執念深さは常軌を逸している。捕まったら何されるかわからない。

「ほら、通行証だ！」

ふところからパスを出して示しても、守衛は無視して首を振り、『あっち行け、しっしっ！』と身振りで示すだけだ。言葉も発しようとしない。

募金屋の群れが三十メートル後ろに迫った。

「早く！」助手席から振り返って叫ぶ女子大生。

「ゲートを開けてくれ！　この通行証が見えないのかっ！」

すると守衛は、通行証が本物かにせ物かはともかく、真一のようなやせこけた貧相な若い男から命令されること自体がいやだったらしく、ゲートを開けるどころかポケットに両手をつっこんで真一のマーチの横腹をがんがん蹴り始めた。

「なにするんだ！」

「――――」

守衛は、真一を無視して一言も発しなかった。昔は一応それなりの会社で管理職までやった自分が、不況で人員整理されて首都高の守衛に身をおとしたとはいえ、こんな貧相な若造に指図を受けるいわれなんかない、生意気にも首都高を車で走ろうとしやがって、そういう間違ったことが横行しているからこの西日本帝国は駄目なのだ、と思いながら守衛はマーチの横腹を舌打ちしながら「ちっ、ちっ」と蹴り続けた。

がんっ、がんっ
「なにをするんだ！　頼むから通してくれ！」

あせった真一は〈恐怖ペプチド〉励起装置を取り出すことも忘れて、ハンドルを握りしめて叫んだ。

募金屋軍団、あと二十メートル。

「ええいっ、ゲートをお開けっ！」

助手席で業を煮やした女子大生が、突然叫んだ。

「――？」思わず顔を上げる守衛。

女子大生は、ものすごい剣幕でどなりつけた。

「ゲートをお開けっ！　この、人に許可を与えてやらないことによって自分の人間的存在価値をすこしでも引き上げようとあがく、醜い役立たずの老人がっ！」

「ひっ！」守衛はビクッとふるえた。

「通さないとお前なんかくびよ！　この通行証が見えないのっ！」

「は、はっ！」

すると守衛はたちまち威儀を正し、ささっと守衛室へ戻るとゲートの遮断機を上げた。

ブオン！

急発進するマーチ。

ブブブブブッ！

ランプを上がって来る募金屋軍団のミニバイク、ざっと一ダース。

守衛はミニバイクの群れを見ると、また守衛室から走り出て道に立ちふさがり、言葉を発してやることももったいない、といううざったい身ぶりで『あっち行け、しっしっ』とやった。

ガツーン！

「ぎゃあああっ！」

たちまち撥《は》ね飛ばされる守衛。

ブブブブブッ！

ゲートをことともなく突破するミニバイク軍団。

ちゃりんちゃりんっ！

自転車軍団がたちまち追いついてきて、二十台以上のカゴ付き買い物自転車が路上に倒れた守衛を取り囲んだ。

「アジアの人民の敵め！　恥を知れ」

「体制におもねりやがって」

「虎《とら》の威を借りて民衆に偉そうに許可したり許可しなかったりしやがって！」

「身ぐるみはいでしまえっ！」

「やっちまえっ！」

うおおおおお！

「う、うぎゃあああっ！」

真一と女子大生のマーチは、車の通りがほとんどない首都高目黒線を疾駆した。

しかし。

「まだ追ってくるわ！」

「なんてしつこいやつらなんだ！」

真一は時計を見た。六本木の国防総省へ出頭しなければならないというのに！　このまま国防総省へ乗りつけるか？　いいや駄目だ、いつも正門で守衛に誰何され、〈恐怖ペプチド〉励起装置を以てしても総省の内部へ問いあわせて確かに真一の出頭予定があると確認されるまでは門が開かないのだ。正門の手前で何分も待っていたら路上で襲われてしまう。

（どこかでまかなくては！　六本木……そうか六本木か！）

真一は大声で女子大生に、

「六本木で一番、服装チェックが厳しいクラブはどこだっ！」

「どうしてそんなこと聞くの！」

「いいから！」

一の橋インターチェンジが迫る。

右へ行けば銀座、左へ進めば飯倉、つまり六本木だ。

「〈クシャトリア〉よ！　ださいやつは一切入れないわ！　服装が厳しいだけじゃなくて、住んでいるところが千葉だというだけで追い返されてしまうわ！」

「よしそこだ！」

「よしそこだって、あなた〈クシャトリア〉に入るつもり？」

さっき屋根から襲った募金屋が窓ガラスを割ってしまったので、ものすごい風圧で叫ばないと話が通じないのだ。

「馬鹿いわないで！　身分が違いすぎるわ」

「身分って、士族も華族も三十年前に廃止されたじゃないか！」

「人間としての身分よ。見りゃわかるでしょ！　とにかくあたしを早く安全な場所へ降ろしてちょうだい。こんなださい車で首都高走ってるだけでも死ぬほど恥ずかしいんだから！」

　ううっ、と真一はうなった。助けたことを後悔する気持ちが半分、あとの半分は科学者としての敗北感だった。

　自分は、心血を注いで完成した〈恐怖ペプチド〉励起装置によって、自分を不当に低くあつかう店員や理不尽な警察官と闘うことができるようになった。しかしこの女子大生ときたら、口先ひとつで襲ってきた募金屋を悶絶させ、居丈高な守衛をひれ伏せさせたのだ。

〈可愛い女子大生というのは、生まれつき体内に〈恐怖ペプチド〉励起装置を持っているというのか？　長年の僕の研究は、あんなもの作って得意になってた僕は、いったいなんだったんだ？〉

　真一のマーチは、一の橋インターチェンジを飯倉方面へ突っ走って行った。一ダースのミニバイクが執拗に追って行く。

3. 何かが宇宙《そら》からやってくる

＊異変は、始まっていた。

その最初の兆候は、日本列島に近い太平洋の海底に現われた。

またこの物語の重要な鍵《かぎ》となる人物、木谷首相にも登場してもらわねばならない。

三陸海岸沖五十キロ　海底

クォォォォン――

西日本帝国海軍中型攻撃潜水艦〈さつましらなみ〉は、主機モーターの出力をわずかに上げて、5ノットから8ノットへ増速した。

ディーゼル／電池併用型潜水艦の優位性は、その静粛性にある。加速力も潜水航続時間も原潜にかなわないし、艦内の空気もふんだんには使えず煙草も吸えないが、潜航中ディーゼルエンジンは完全に停《と》められており、電池で駆動される推進モーターはビルのエレベーターが動くほどの音も出さない。

「目標の移動速度は依然として変わりません」

ソナー員がヘッドセットを耳に当てたまま言った。

「本艦と同じ変温層の下、右舷《うげん》前方1800メートルを、陸岸方向へ進んでいます」

「原子力機関の音にまちがいないのか？」

ソナー員の座席の肩越しに、艦長の山津波少佐は音響ディスプレーに目をやった。

液晶画面に無数の細いスダレのような画像が、ふるえながら表示されている。周波数別にふるい分けられた、この〈さつましらなみ〉の周囲の音だ。

「いえ。これが潜水艦の機関音なのかどうかは、はっきりしません」

ソナー員はボールペンで、あやしいとにらんだ周波数帯のスダレを、軽くたたいた。

「原子炉のように非常に大きな熱源が、周囲の冷却水を沸騰させる音に非常に似ていますが——しかしスクリュー推進音はまったく聞こえません。キャビテーション・ノイズもありません。人工知能に解析させても……」

若いソナー員は、もう一度音響解析システムに追尾中の目標データを検索させた。


やれやれ、と山津波は思った。

三日前に横須賀を出て、通常の哨戒《しょうかい》任務のために本州の太平洋側を北上した。領海の境界ぎりぎりまで近づいて、東日本共和国の海軍の艦艇についてのデータを収集するのがいつもの仕事だ。仙台港、石巻、宮古と順ぐりに見て歩き、大昔の旧ソ連海軍から払い下げられた東日本海軍の軍艦の出入りを監視し、スクリュー音のサンプルを録音する。もちろん目標には、東日本の潜水艦も含まれる。集められた音紋のデータは、海軍の中央情報局へ送られ、データベースにされて、すべての西日本海軍の艦艇に配られる。

地味で、暇な仕事だった。

待ち時間のほうが、はるかに多い。映画のような潜水艦同士の戦いや、息詰まる追尾合戦など山津波は経験したこともなかった。やはり旧ソ連から払い下げられた東日本の潜水艦は同じディーゼル潜のくせに機械音がやたらと大きく、こちらが静粛なりムジンだとすれば、マフラーを外した暴走族の車みたいに音を立てて走るので、どこにいるのかすぐにわかって勝負にもならないのだった。

領海ぎりぎりに潜伏していても、この新鋭艦〈さつましらなみ〉が東日本の潜水艦に探知されたことは、一度もなかった。

（今まではそうだったのだが……こいつは――？）

山津波艦長は、音響ディスプレーのリードアウトを見やる。同時にソナー解析室のスピーカーに、目標の出す〈音〉が流された。

山津波は眉《まゆ》をひそめた。

「ごぼごぼという――液体が沸騰する音のようだな……」

「はい艦長。強い熱源の周囲で、海水が沸騰しています。しかし本艦のデータベースには、このような潜水艦の音は登録されておりません。旧ソビエトの原潜すべてを含めて、です。だいたい、周囲にこんなに多量の熱を漏らす潜水艦など、聞いたことがありません」

「東日本の新型原潜か?」

　あり得ないことだ、山津波は首をふった。東日本共和国には、独自に新型の潜水艦を開発する資力も技術力もありはしない。まして原子力推進の潜水艦など――

「あり得ないことだな。東日本が、大昔に旧ソビエトからスクラップ寸前の小型原潜を手に入れていたとしても――」

「艦長、これは潜水艦でしょうか?」

　ソナー員がふりむいて言った。防衛大出身ではなく、民間の大学の理工学部――聞けば東工大だという――から技術幹部候補生として入隊した少尉である。コンピューターと音響工学の専門家で、ゲームソフトを片手間に作っておりその収入だけで艦隊司令官の年収を軽く上まわっていると聞く。彼にとって潜水艦のソナーを扱う仕事は、趣味以外の何物でもない。

「ううむ……」

　山津波少佐は、偏差値も収入も自分より遥《はる》かに高い部下からそう言われると、本当にこれは潜水艦以外の何かなのかなあ、と思ってしまうのだった。それにしても、このソナー員の座る椅子《いす》はどうだ、と山津波は思った。いくら長時間耳に神経を集中してもらうためとはいえ、大企業の経営者が座るような革張りの安楽椅子ではないか。俺《おれ》なんか自分の艦長室に、固い申しわけ程度に背もたれのついた執務用の椅子があるきりだ。
「スクリューのキャビテーション・ノイズの代わりに、時おりこんな音が聞こえます」
パチッ
若いソナー員は、またスピーカーのスイッチを入れた。
ザシュッ
グォオオオオ
ザシュッ
「何だ？」
「わかりません。強いて言えば……私はこれと似た音をトラック諸島でスキューバダイビングの最中に聞いたことがありますが」
「何の音だ？」
「規模が全然違いますが、タコが多数の足で海水をかいて進む音です。それに似てます」
「タコ――？　馬鹿な。目標の速度は？」
「15ノット」
タコ、タコの脚を持った裸の原子炉が、速力15ノットで目の前を通るというのか？

「艦長」

もう一人のソナー員が顔を上げた。

「目標はまもなく、本艦の直前方200メートルを横切ります」

「よし。音源の解析は続けろ」

「は」

「は」

山津波は、ソナー解析室と続きの発令所へ戻った。

「目標深度は？」

「本艦と同じ150メートルです」

副長の福岡大尉が答える。

「まもなく前方を通過します。いかがいたしましょう」

「よしモーター停止。停船しろ。各部音を出すな」

「はっ」

ただちに命令が伝達され、攻撃潜水艦〈さつましらなみ〉は無音潜航態勢に入った。

六本木　国防総省

「総理がまだ見えていない？」

「はい」

案内の武官を先に立たせ、三十代の長身の中堅将校が地下の廊下を行く。制服である。

「しかたない、状況説明を先に始めよう。〈東〉に対して何らかのアクションを取るならば、時機を失ってはいけない。三十分の遅れが致命傷になる」

「あ、少佐。こちらです、会議室のほうです」

「わかった」

地下三階の通廊を足早に二人の士官は進む。ここへたどり着くのに四か所の検問ブースを通過しなければならなかった。

六本木の地下、国防総省総合指令室。西日本帝国の国防の中枢である。

「陸軍国家安全保障局の波頭少佐です」

会議室のドアを開けるなり男は言った。

「おお」

「おお、波頭君」

テーブルで二人の将官が立ち上がり男を迎えた。

「峰中将、吉沢少将、世間話は抜きです。すぐにブリーフィング（状況説明）に移らせてください。プロジェクターを！」

　鼻の下に髭《ひげ》をたくわえたその男が指示すると、控えていた副官や事務官がわさわさっと立って映写の準備をする。

「このディスクをセットして」

　男は記録用ディスクをぽんとテーブルへ投げる。男は三十代なかば、若いのにちょび髭なのは趣味であろう。実際、よく似合っている。公家の血筋かも知れない。階級やキャリアがちょっとぐらい上でも、この品格に指図されたら思わず従ってしまうだろう。

「できあがったばかりの資料をお見せします。空軍の参謀総長は？」

「硫黄島の基地からヘリで急行中だ」

「葉狩博士も見えられると聞いていたが」

「葉狩少尉は、二時間前に野比の研究所を出ています。間もなく出頭するものと」海軍の事務官が言った。

「よろしい。空軍には即時臨戦態勢を敷いてもらわねばならぬのだが、新谷少将が見えたら下令していただこう。では始めます」

波頭少佐と名のった男は傍若無人な物言いであったが、いかにも国家の危急存亡を背負って働いているような感じがするので、文句を言う者はいなかった。実際、国家安全保障局の中央情報管理本部といえば、そういう役目を負って動いている部署なのである。

防衛大をトップクラスで出た極めて有能な者がここに働くが、職員は月に一度も自宅に帰れず、木谷首相が気の毒がって昨年から俸給を倍額にアップしてやったのは軍部でも知られた話である。以来保安局の士気はますます上がっていると聞く。この波頭少佐の鼻息を見れば、仕事をしているのがよくわかる。

峰は、東日本共和国の軌道母艦、俗に言う〈宇宙空母〉が軌道上でなにか悪さをした、という程度の話は聞き知っていた。高度三万六千キロ以内の衛星高度宇宙空間には一応西側東側で領空の線引きがしてある。旧ソビエトが元気な頃には、何度も東側オービター（軌道船）による領空侵犯を受けてきた。

〈領空〉は高度三万六千キロの静止円軌道を回る利用価値の高い情報通信衛星や航法衛星を守るためのプロテクト・エアスペースであり、宇宙空間に領有権を主張するような愚かな目的のためにあるのではない。もしどちらかの陣営が相手を攻めようと企てた時、真っ先に襲うのが静止軌道の通信／航法衛星なので、自国のそれらを守るために、接近警告ラインを設けているのだ。

ソビエトが崩壊した今、自由陣営と共産陣営の対立は現実的でなくなりつつあるといわれてはいるが、どっこい一国だけまだ頑張っているところがあるのである。隣の東日本共和国だ。中華人民共和国が一部自由経済を取り入れ近代化しつつある今日、世界で唯一の純粋絶対平等共産主義国家を貫いているといわれる。といわれる、というのは、自由圏のジャーナリストを一切入国させないため、実際はどんなふうな国なのか、はっきり言ってわからないのである。

カシャッ

「ごらんください。これがスクランブルをかけた我が空軍の衛星高度戦闘機・ＶＸ７０８Ａのガンカメラがとらえた、問題の東日本の軌道母艦――旧ソ連のお下がりの宇宙ステーションに武装をほどこして、複数の攻撃型スペースシャトルを発着／補給できるようにした世界でも例を見ない非生産的宇宙船――です。千キロ離れたポジションからの超望遠」

「おお」

「おう」

「そしてこれが」

カシャッ

「十二時間前に観測された、推定高度四万キロ付近での大型核爆発。これを撮影した衛星は、この直後に焼けてしまいました。もう使い物になりません。まったく」

プロジェクターのスクリーンに、宇宙全体を白く染めるような巨大白熱球が四つ、映し出された。

「この核爆発に、東日本のこの軌道母艦――連中は〈平等の星〉と名づけていますが――が関与していた、と思われます」

「関与していた、と言うと？」

「この核爆発の直後、〈平等の星〉は限界近い急加速をかけて、わが西日本の領空を――もっとも低いところで高度２００キロでした――侵犯いたしました」

「なんだと」

「なんだと」

ざわざわざわっ、と会議室がどよめいた。

「核の花火を撃ちあげておいて電子装置をEMPショックで狂わせ、それに乗じて侵攻する、というのが、現代の――もし起こりうるならば――開戦のシナリオです。我が空軍はただちにスクランブルをかけ、ありったけの衛星高度戦闘機を軌道へ上げました。しかし」

「しかし？」

波頭少佐は、会議室の暗がりを見渡して言った。

「軌道母艦〈平等の星〉は、何もせずに太平洋上へ去りました」

「何もせずに？」

「どういうことだ？」

「だいたい、〈東〉が核を持っていたというのか？」

「みなさんお静かに」

波頭少佐は周囲を静めると、

「東日本共和国を一党支配する〈東日本平等党〉、いわゆるあっちでは『平等党にあらずは人にあらず』と言うそうですが、この平等党の幹部の多くは旧ソ連時代にモスクワへ留学しています。現在のロシアよりも旧ソ連との結びつきが強く――現在でも、かなりの旧ソ連支配階級の有力者が新潟へ逃げてきている、といいます。つまり今回のこの事件は、旧ソ連の残党と、東日本が組んでしでかしたに相違ない。宇宙空間のどこかに核を隠しておくことなど、東日本には不可能です」

「核を――隠しておいた？」

峰が口を開いた。

「旧ソ連の残党が、核を隠しておいたというのか？　宇宙に？」

「そうです」

波頭少佐は答える。

「このときに、ここで――正確に言えば今年の十一月二十八日、西日本標準時午前六時ジャストに、静止軌道外高度四万キロで爆発させるために――彼らは、廃物になった衛星のどれかに核爆弾を隠しておいたのです」

三陸海岸沖五十キロ　海底

山津波少佐は、三十歳になったばかりだった。

海軍では昇進が速いほうである。

でも、自分はなぜ攻撃型潜水艦の艦長をしているのだろう、とふと思うことがある。

（もともと、俺は医学部志望で、国立はちょっと無理だったから和歌山県立医大か、奈良県立医大、それが駄目なら鹿児島医大を受けようと思っていたんだよな……）

山津波は大阪の南部の出身で、家は裏に畑を持っているサラリーマンだった。こういう家を昔は兼業農家と言ったらしいのだが、農家の部分が限りなく縮小され、父親の代からは自分の家で食べるぶんの米と野菜しか作らなくなっていた。

父親は、サラリーマンとしてはうだつが上がらなかった。そのため、土地持ちにしては暮らし向きは良くなく、山津波少年は高校を出て浪人をすることができなかった。大学へは、国公立の学校へ、一発で入らなくてはならなかったのである。

（結局、腕試しで受けた防衛大学しか受からなくて、医学部は駄目で……医者になって大阪へ帰って自宅の土地で開業して、ＢＭＷを買って、見合いでキャビンアテンダントの嫁さんなんかもらって、週末はゴルフ場へ通う生活を夢見ていたのに……なんの因果か、こうして東日本の三陸海岸の沖合の海の底で、攻撃型潜水艦なんかの指揮をとっている——この俺が……）

山津波は、時々艦長をしている自分が信じられなくなる。でも、海軍で攻撃型潜水艦の艦長になるのは大変難しく、エリートコースと言われているのだ。

しかし大学受験で志望校へ入れなかった山津波は、海軍士官として優秀であるにもかかわらず、自分より偏差値の高い大学を出た部下がいると、引け目を感じてしまうのだった。

『艦長！』

インターフォンのスピーカーを通して、その偏差値の高い部下のソナー員が叫んだ。

「どうした？」

山津波は、自分の頭を占めていた考えを追い払って、彼の潜水艦〈さつましらなみ〉を取り巻く状況に神経を集中させた。

（いかんな。三十歳になって、これでよかったのかとか考えるのは、陸《おか》に揚がって酒を飲んでいる時にやればいいのだ）

山津波少佐は、77メートルの潜水艦一隻と、七十五名の乗組員の命をあずかる身だ。海軍士官として、迷いがあってはならない。


帝国海軍攻撃潜水艦〈さつましらなみ〉は、三陸沖深度150メートルの海中で、正体不明の探知目標にコンタクトしつつあった。

〈目標〉は巨大で、海中を15ノットで陸を目指して移動していたが、奇妙なことにスクリュー音が聞こえなかった。

そのかわりに――

ザシュッ
グォオオオオ
ザシュッ

『艦長、艦の周囲の水温が上がっています。現在52℃。まだ上がります』

「なんだと？」

山津波は、艦全体に指令を出す発令所から、壁一枚へだてたソナー水測室へ駆け込んだ。

「周囲の海水の状況は？」

上等の椅子にかけたソナー係の少尉が、水測データ・ディスプレーを指し示す。

「ご覧のとおりです。〈目標〉が接近するにつれて、艦の周りの水温が急激に上がり続けています。カツオが通りかかったらタタキになりますよ」

「摂氏60℃……馬鹿な」

「艦長！」

もう一人の水測員の下士官が悲鳴に近い声を上げた。

「艦の周囲に放射能です！」

「なにっ！」

「周囲の海水から放射能を検知。線量、一時間あたり25ミリシーベルト！」

山津波の頭に、恐ろしい仮説が浮かんだ。

（東日本の試作原子力潜水艦が、炉心溶融事故を起こして、基地へ逃げ帰っていくのか？）

しかし、この変な推進音は何だ？
スクリューが故障したとしても、こんなタコが水をかくような音は出さないぞ
――？

ザシュッ
ゴボゴボゴボ
ザシュッ

「艦長、このゴボゴボという音は、やはり原子炉の周りの海水が沸騰する音では？」

「うむ」

山津波はマイクを取った。

今は戦時ではない。危うきには近づかぬほうが良いだろう。

「機関室。ゆっくり後進だ。２ノットでいい。音を出さぬようにな――ソナー係、やつの音を記録し続けろ」

「はっ」

山津波は発令所へ戻ると、

「副長。戦闘配置だ。用心しながらこの場を離れよう」

「はっ」

しかしインターフォンが叫んだ。

『艦長、〈目標〉はこちらへ進路を変えました』

「なにっ！」

『接近中です。依然15ノット。気づかれました』

事故を起こした原潜が、こちらへ来る？

（東日本の潜水艦には一度も探知されたことのないこの〈さつましらなみ〉が？　いやそれより、原子炉事故を起こしているならこっちにかまっている余裕などないだろうに——）

ザシュッ
ザシュッ
グゴボゴボゴボ
ザシュッ
『艦長、〈目標〉は速度を上げました。17ノット。まだ増速します、18ノット、19ノット』

「後進全速！」

「はっ、後進全速」

機関室では命令を受けて、モーターの回転が上げられた。

インインインインイン――

ディーゼル潜水艦というのは、ディーゼルエンジンが直接スクリューのプロペラシャフトを回すのではない。ディーゼルエンジンは発電をするだけで、起こした電気がバッテリーに蓄えられ、バッテリーの電気がスクリューのモーターを回すのだ。

だからガスタービンで直接スクリューをぶん回す水上艦艇の駆逐艦などに比べれば、いささか加速が心もとない。もともとディーゼル潜水艦は、静かに待ち伏せて不意打ちを食わすのが専門なのだ。追いかけっこには向いていない。

ギュルルルルル！

〈さつましらなみ〉艦尾の単軸スクリューが、それでも精一杯に逆回転を始めた。

「後進全開。現在5ノット。7ノット」

『〈目標〉接近。距離600メートル。さらに接近』

「出力一杯に上げろ」

『艦長、こちら機関室。後進では最大20ノットが限度です。回頭して前進できませんか？』

シュッシュッシュッ

東日本の水上艦艇や対潜哨戒機に探知されるのもやむを得ない最大出力と最高回転数で、〈さつましらなみ〉は深度１５０メートルの海中をバックした。

ザシュッ

ザシュッ

グォオオオ

ザシュッ

秋の日がとうに暮れた海面の下、蒼黒《あおぐろ》い世界を何かが、巨大な影が、後退する潜水艦の艦首方向に広がり、こちらへ迫ってくる。

「現在12ノット、13ノット」

これだけ後進で速度がついてしまっては、いまさら回頭して前進に切り替えるのはロスが大きい。

（このまま後進で逃げ切るよりないだろう。しかしこの潜水艦、なぜこちらに向かっているのだ？　どうしてこちらに気づいたのだ？　原子炉事故で艦の周囲の海水が沸騰寸前なら、一刻も早く基地に帰らなければ——いや）

山津波の頭に、恐ろしい考えが浮かんだ。

（潜水艦の原子炉で炉心溶融が起きて、艦の外側にまで高熱が回るような事態では、もう乗組員が生き残れるチャンスはない。あの潜水艦——あれが本当に潜水艦だとするならば——は、母港に汚染を持ちこむくらいなら、深海で自沈するより道は……）

「艦長」

副長の福岡大尉が、山津波の恐れていたことを代弁した。

「発見された以上、われわれを道連れに自沈する気では？」

「馬鹿な！」

『艦長、〈目標〉が速度を上げました』

ザシュッ　ザシュッ　ザシュッ

ザシュッ　ザシュッ　ザシュッ

グゴオオオオオ

『艦長、後進出力一杯、これ以上無理です』

「艦長、現在本艦は20ノット、このままでは追いつかれます！」

「機関室！」

山津波はマイクに叫んだ。

「焼きついてもかまわん。もっと回せ！　それから艦首魚雷室！」

『こちら艦首魚雷室。戦闘配置についています』

「一番二番、魚雷装塡《そうてん》。発射用意にかかれ」

『了解』

シュッシュッシュッシュッ

ザシュッ　ザシュッ　ザシュッ　ザシュッ

グォオオオオオ！

蒼黒い海中の空間を押し分けて、小山のような巨大な影が迫ってくる。おぼろな、円い丘のような巨大な黒い影だ。はるか頭上の海面では太陽が沈んでしまい、海中空間は一寸先も見えぬ闇《やみ》になりつつあった。

「攻撃管制士官！　やつの水測データをインプットせよ」

「はっ」

「総員、雷撃戦用意！」

ヴィイイイッ！　ヴィイイイイッ！

「総員雷撃戦用意」

「雷撃戦用意！」

『海水温度が上がります！　現在80℃』

「潜水艦ごとゆでダコになるぞ。冷房をフルに回せ！」

〈さつましらなみ〉は全速で後退し続けた。

にぶく黒光りする涙滴型の、鯨のような船体がスクリューを最大出力で逆転させながら、闇の中に白い泡をぶんまいて後進して行く。

シュッシュッシュッシュッ！

巨大な影は、円い巨大なドームのようなシルエットを現わしつつあった。

それは上半分が巨大な半円球のドームで、それ自体が発する高熱により周りの海水を沸騰させ、白い猛烈な泡の膜に包まれていた。そしてその下には——

「スキャン・ソナーを発振しろ。やつの正体が見たい」

山津波は命じた。

『艦長、この速度で後進していては、かなり精度が落ちますが』

「かまわん。やつの表面を探るんだ！」

イワシの群れ、カツオ、鮫《さめ》、その他すべての海中生物が山火事の森から逃げ出すタヌキや鹿のように必死で迫り来る影から逃げていく。

ピコーン！

〈さつましらなみ〉の涙滴型の艦首から、物体の形を調べる機能を持つスキャン・ソナーが影に向けて発振された。攻撃型潜水艦には窓がないので〈闇夜の海中では、あっても役に立たない〉、海底の地形などを知りたい時にはこれを使うのだ。スキャン・ソナーは物体に当たって返ってきた音波を解析し、ディスプレーに写真に似た映像を映し出す。

「なんだこれは！」

発令所の液晶画面に表示された映像を見て、山津波は叫んだ。

思わず副長と航海長もコンソールをのぞきこむ。

レントゲン写真のようなコントラストで、〈目標〉の表面の形が映し出されている。

「激しい泡に包まれていて、はっきりわからんぞ」

「艦長、クラゲの頭部のようにも見えます。巨大な」

「クラゲ？」

『艦長、水測室です。〈目標〉は巨大なドーム状の物体。ものすごく巨大です。直径は概算で――水温が高すぎてデータが不確実ですが――少なくとも150メートル』

「150？」

「150？」

「直径150メートルの、半球状の潜水艦だと？」

『艦長、これは潜水艦ではありません。この推進音は――やはりイカかタコが海水をかく音です。機械ではありません！』

冗談じゃない、と発令所の士官たちは顔を見合わせた。

巨大な影は、必死に後退して逃げる潜水艦に、覆いかぶさるように迫ってきた。

ザシュッ　ザシュッ　ザシュッ　ザシュッ
ズグォオオオ――

「艦長、これはやっぱり、潜水艦ではないのですか？」

「お前たちどう見える？」

山津波は、猛烈な泡の膜になかば隠された、巨大な物体の反響映像を指さした。

「巨大なクラゲか、タコの頭の部分のような——」

「クラゲというより、海坊主ですな」

ザシュッ
巨大な影の下で、無数のイボを持った長大な半透明の〈脚〉が数百本、黒い海水をかいて巨大な半球状の頭部を前進させた。
ザシュッ！
ズグォオオ——

「体内に原子炉を持って、高熱と放射能をまき散らす直径150メートルのクラゲか？」

山津波は、スキャン・ソナーの映像を映し出す画面の端のほうを、ボールペンで叩《たた》いた。

「ここを見ろ。やつには〈翼〉が生えてるぞ。フレームからはみ出てしまっているが、これはどう見ても——」

『艦長、こちら魚雷室。一番、二番魚雷、装填完了。発射のデータを下さい』

「攻撃管制士官、魚雷のデータ・インプットはまだか？」

山津波は振り向いて叫んだ。

「ちょっと待って下さい、コンピューターが……くそっ」

発令所の攻撃管制席に着いた中尉が、発射管制コンピューターのキーボードを叩きながら悪態をついた。ソナーの水測値をもとにした目標のデータをここから入れてやることで、魚雷はいったん発射されたら目標をどこまでも追って、百発百中で命中する。

「――データが、入らない！」

しかし、ハイテク化された〈さつましらなみ〉のMK《マーク》48魚雷の弾頭は、艦船のスクリュー音を追って襲いかかるように作られており、スクリューを持っていない小山のように大きな目標を攻撃するようには出来ていなかった。そのため、攻撃管制士官が目標データを入れようとしても、『INVALID　ENTRY（データ間違い。入れ直せ）』というコンピューターの拒否メッセージが出てしまい、はじめの状態に戻ってしまうのだった。

「管制士官。かまわん、データなしでまっすぐ前へぶっぱなせ。あれだけ大きければ必ず当たる！」

「はっ」

『艦長、〈目標〉は艦首後方距離５００メートルです。差が縮まっています。四分で追いつかれます！』

「発射管、前扉開け」

「了解」

水密管制を担当する下士官が、六門の艦首魚雷発射管のうち一番と二番の前扉をオープンさせた。

ゴボッ
圧縮空気の泡が吹き出し、流線形の黒い艦首で二門の発射管が開く。吹き出した泡は、吹っ飛ぶように流れ去る。艦がフルスピードで後退しているのだ。

水密管制員のコンソールに、グリーンのランプが二つ点《つ》いた。

それを確認すると、山津波はマイクを取った。

「魚雷発射。直接照準」

山津波は、〈目標〉との距離を確認しながら命じた。

「撃てっ！」

お堀端〈西帝都会館〉
レストラン　オウ・ドゥ・ラ・クド
同時刻

その中年男は、見るからに安そうな背広を着ていた。

中年男がそのレストランの入り口をくぐって行くと、黒い上着に蝶《ちょう》ネクタイをしめた給仕頭が、見とがめるように、

「いらっしゃいませ。ご予約でございますか？」と言った。

「い、いや別に、してないんだけど」男はおどおどと答えた。

「お食事でございますか？」

給仕頭は念を押すように言った。

中年男は、靴の先から頭のてっぺんまで見られたような気がした。

「う、うん、そうだけど」

「ではこちらへ」

夕食には時間が早く、店内はすいていた。しかし中年男は、隅っこの目立たぬ席へ案内された。

「どうぞ」

給仕頭は椅子を引いた。その『どうぞ』には、『お前なんかここで十分だ』と言う意味が含まれていた。

「メニューでございます」

白服のウエイターが、中年男に分厚いものを二冊、手渡した。革張りの表紙で、渡されると手が沈みこむようだ。

「こちらがワインリスト」

「あ、ワインはいいよ」

「は？　では何か他にお飲み物をおうかがいします」

まさか何も飲まないつもりじゃないだろうな、と言う意味をこめてウエイターは言った。

「いや、酒は飲まないんだ。水をくれ」

「水！　はい、かしこまりました」

この貧乏人め、という軽蔑《けいべつ》の一礼をしてからウエイターは下がった。

男はメニューを広げた。

分厚いメニューはフランス語と英語で書かれており、申しわけ程度に和文の注釈がついていた。メニューには、コースしかなかった。

ろくに見終わらないうちに、給仕頭がやってきた。

給仕頭はつかつかと歩み寄り、面倒をかけるんじゃねえぞ、という意味をこめて、

「お決まりでございますか？」と言った。

男はおずおずと頭を上げると、

「あのう、単品は無いの？」と聞いた。あまりの値段にびっくりした表情をしていた。

「それは困るんですよね」

ひとっかけらの情けも見せずに給仕頭はぴしゃりと言った。

「当店は、コースでフランス料理をお楽しみいただく店でございますので」

今あやまって出て行くんなら許してやってもいいぞ、という口調だった。

「じゃ、じゃあ、ええと、Cコース」

男は、おびえた口調でいちばん安いコースを選んだ。

「Cコースでございますね。かしこまりました。メインディッシュはお肉とお魚とございますが」

給仕頭は男に料理を選ばせ、肉の焼き加減を事務的に聞くと、さっさと下がった。

男は、店内を見まわした。窓から西東京離宮（旧皇居）の緑が見える。ここは、丸

の内の外れにある大きな会館ビルの二階だった。

窓際の席はずらりと空いていたが、そこは上席らしく男は座らせてもらえなかった。その窓際の席の真ん中あたりに、二人連れの外国人客がいた。外国人客のテーブルに、サラダが出るところだった。先ほどの給仕頭が三種類のドレッシングを指し示し、打って変わった嬉々《きき》とした顔でサービスしていた。動作はきびきびとしており、手の動きなどは外国人の真似なのか大げさで、白人の紳士が笑うと一緒になって顔をくしゃくしゃにして嬉《うれ》しそうに笑った。

時間が早いせいで客はまばらだった。男は、もう一方の隅の席に、一組の若い男女のカップルがいるのを見つけた。ひと目で彼と同様に冷遇されているのがわかった。若い青年は二十歳すこし、女の子はそれより若いだろう。二人とも田舎から出てきたばかりのような地味な顔だちで、おそらくこういう店へ来るのは初めてなのだろう、女の子はいかにも田舎娘の一張羅のワンピース、青年の方も似合わないネクタイをしていた。二人とも緊張しているようだった。

男のテーブルにスープがきた。

白服のウエイターは、『スープでございます』とも『お待たせいたしました』とも、『失礼いたします』とさえ、言わなかった。無言で皿をゴトンと置き、去った。下げる時にも、何も言わなかった。男は、この店ではウエイターに皿を運ばせる時に、客に対して何も言うなと教育しているのだろうか、といぶかった。それとも、それが本式のフランス料理の給仕法なのだろうか。

次にサラダがきた。

給仕頭がワゴンを押して、『ええい面倒くせえがお前にも一応ドレッシング選ばせてやるよ。どれがいい？　いっちょうまえに悩むんじゃねえよ、そうかよ、よしかけてやる、ほれ大サービスだありがたく思え』という態度で、男の皿にフレンチ・ドレッシングをかけ、去った。

料理はまずかった。前菜はぱさぱさで、味つけは塩辛くぞんざいで、材料は古かった。飛行機の機内食で出る前菜のほうが、よほどましだと思われた。

ひどいな、と男は思って顔を上げた。

丸の内という場所柄がいいだけで、政財界の会合や有名人のパーティーはしょっちゅう持たれるし、結婚式もひっきりなしにある。外国人客もたくさんくる。仕出し屋弁当のような料理を出していても、商売になるのだった。頭を下げなくても客は来るから、従業員が有名人と外国人だけにぺこぺこし、一般の客を馬鹿にしていても、つぶれないのだった。

ステーキがきた。

ミディアムレアと言っておいたのに、どうせ肉の焼き加減なんかわかりゃしねえだろう、お前なんかこれでたくさんだと言わんばかりの、カチンカチンの肉であった。

「あっ」若いカップルの女の子の方が、誤って床にナイフをおとした。それを見て柱の脇《わき》にいた二人のウエイターが、くすくすと笑った。

よし、と男は一人うなずいた。

「おい」給仕頭を呼んだ。

背中を向けていた給仕頭は、ん？　と思った。

打って変わった堂々とした声が、風采《ふうさい》の上がらぬ中年男がいる席の方から聞こえたのだ。

いつもならそういう客の呼びかけは二、三度無視しておいて、『あの、すいません』という声に悲壮感が十分こもってから鷹揚《おうよう》に答えてやるのだが、その時給仕頭は思わず振りむいてしまった。

しまった、簡単に振りむいてしまったぞ、と給仕頭は頭の中で舌打ちした。

俺としたことがなんたることだ。しかし、あらゆるサービス業の人間を一言で振りむかせる迫力を、その中年男の『おい』は持っていたのだ。

「おい。お前」

中年男の顔つきが変わっていた。態度がまるきり違っていた。給仕頭は、ネコがいきなり獅子《しし》に変化したような印象を受けていた。

「は、な、なんでございますか？」

そういえばこの男、どこかで見たような顔だが。

「勘定書を持ってこい」

「は、しかしまだ」

デザートが、という言葉を給仕頭は思わず呑《の》みこんでいた。男が、やや上目遣いにぎょろりと睨《にら》んだからだ。

「はい、ただいま」

伝票を持っていくと、男は一瞥《いちべつ》し、支払いはテーブルでいいのか、と聞いた。給仕頭が結構でございますと言うと、男は内ポケットから財布を出した。給仕頭はプロの素早さで男の手元を見た。財布にはクレジットカードは一枚もなく、小額紙幣が多かった。おまけに腕時計は国産の安物だ。

なんだ、俺としたことが何をおびえているんだ、こいつはやっぱりただの貧乏人だ、と給仕頭は自分に言い聞かせた。そうだ、いつも自分が相手にしている政治家や財界人や上流の家柄のよいお客様や、日本人よりもえらい白人の外国人のお客様にくらべたら、屁《へ》のようなやつだ。

（よし）

給仕頭は自分も屁のような人間であることも忘れて、全力で巻き返しにかかろうとした。

(そうだこのおっさん、金が足りねえもんだからコースを途中でやめて、そのぶんだけ安くしてくれとか言いだすんじゃねえだろうな。そうだ、そうに決まってる)

男は、細かい札を数えている。小銭までジャラジャラと出し始めた。

(ようし、もし金が足りなかったら、この場でののしりたおして警察に突き出してやる。一瞬でも貧乏人の分際で俺を『おい』なんて呼びやがった罰だ)

男は、トレイに金を置いた。

「ちょうどだ」

給仕頭は、眼でさっと数えた。やはり足りない!

「失礼ですがお客様」

給仕頭はできるだけ嫌らしく慇懃《いんぎん》に、しかも声を張り上げて言った。

「お金が足りませんが。ちゃんとお支払いください!」

「それでいい」

男はまったくひるまず、微動だにせず、にべもなく言った。

「それで合ってる」

「足りません!」

もう遠慮はいらない。給仕頭は気持ちよく興奮してののしった。ここにあるお金はこれだけです、請求書は税金サービス料込みでこれだけです、あなた様のお払いになったぶんでは、これこれこれだけ足りません！　いますぐお支払いいただくか、さもなくば、

「警察へ――」

そこまで給仕頭は得意そうにまくしたてた。大声になっていた。レストラン中の人間が注目していた。客はあっけにとられ、従業員は調理場のシェフからコックまでがぞろぞろと近寄ってきてはこの面白い見世物を見物していた。しかし、

「黙れっ！」

男が一喝すると、

「ひっ」

給仕頭は電撃を食らったようにのけぞってしまった。

なんだこの男は？　やはりただ者ではないのか？　この顔もどこかで見たような気がする。しかし、なりはただの貧乏人だ。給仕頭は、次第に混乱し始めた。

「料理には代金を払ってやる。しかしこの十パーセントのサービス料というのは払わん」

「なんですと！　踏み倒すつもりですかあんた？」

「お前たちはサービスをしていない」

「なに！」

男は、ちょうど集まっている従業員全員をねめまわすように、

「お前たちは、〈奉仕〉をしていない。だからお前たちにサービス料は要らない。だからこれだけでいい」

男を取り囲んだ従業員の中には、人数を頼んで袋だたきにしてやろうかと考える者もいた。しかし男の妙な迫力に気圧されて、できないでいた。男がこんな場でまったく泰然としているのも不気味だった。

「し、しかしそれでは……」

給仕頭が言い返そうとすると、男は顔をまっすぐに向け、

「おいお前。俺の顔も知らないで、よくこの丸の内で商売しているな」

次の瞬間、

「あっ――！」

給仕頭の潜在意識の底から、有名人にだけぺこぺこする卑屈な根性が怒涛《どとう》のように押し寄せ高慢な虚栄心をこなごなにぶち砕いた。

「あ、あ、あなた様は――き、き、き」

男は無言で睨んでいる。

「あわわ！」

給仕頭はがばっとその場にひれ伏すと、頭を床にこすりつけて詫《わ》び始めた。

「もっ、もっ、申しわけございませんっ！」


総理府秘書官・迎理一郎は、木枯らしの丸の内をひた走るリムジンの後席で、周囲の建物を見上げていた。

「あったあった、ここだ。停めてくれ」

黒塗りのベンツは、〈西帝都会館〉と書かれたビルの前で停った。長身の迎が、回転ドアへ飛びこんでいく。

迎は豪華なシャンデリアが下がったロビーを走って横切り、ロビーに面した赤じゅうたんの階段を駆け上がった。

この会館ビルは政財界の会合などによく使われたものだが、今の首相がぜいたくぎらいなため、現政権になってから迎は一度も来たことがない。

（レストランはどこだ？）

迎は案内をたしかめながら急いだ。

（ここか――うっ）

目指すレストランを見つけ、入り口へ駆けこむと、異様な光景だった。

店内のフロアには給仕頭からウエイターからシェフからコックから、とにかく従業員全員がアラーの礼拝のようにひれ伏し、「申しわけありません、申しわけありません」と大合唱している。

迎は舌打ちした。

おやっさん、またやったな。

「許さん！　さんざん一般市民を馬鹿にし、こけにしおって。しかも高い金を取りひどい料理。お前らのような店が神聖な議事堂のそばにあるとは気持ちが悪い。即刻、取りつぶしだ！」

「ひえええっ」

「お、お、おゆるしを」

「お取りつぶしだけは、どうかご勘弁を！」

「ご、ご勘弁を～！」

真ん中で怒鳴っているのが、迎の求める人物だった。

「この店のオーナーはどこだ！　呼んでこい」

「しゃ、社長は本日、た、たしか川奈でゴルフでございます」

「ゴルフ……やっぱり取りつぶしだ」

「ひ、ひええ～！」

「申しわけございません！」

「みんな反省いたします！」

「俺にだけあやまるとは何ごとだ！　おいそこのウエイター二人、あそこの娘さんにあやまれっ！」

「は、はいっ」

「お、お客様、申しわけございません」

「わたくしどもが悪うございました」

「申しわけございません」

迎は、やれやれ困ったもんだという顔でそれを眺めていたが、今はそれどころではないことを思い出した。

「総理！」

迎は男を呼んだ。

「総理、それくらいにしてください」

「外へお食事に出られる時は、行き先を知らせていただかなくては困ります」

迎秘書官はリムジンの後部座席で不満をたれた。

「まあそう言うな。態度の悪いレストランをつぶして歩くのは、俺の唯一の道楽だ」

木谷首相は、着替えた上等の上着の襟に議員バッジをつけながら言った。

「行き先を教えたら、お前が止めにくるだろ?」

「学生時代に高級レストランで店員に馬鹿にされたことを、まだ根にもっていらっしゃるのですか?」

「国民の住みやすい環境をつくるのは為政者のつとめさ。違うか?」

「やれやれ」

優秀な若手秘書官である迎は、手腕のある精力的な政治家の多くがとんでもない奇態なストレス解消法を持っていることを知っていたので、口では諭しつつもこれくらいなら楽なほうだと思っていた。仲間の秘書官には愛人の送り迎えまでしている者がざらにいる。

しかし迎には、木谷のこの憂さ晴らしは理解できなかった。いや、理屈では木谷がそうしたくなるのはわかっているつもりだ。若い頃に自分を馬鹿にした連中を、内閣総理大臣という出世の頂点に立った今、気晴らしにたたきつぶして歩く。それはある意味でいい気晴らしかも知れない。だが心情的に同調できないのだ。

迎は、幼稚舎から高校までを慶應《けいおう》で過ごし、大学は東大の法学部政治学科を出ている。

長身の知的な優男で父は財閥系大企業の重役であった。家は三代前から渋谷区松濤に屋敷をかまえている。高校三年の時にスウェーデン製の外車を与えられて、以来それを足としてきたので電車やバスになどろくに乗ったことがなく、今でも公務中に迷わないように裏側が地下鉄路線図になった厚紙のカレンダーをポケットに入れている。

そんな迎には、女は寄ってくるのが当然という感覚があったし、都内のどんなレストランやホテルでも手厚くもてなされるのが当たり前だと思っていた。しかし木谷の奇行からその青春時代を想えば、随分と暗い季節であったろうことはわかる。

木谷の家はたしか、愛知県の庶民家庭だ。大学は早稲田である。自分とは二十年近い年代の差があるから簡単には当てはめられないものの、たしかに迎は思う。自分が大学生のころ、二十歳ぐらいの木谷が風采のあがらぬ格好で六本木の〈クシャトリア〉に入ってきたとしたら、俺は隣にはべらせた白百合学園のＪＪモデルと一緒になって、あざけり笑い飛ばしていただろう。

しかしもちろん男の値打ちというものは、クラブでいかに女にもてるかということではない。木谷は社会で――彼の選んだ官僚社会という世界でめきめき頭角を現わし、弱冠四十二歳で西日本帝国の首相にまでなってしまった。

世の中には、五年前の〈東日本ゲリラ国会襲撃事件〉で永田町界隈《かいわい》の長老たちが全員死んでしまったために、いやおうなく繰り上がって首相になれたのだと木谷を評する声もある。しかし、秘書官として迎は、それがとんでもない間違いであることを知っている。木谷の才覚と手腕は本物だ。支持母体を何も持っていないのに、政策だけで当選する西日本帝国唯一の政治家だと言って間違いはない。たとえ五年前のゲリラ襲撃がなくとも、やはりいずれは一国の宰相の地位に就く者だと迎は感じている。ただそれが、ゲリラのせいで十年ほど早くなっただけだ。

自分は、木谷の地位まで行けないな、と迎は感じている。

秘書官として木谷とともに仕事をし、いろいろと勉強した。木谷のずば抜けた能力の源泉となっているものが何であるかも知った。

木谷の力の源泉は、迎の見るところ〈克己心〉であった。『いまに見ていろ』という強烈な意志であった。貧乏なサラリーマンの子として育ち、冷房も暖房もない貧しい借家で歯を食いしばって勉強し、親がやっとの思いで入れてくれた東京の大学では、外車を乗りまわすお坊ちゃん大学生や着飾ってマンションに住むお嬢さん女子大生が、テニスやヨットやゴルフやスキーのサークルを作って明るく青春しているのを横目で見ながら、夕方は家庭教師、深夜はコンビニのレジに立ち、休日には駐車場の整理をやりながら勉学に励んだのだ。やっと暇を作って参加した合コンでは日本女子大の遊び人の女に「暗いわね」と馬鹿にされ、ガールフレンドもできず、みんながリゾートや海外へ出かける夏休みや冬休みにも「ユッコ、ナエバの雪どうだった～?」

「ぜんぜ～ん。でも彼といっしょだったからサイコ～」とか「日本医科大学オールシーズンスポーツクラブ〈サウサリート〉ただいまより打ち上げ～！」「きゃ～かんぱ～い！」というような会話を必死で無視しながらパブで酒の盆を運んでいたのだ。

　そしてある冬の日、たったひとりの誕生日に、金を工面して出かけたフランス料理店で、給仕に馬鹿にされた。

　その店は、ある若者雑誌のカラーページに紹介されていた麻布のレストランだった。

　モデルの可愛い女の子がにっこりと看板を指さして、『お店の人もとっても親切でした』と写っていた。

　その日、独りぼっちだった木谷は、自分の周りに明るさが欲しかった。この世には頼まれなくても何十人という人間に誕生日を祝ってもらえる者もいるというのに、俺はなぜ寂しい思いをして苦しまねばならないのだろう。俺は好き好んで苦労しているんじゃないんだ。貧しいのだって俺のせいじゃないんだ。定年間近の親父や内職で苦労しているお袋や、そしてもちろん俺自身のために、偉くなろうとして勉学に励んでいるんじゃないか。それなのに自分の生まれた誕生日に誰も声をかけてくれないなんて、これではまるで『お前には生まれてきた意味がない』『生きている必要がない』と言われているようなものじゃないか、と木谷は自分を憐《あわ》れんだという。それならばせめて、自分の生まれた日にくらい、自分に何かしてやろう、と木谷は思ったのだという。自分に〈明るさ〉を与えてやろう、でなければ、とても自分が可哀想だと思ったという。

しかし明るい場所に行ったところで、彼に明るさが与えられるとは限らなかった。自分のことを哀れな可哀想なやつだと考えて落ちこんでいる人間が、他人にすがりついて明るさを与えてくれと願っても、それは決して与えられはしない。さらに突き放され、軽蔑を受けるだけだ。自分の誇りを保つことが出来なくなり、他からの憐れみを期待して座っている人間など、死にかけたライオンもいいところだ。ハイエナどもにとってこれほどの好餌《こうじ》はない。寄ってたかって噛《か》みつかれ食い殺され、骨までしゃぶられてしまう。

その晩、木谷はまさに、骨までしゃぶられたライオンだったという。その晩のことは忘れはしないという。木谷は恐る恐るその店のドアを開け、入って行こうとした。しかし、三歩とは店内に入れなかった。白服の給仕が目ざとく彼を見つけ、進路をふさぐように立ちはだかったのだ。『何でございますか?』と給仕は言った。木谷が『あの、食事……』と言うと給仕は大げさに『ホー、さようでございますか!』と言いながら木谷を押し出すようにドアの外へ追い出し、『次からは、もっとファッショナブルな服装でおいでください』と言ったそうだ。店内の着飾った男女が、彼の汚いジーンズを指さして笑っていたという。実家からの仕送りとアルバイトのお金で、本を買って下宿代を払ったら、新しいズボンは買えなかったのだ。

　木谷は、頭がぼうっとかすむほどの屈辱の中で、その時悟ったという。男は、たとえどんなに味気ない、砂を嚙むような寂しい境遇にいたとしても、決して他を頼ってはいけない。そういう時男は、味気なさに自ら飛びこむのだ。そして、その時やるべきことを、毎日毎日一生懸命やるのだ。そこから蘇《よみがえ》るためには、それしかない。一瞬一瞬味気なさに耐えながら、やるべきことに全力を注ぎ続けるのだ。そして、自分で光るのだ。自分の内側から、周囲を煌《こう》々《こう》と照らせるほどに明るくなるのだ。俺には、いや人間には、それしかないんだ。そう木谷は悟ったという。

　そしてその暗い時代に受けた数々の屈辱は、彼の強い克己心の原動力としてまるでウラン235のように現在でもなお激しいエネルギーを放出しているのだ。


　迎は生まれつき明るかったし、周囲にはいつも遊びを心得た屈託ない友人や、あかぬけた可愛いガールフレンドが大勢いたので、そんな事を悟ったり考えたりする機会は全然なかった。

　アルバイトだって父親に『遊ぶ金くらい自分で稼げよ』と言われて、仕方なくコンサートの場内整理をやったら、そこで一緒になった女の子と仲良くなってしまって二人でスキーに行っちゃったり、勉強も歯を食いしばらなくたって東大に入れちゃったし、大学の授業のないときも、金曜日の晩のパーティーのためにクラブを借り切ったり、休みにみんなで行くスキーツアーのためにホテルを手配したり、もちろんデートしたりと大忙しで、とても克己心とか男の誇りとかを考えている暇はなかったのだ。

俺は、通常出力以上を決して出さない発電所のようなものだな、と迎は思っていた。

ここまですんなりと来てしまった代わりに、これから大きな飛躍もないだろう。

でも、別にいいじゃないか。俺は結構毎日楽しいんだし、国家の大局を憂《うれ》えるのは、若い頃から憂える練習をしてきた人たちに任せればよいのだ。

「総理、それどころではありません。緊急事態です」

「緊急事態だと？　また〈東〉か？」

「はい」

「今度はなんだ？　また宇宙空母の領空侵犯か？　迎撃機の発砲許可ならいくらでも出してやるぞ。なめられてたまるか」

「いえ総理。どうやら十二時間前に我が領空を通過した宇宙空母〈平等の星〉は、軌道上で何かを追っていたらしい、と判明したのです」

「なに？」

「十二時間前の、静止軌道外における大型核爆発事件は、〈東〉が何かを捕獲しようとして起こしたものではないか、というのが国家安全保障局・中央情報管理本部の分析です」

「静止軌道外で核なんか使って、何を捕まえようとしていたんだ？」

「わかりません。詳しくは波頭少佐が説明します」

「とにかく、国防総省へ急げ」

「はっ」


木谷を乗せたリムジンは、桜田門を通過して赤坂方面へ疾走した。

六本木　国防総省

「総理が見つかりました。こちらへ急行中です」

「よろしい」

知らせを持ってきた事務官にうなずくと、国家安全保障局の波頭少佐はプロジェクターの映像を映したスクリーンに向き直った。

「まったく、非常事態が起きても空軍の最高指揮官は来ないし総理がどこにいるのかもわからないし、西日本帝国の危機管理体制は大幅に見直さざるを得ませんな。みなさん、ソ連が崩壊したからといって、世界情勢はちっとも安全なほうへは行っとらんのですよ」

波頭少佐は、居ならぶ将官や政府の高級事務官たちを目の前にして、すこしも発言に遠慮がなかった。

「まあ波頭少佐」

峰中将が言った。

「空軍の新谷少将は、硫黄島の衛星高度戦闘機隊の基地へ視察に行っていたのだ。国を守る最前線をトップがひんぱんに訪れるのはよいことだぞ」

「ハリアーで行くべきでした」

波頭はにべもなく言った。

「いつ何時でも、一時間以内にこの国防総合指令室へ駆けつけられる手段を身のまわりに置いておかないようでは、一軍をひきいる将とは言えません。ヘリでは硫黄島からここの前庭まで飛んでくるのに二時間半もかかってしまいます」

骨のあるやつだ、と峰中将は思った。波頭は年齢では三十代の前半だろうか。このくらい鼻っ柱の強い若手将校がいてくれれば、軍の将来も大丈夫だろう。

「さて、今回問題なのは、宇宙空間で大型核爆発を起こして、世界各国の防空司令部を大あわてさせた旧ソ連の残党と見られる一味が、何をたくらんでいたのか、ということです」

「うむ」

「うむ」

プロジェクターの光線が暗がりをつらぬく会議室で、波頭少佐に視線が集まる。

波頭がお偉方の前ででかい口をきけるのも、彼のもたらす情報分析がいつも画期的だからだ。

たとえば、今年の春に東日本共和国が打ち上げた新しい偵察衛星は、西日本帝国の領土上を通過せず、東日本の東北地方をおもにカメラにおさめるという奇妙な軌道を取っている。打ち上げに失敗したのだろうという大方の分析を否定して、波頭少佐は『この偵察衛星は、自国の百姓の〈隠し田〉を発見し、これに課税するのが目的で打ち上げられたのだ』と主張した。

（あの時、波頭の分析は物議をかもしたが、実際はそのとおりで、東日本の農民が国営農場でろくに働かず、山の中に戦国時代のような〈隠し田〉を作って、自分たちの食べる米をこっそり作っていることがわかったのだ――）

峰はその分析を聞いた時に、感心したものだ。

（――東日本の食糧事情がわかったおかげで、われわれ西日本の農林水産省は、いつもよりずっと高い値段で東日本に農産物を売りつけることができた。おかげで増えた予算で、わが〈大和〉にガスタービン・エンジンをつけてやることができた。態度のでかい若造だがこの波頭の分析は切れるぞ――）

波頭は説明を始めた。

「旧ソ連の残党――われわれ中央情報管理本部では〈ネオ・ソビエト〉と呼んでいますが――は、言うまでもなく過去の栄光の復活、すなわち自分たちが特権階級として支配する大帝国をもう一度この地上に建設することを夢見ています」

ネオ・ソビエト？

暗い会議室の中をどよめきが走った。

「ふん、ネオ・ナチのようなものだな。主義主張が違うだけで中身は一緒か」

「やっかいな連中だ」

「波頭少佐」

峰がたずねた。

「そのネオ・ソビエト――大昔のソ連の復活をねらう残党のやつらは、どうして静止軌道外で核など爆発させたのかね？」

波頭は、よい質問です、というようにうなずいて、

「みなさん、ふつうに考えれば、ネオ・ソビエトの野望は不可能に近いのです。もう旧ソ連のような国がこの地球上に出現することなど、人類の誰も望んでいません、しかし――」

「しかし？」

「はい。しかし、地上に唯一残っている旧ソ連時代の彼らの傀儡《かいらい》国家〈東日本共和国〉が、もし世界最強の軍事力を持つことになったら、どうです？」

　ざわざわと会議室がざわめいた。

「くだらん」

「そんなことは不可能だ。経済力からしても――」

「そうだ。〈東〉の連中は、国民みんなやる気がなくて、自分らの食う米にすら困っている状態だぞ」

「お静かにみなさん」

　波頭は、スクリーンを指す指揮棒でテーブルをとんとんと叩いた。

「経済力がなくても、東日本に画期的新兵器が手に入ったとしたらいかがです？」

「画期的新兵器？」

「あるいは、〈超《オーバー》テクノロジー〉と申しあげてもよい。自由圏のあらゆる航空機をしのぐ飛行技術、原子力を超えるエネルギー、核をしのぐ破壊力を持った武器。この地球どころか、宇宙を制するような〈超テクノロジー〉です」

「馬鹿な」

「そんなものがどこにある？」

「あるのです」

「どこに？」

　ざわざわざわ
（なにを言いだすつもりだ――？）

　峰は首をかしげた。

（波頭は、絵空事を口にする男ではないはずだが――）


「総理。こちらです、急いでください」

「検問所を四つも設けなくたって、俺の顔ぐらいわかるだろうに」

「規則ですから、そういうわけにもいきません」

　国防総省地下三階にたどり着いたはいいが、検問のたびに木谷の胸ポケットのボールペンや財布の小銭が金属探知機に反応してピーピー鳴るので、木谷はいちいち上着を脱いで係員のボディーチェックを受けなければならなかった。

「ったく、西日本製の金属探知機は感度がよすぎていかんな」

「米国製は信用ならんといって、全部替えさせたのは総理ですよ」

若い迎秘書官を先頭に立て、木谷首相は国防総合指令室へと急いだ。

地下通廊は幾重にも九十九折《つづら》りに曲がっており、走っているうちに自分がどこにいるのかわからなくなってくる。外敵の侵入に備えるのと、万一の場合に放射能が入ってくるのをすこしでも遅らせるためだという。

「東日本の宇宙空母は、宇宙空間の何かを捕獲するために水爆を使ったと言ったな？」

「はい、波頭少佐からの概略報告はそのとおりでしたが」

はあはあ息を切らしながら、木谷は聞いた。

「しかし、核を使ったりしたら何もかも破壊してしまうだろう。解せんな」

白い地下通廊の途中で出迎えた国防総省の事務官が、「お待ちしておりました」と二人を先導した。

ばたん
「総理が見えました」

「おう」

「おお、総理」

「木谷総理」

白い第二種軍装の高級将校たちが立ち上がって木谷を迎えた。

木谷はタカ派でもなんでもなかったが、米国に対する毅然《きぜん》とした態度が受けて、軍部の将校たちにも大変に人気があった。


「それでは分析報告を続けます。すこし古い写真ですが、これをご覧ください」

波頭少佐はプロジェクターのリモコンスイッチを握った。

カチリ
カシャッ！

「おう？」

「なんだこの映像は？」

「なんだ？」

暗い会議室をどよめきが走った。

「波頭君、これは――」

最前列の椅子にどっかり腰をすえた木谷が、身を乗り出してプロジェクターの映像をのぞきこんだ。

「――古い写真のようだが、ひょっとしてこれは、核爆発の跡ではないかね？」

「そのとおりです。この古い白黒写真は、今からざっと百年前――１９０８年にシベリア、、、、、、、、、、、、、の空中で起きた巨大核爆発の爪痕《つめあと》です」

「なんだと？」

ざわざわざわ

百年前に、シベリアで核爆発？

高級将校たちは顔を見合わせる。

あり得ないことだった。

核兵器そのものが開発されたのは１９４５年にアメリカでのこと。

もしミッドウェー海戦で旧帝国海軍がアメリカ艦隊に負けていたら、ひょっとして日本に落とされていたかも知れないと言われている二発の原爆が最初である。

「――――」

波頭少佐は、がやがやとざわめく会議室の暗がりを見渡して、高官たちの興奮がおさまるのを待った。

「みなさん」

波頭は指揮棒でスクリーンに投影された白黒の映像を指しながら、

「この一面に打ち倒されて真っ黒に炭化した原生林をご覧ください。この写真は１９１１年に旧ロシア帝国の科学アカデミーの探険隊が撮影したもので、旧ソ連が崩壊するまでは極秘資料として門外不出のしろものでした。これをわれわれは、ソ連崩壊のどさくさにあるルートを通して入手いたしました。そのほかにも驚くべき分析データがいくつも、いえ大量に、入手できました」

波頭はそこではじめて、ポケットからハンカチを取り出し額の汗をふいた。

「これは世に言う、〈1908年のツングース大隕石《いんせき》〉と呼ばれるものです。地球外から大隕石が落下して、シベリア・ツングース地方の人気のない原生林を焼きはらった。世間ではそういわれてきたものです。しかし——」

ごほん、声がかれたのか波頭はせきをする。

木谷首相をはじめ、国の防衛をあずかる高官たちが波頭に注目する。

「しかしこれは、隕石の落下などではなかった。直径四百キロの広範囲にわたってシベリア原生林を焼きはらい、凍ったタイガをどろどろの黒い沼に変えてしまった巨大爆発は、推定40メガトンの核融合爆発だったのです」

40メガトン——

居並ぶ高官たちは、息を呑んだ。

大きすぎる。いくらなんでも——現在の地球上にも、一発40メガトンの水爆などは存在しない。製作するのも大変ならば、大きすぎてミサイルの弾頭に収まらない。ミサイルで打ち上げられたとしても、そんなに何もかも破壊するような爆弾を使うのは戦略的に意味がない。

「現存する核ミサイルでも、大きくてせいぜい2メガトンだろう。戦略的には、50
0キロトンくらいの弾頭をたくさん作って、数多くばらまいたほうが効果的だ」
吉沢少将が言った。
しかも、核融合爆発だって――？
「核融合反応といえば、水爆だろう。原爆を起爆剤として、さらに三重水素に核融合
反応を起こさせるしろものだ。破壊力は比較にならない。小さな太陽を一つ、地上に
造りだすのと一緒だからな」
「そんなものが、1908年のシベリアに、撃ちこまれたと言うのかね？」
木谷が聞いた。
波頭は、
「総理、総理が『国防に役立つ資料収集にならら金に糸目をつけるな』と命じられたお
かげで、さまざまな情報源からデータを集めることができました。この1908年の
核爆発についてのデータ分析なら、われわれ中央情報管理本部は米国CIAにも負け
ませんよ。よろしいですか、検討を重ねた結果、この事件は、地球外から核融合動力
を持った何者かが地球表面へ降りようとして失敗し、爆発を起こした――つまり平た
く言えば、宇宙に存在する高度なテクノロジーを持った種族の宇宙船がなんらかのト
ラブルで地球へ不時着しようとして失敗し、爆発事故を起こした。そう結論づけるこ

とができます」

「宇宙人の――宇宙船？」

「百年前に？」

がやがやがやがや
トントン！

「お静かにみなさん」

しいん
「ここからが本題です。旧ソ連政府は、この事件の本質に触れるデータを、長いこと極秘にしてしまいこみ、決して国外に出しませんでした。いえ、ソ連政府内部でも、支配階級に当たるほんの一部の人々しか、この事件の真相について知らなかった。それもそのはずです。地球外星間文明の宇宙船の墜落に関してのデータには、極めて大きな軍事的価値があったのです。旧ソ連が、金もないくせになぜあんなにしゃかりきになって宇宙開発をしたと思いますか？　特に衛星の打ち上げはアメリカよりもずっと早かった。彼らには、宇宙空間へアメリカよりも早く手を伸ばさなければならない理由があったのです」

「その、理由とは何かね？」

木谷が聞いた。

波頭は答える。

「総理、もし旧ソ連の支配階級の連中が、宇宙船の墜落跡から得たデータで、地球外星間文明の宇宙船がどこから来たのかを知ったとしたら？　そして、星間文明の宇宙船が、実はけっこうひんぱんに地球のそばを通過していて、その〈航路〉が存在することを旧ソ連の連中が知ったとしたら？　あるいは〈星間定期便の運航スケジュール〉まで手に入れていたかも知れないとしたら、いかがですか？」

「ううむ」

木谷はうなった。

波頭がいい加減な絵空事を口にする男でないことは木谷がいちばんよく知っていた。米国との交渉へ向かうとき、波頭の分析データを持って渡米したら負けたことがなかった。

木谷は、口を開いた。

「俺が、世界征服をねらう大帝国の首領だったら——優れた技術を伝授してもらうために、通りかかった星間文明の宇宙船を呼び止めてお友達になっていただくか——言うことを聞かないようなら、彼らの宇宙船ごとぶんどるか——」

「待ち伏せて？」

波頭が聞く。

「そうだ。待ち伏せて、航行中の宇宙船を無理やりストップさせて——おお！」

木谷は膝《ひざ》を打った。

「——恒星間を飛行するような高速の宇宙船を、無理やり止める手だてといえば——それほどわれわれには選択肢がないな……」

波頭はうなずく。

場内はしんとしている。

「そのとおりです。旧ソ連の支配階級の連中は、ずっと以前から星間文明の宇宙船を捕獲するために、水爆を抱えた追跡衛星を静止軌道上に何個も配置していたのです。廃棄された通信衛星にカムフラージュされたその衛星は、目当ての恒星間宇宙船が地球のそばを通過するのを探知すると、自動的に接近して、その鼻先で爆発するようにプログラムされていたのです」

「なんということだ」

「ひったくりよりひどいではないか」

「仕返しされたらどうするつもりだったんだ？」

「みなさん、これで旧ソ連が崩壊寸前に、高価な国家財産である宇宙ステーションを東日本共和国へ譲り渡したのにも説明がつきます。やつらは——ネオ・ソビエトの一派は、星間文明の高度な〈超テクノロジー〉を手に入れて、東日本を拠点に世界征服へ乗りだすつもりだったのです」

「それで」

「それで」

木谷と峰が同時に乗りだして聞いた。

「ネオ・ソビエトの軌道母艦は、星間文明の宇宙船を捕獲したのか？」

「捕獲してしまったとしたら、えらいことだぞ！」

「そのことですが――」

波頭少佐がせきばらいして答えようとしたとき、
ばたんっ！

会議室のドアを開けて、一人の事務官が駆けこんできた。

「大変です総理！」

「どうしたっ？」

「新谷参謀総長が――空軍の新谷参謀総長を乗せたヘリが、硫黄島からこちらへ急行中、太平洋上で連絡を絶ちましたっ！」

「なにっ」

「なに！」

国防会議室は、騒然とざわめきたった。

父島南東百五十キロ　洋上

帝国空軍所属、UH53J高速大型ヘリコプターは、三十分前に硫黄島の衛星高度戦隊基地を飛び立ち、全速力で北上中だった。

「ナビゲーター！　将軍機が消息を絶ったのはこのあたりかしら？」

天井から足元まで、構造フレーム部分をのぞいて強化ガラス張りになっているコクピットの左側操縦席で、機長の望月ひとみ中尉は振り返って叫んだ。

「はい機長。最後の位置通報があったのは5マイル先です。将軍機が遭難したのだとすれば、ここから半径100マイル（180キロ）以内の範囲だと推測されます」

「100マイルって言ったって――」

望月中尉は、金魚ばちの中にいるみたいに視界がよいUH53Jのコクピットで、水平線を見回した。

見渡す限り、雲と海面しか見えない。

おまけに夕日が沈みかかっており、まもなく夜になる。

六本木の国防総省司令部での緊急会議に出席する空軍参謀総長の新谷少将を乗せ、

二時間前に西東京へ向け基地を発った同型の高速ヘリコプターが、決められた位置通報を行わず、基地からの呼びかけにも答えなくなった。

「遭難って言っても――こんなに天候はいいし、UH53は双発エンジンだから、故障したってそう簡単に落ちるわけがないんだし……いったいどうしたんだろう？」

望月中尉は、ついさっきまで硫黄島基地のパイロット・スタンバイルームで、ソファの上に脚を投げ出してTVの『西東京ラブストーリー』の再放送を見ていた。ドラマが最高潮に達しようというその時に、緊急救難発進のサイレンが鳴りわたったのだ。

「ったくもう、いいところだったのに――」

硫黄島基地は、帝国空軍の衛星高度戦闘機・VX708Aの発進基地である。遥か頭上の宇宙空間で、西日本帝国の領空を脅かそうとする国籍不明の軍用シャトルや衛星が探知されると、八王子の帝都防空司令部から警報が届き、発射台で待機していた二機のVX708がただちにスクランブル発進する。

望月ひとみは、衛星高度戦闘機が発進する際にはいち早くヘリを駆って空に舞い上がって不測の離陸アクシデントに備えたり（離陸に失敗したロケット戦闘機はすぐ海へ落ちる）、燃料切れで硫黄島まで戻ってこられずに海上に着水してしまう衛星高度戦闘機のパイロットと機体を拾い上げに行ったりする。

だから、出撃も訓練もない時間は、スタンバイルームでお茶を飲みながらTVを見るのが仕事だった。

最近宇宙は静かで、ヒマだったのだが今日だけは例外的に忙しかった。

（今日は早朝からスクランブルで、ふだんより多い十機もが軌道へ上がって行ったし、領空侵犯機を深追いして燃料切れで海へ入っちゃった新米がいたし——けっこう忙しかったのにまた仕事か……）

望月中尉には、今朝から宇宙空間で何が起こっているのかなど、まったく知らされていなかった。彼女は二十五歳、主に救難を担当する高速ヘリコプターのパイロットで、軍の機密にタッチする資格など持っていなかった。二十歳の時に、短大を出てキャビンアテンダントの採用試験を受けたが落ちてしまい、『空を飛べるならこっちでもいいや』となかばやけくそで受けた空軍の飛行幹部候補生の試験になぜか合格、それからはずっとパイロットコースを歩んできた。CAを受けるくらい可愛かったので（彼女が航空会社に落ちたのは英語がへたくそだったからだといわれている）、候補生学校では同期のマスコットになってしまい、みんなが親切にカンニングさせてくれたおかげで成績はよかった。

どうせ空軍に入ったのだから戦闘機に乗ろうかと思った。しかし、Ｔ４練習機で空対空戦闘をやらせるとＧにはよく耐えるのに射撃がお話にならないくらいへたくそで、『お前は無理だ、いちころでやられる』と教官に言われてヘリコプターのコースへ回されてしまったのだった。今では、ヘリコプターも面白い、と思っている。地面や海面すれすれを飛ぶのは快感だし、酸素マスクをつけないでよいのも気に入っている。ミッションの真っ最中にコーヒーが飲めるのだ。

「ねえ、コーヒーちょうだい」

後ろの席でサイドパネルに向かっている機上整備士に声をかける。

「大丈夫よ、この天候なら、着水してボートに乗るのも楽だろうし、それほど心配は――」

ひとみがそう言いかけた時、

キュウイー　キュウイー　キュウイー

国際緊急周波数にセットしたＵＨＦ無線機が救難シグナルを受信して、けたたましく鳴り始めた。

ひとみはさっと真顔になると、

「ナビゲーター、方位を！」

「はっ」

「救難員、ホイストとボートを用意！」

「はっ」

　ひとみは、五年間の空軍暮らしですっかり板についた命令口調できぱき指示をすると、操縦桿《そうじゅうかん》をわずかに左へ倒して、ＤＦ（方位指示）計器の指し示す電波の発進源へとＵＨ53の機首を向けた。全速力。

　キイイイイン――――！

「機長、方位は３３０（北北西）、距離は――すぐ近く、25マイル（46キロ）です！」

　後席からタービンのエンジン音に負けないよう、ナビゲーターが声を張りあげる。

「了解！」

　ひとみも負けずに声を張りあげる。指揮官が部下より声が小さいと、命令をしてもついてきてもらえないからだ。

「すぐ夜になるわ。暗くなりきらないうちに気張って見つけるのよみんな！」

「はっ！」

「はっ！」

「機長、大変です！」

レーダーを見ていた副操縦士が叫んだ。

「25マイル先の海面上に、艦船を探知。軍艦です。敵味方識別装置に応答なし」

空軍のＵＨ53は救難または輸送任務に使われる汎用《はんよう》ヘリで、海軍の対潜ヘリコプターではないからそれ以上の艦船識別機能はなかった。魚雷やミサイルなどの対艦兵装もついていない。固定武装は12・7ミリの機銃が二丁あるだけだ。

「まずいわね。ロシアならまだいいけど、東日本の軍艦に拾い上げられたりすると新谷少将は機密文書を持っているはずだし――」

将軍機の救難シグナルは、レーダーに映る所属不明の軍艦とほぼ同じ位置から発信されているのが、近づくにつれ明らかになっていった。

１７０ノットの最大速力を持つＵＨ53にとって、25マイルの距離はあっという間だった。

暮れかけて青紫色の残照が染める水平線に、小さく黒い軍艦のシルエットが見え始めた。

「対空レーダーの電波に気をつけて」

ひとみは副操縦士に、対空ミサイルで狙《ねら》われていないか、脅威表示装置に注目するよう命じた。

「大きな図体ですな」

機上整備士が後ろから双眼鏡をのぞいて言った。

「識別できるかしら？」

「ちょっと待ってください」

ひとみの操縦するＵＨ53は、水平線に現われた艦影に向けて、みるみる接近していく。

「機長、やはり将軍機の救難信号はあの船のあたりから出ています」

ナビゲーターが告げる。

「そう――」

ひとみは双眼鏡をのぞく機上整備士に、

「どこの軍艦だか識別できる？」

このヘリの乗員ではいちばん年かさの下士官である機上整備士は、双眼鏡の倍率を調整しながら、

「機長、あれはクレスタⅡ級ですよ。旧ソ連の大型巡洋艦――電子戦マスト二本、煙突は広くまっすぐ、後部に大型飛行甲板――たしか退役して東日本に払い下げられています。〈東〉じゃたしか、〈平等３型巡洋艦〉と呼ぶらしいですが……」

ひとみは、舌打ちした。

「〈東〉か――まさか、将軍機は撃墜されたんじゃないでしょうね、あの巡洋艦に」

「まさか」

副操縦士が顔を上げて、

「機長、対空レーダーの電波は、出ていません。あの船に敵意はないようです」

「あったらとっくに撃墜されてるわ」

ひとみは、操縦桿を右に倒し右ラダーを踏んで、彼女のヘリコプターを北へ向けた。

東日本の巡洋艦にまっすぐ近づくことを避け、遠回りに後ろから接近することにした。

「こうすれば、こちらに敵意がないこともわかってくれるでしょ。国際緊急周波であの艦を呼びだしてちょうだい」

「了解しました」

ひとみは、北側へぐるっと回ると、旧式のクレスタⅡ級巡洋艦のグレイのシルエットに、艦尾から近づいて行った。右手でコレクティブ・ピッチレバーをすこし引き、ヘリの姿勢を水平に近くして速度をゆるめた。

「機長、巡洋艦から応答がありません」

　何度か無線で呼びかけていた副操縦士が言った。

「それどころか、通常のレーダー電波も出ていないのです」

「通常の捜索レーダーも？　変ね」

　クレスタⅡ級の艦尾が近づいてくる。

　その古い大型の軍艦の後部は、ヘリが斜めに二機並んで着艦できる飛行甲板になっている。正確には航空兵力増強タイプの〈クレスタⅡ級改〉だ。

「巡洋艦は動いていません」

　双眼鏡を向けながら機上整備士が言う。

「航跡が出ていない。スクリューを止めて、まったく静止しているようです」

「どうしたのかしら」

　ひとみは、わたしが呼んでみるわと副操縦士に言い、操縦桿についたマイクのボタンを握った。彼女のヘルメットに内蔵したマイクを通して、眼前の巡洋艦に呼びかける。

「こちらは西日本帝国空軍、救難ヘリ。貴艦に後方から接近中です。応答願います」

　ザー
「聞いてないのかしら？」

「機長、ありましたよ、新谷少将が乗って行かれたＵＨ53です。飛行甲板に停《と》まっています。ちゃんと端に寄って着艦していますよ。おそらくエンジントラブルか何かで、助けてもらったんでしょう」

「そうだといいけど」

　キイイイイン――

「東日本海軍・平等3型、応答願います。こちらは西日本空軍の救難ヘリ。友軍のヘリコプターの乗員を救助に来ました。応答してください。繰り返します、こちらは――」

　コンタクトが取れないので、そのまま相手の甲板に着艦するわけにも行かず、ひとみはヘリをクレスタⅡ級のグレイの船体に沿わせてぐるりと飛ばし、同時に相手の甲板と同じ高さまで降りてみた。夕凪《ゆうなぎ》のおだやかな海面にローターのダウンウォッシュでしぶきを上げて、低空で這《は》うように飛び、古びた巡洋艦の内部をうかがおうとする。

「何か見える？」

　六人の乗員が全員で、それぞれの窓からグレイの巡洋艦をなめるように見まわす。

「何も見えないですね。飛行甲板に人影はありません」

「上甲板にもありません」

キイイイイイン

「変ですよ機長。暗くなってくるのに灯火がまったく点《つ》きません」

「そうね。真っ暗だわ」

静かに波間に浮かぶ灰色の巡洋艦は、動きもせず、灯《あか》りもまったく点けず、人影も見えない。

「どうしたのかしら、この船――」

ひとみは艦内の様子をうかがうように、コクピットの左側の窓から巡洋艦を眺めながら、低空でさらにグレイの船体を一周した。

甲板には、まったく人影はない。乗組員は一人も見えない。

軍艦とはいえ、窓という窓にただのひとつも灯りが見えない。もちろんマストの標識灯も点灯しなかった。

(完全に沈黙しているわ――誰もいないのかしら)

「機長、燃料が帰還ぎりぎりです」

ナビゲーターの声に、ひとみはわれにかえった。

（そうだわ、こうしてる場合じゃない）

ひとみは操縦席から振り返ると、クレスタⅡ級の後部飛行甲板を指さし、副操縦士、機上整備士、ナビゲーター、それに二人の救助員によく聞こえるように、

「みんな、これからあそこへ強行着艦するわ。連絡を絶ったヘリがあそこにある以上、少将はじめ乗員も艦内にいるはずよ。さがしましょう」

「はい」

「はい」

ひとみはヘリの機体をいったん巡洋艦の艦尾うしろ百メートルで安定させると、ゆっくりとホバリング――空中停止させながらクレスタⅡ級の後部飛行甲板へと近づけていった。

パリパリパリパリ
キイイイイン！

彼女のＵＨ53Ｊが甲板に接近しても、艦内から人が出てくる気配はなかった。

（まるでゴースト・シップね――）

ひとみは、その台詞《せりふ》を口に出さずに呑《の》み込んだ。余計なことを言って、部下をおじ

けづかせてはいけない、と思ったのだ。

六本木　国防総省
同時刻

地下三階でエレベーターの扉が開く。

カツカツカツ
ハイヒールのかかとの音を地下通廊に響かせて、一人の女性士官が急ぐ。空軍の制服だ。

「羽生中佐です」

ファイルを抱えた制服の胸から通行証を出すと、衛兵が敬礼した。

ざわざわざわ
『空軍の参謀総長を乗せたヘリが消息を絶った』という知らせを受けて、国防会議室はざわめきたっていた。
カタン

「失礼いたします！」

会議室の扉を開けて入ってきた三十代の女性士官を見て、目ざとい木谷首相が「あれは誰だ？」と小声で聞いた。

「空軍司令部の羽生中佐です。空軍の女性士官では出世頭ですよ。しかも、防衛大ではなく一般大学の出身なのにあそこまで昇進したのです」

迎秘書官が耳打ちすると、木谷は「ほう」とうなずいた。

（美人だなぁ――）木谷は、十九から二十二まで国防一本やりで教育された防衛大出身者よりも、視野の広い一般大学出身の士官を好む傾向があった。

（――若い頃は、もっときれいだったろうな）美人の女性士官も好きだった。

「会議中失礼いたします」

ショートボブの髪にタイトスカートの制服、ハイヒールの彼女は、きりっとしたまなざしで会議室の面々を見渡した。背中に仕事をする女の色気をしょっている。ちょっとすごみがあって、スクリーンの前の波頭少佐が彼女のために場所を空けたほどだ。

「空軍司令部作戦室の、羽生中佐です。参謀総長ヘリ事故に関して報告にまいりました」

彼女の声は、よく透るアルトだった。

会議室のざわめきが静まる。

木谷がうむ、とうなずいて彼女を見る。

「う」その隣で統幕議長の峰中将がきまり悪そうに身じろぎしたのだが、暗い会議室の中で気づく者はいなかった。

「新谷参謀総長の搭乗機、空軍空挺《くうてい》航空団所属の高速ヘリコプターUH53Jは、父島の南東百キロの洋上で、連絡を絶っております。現在、救難ヘリが硫黄島基地から急行中です」

羽生中佐は、まるで民放のニュースキャスターのように歯切れよく、入ってきた情報を読み上げた。

「将軍機は見つかったのか？」

「いいえ。救難機からの報告待ちです」

先ほどまでスクリーンで状況説明をしていた波頭少佐は、腕組みをして聞いていたが、

「父島南東海域か——まずいな」思わずつぶやいた。

木谷首相は、それを聞き逃さなかった。

「どうした？　波頭君」

「いえ」

波頭少佐は、一階級上官にあたる羽生中佐に、「よろしいですか」とスクリーンの前からどいてもらい、

「みなさん、先ほどからのブリーフィングの続きになりますが、この映像をご覧ください」

カチリ
カシャッ
プロジェクターから映し出されたのは、十二時間前に静止軌道外高度四万キロで炸《さく》裂《れつ》したという、大型核爆発の映像だった。

「みなさん、この静止画像は、観測衛星が核の熱線で焼き切れる寸前に送ってよこした最後の一枚です」

脇《わき》にどいた羽生中佐をふくめ、全員がふたたびプロジェクターの映像に見入った。

「この部分をご覧ください」

波頭は、持っていた指揮棒で、露出オーバーで真っ白に輝く四つの核爆発の白色光の左下を指し示した。

「なんだ、それは――？」

「なんだその影は――？」

会議室が、ふたたびどよめいた。

父島南東百キロ　洋上

それは、むずかしい着艦だった。

水平線に日がおちて、すっかり暗くなっていた。その上に前方のクレスタII級——平等3型巡洋艦は灯火をまったく点けていないのだ。

「先に降りているＵＨ53がじゃまだわ。甲板中央標識へは降りられない」

コクピットの左側操縦席で、望月ひとみ中尉は舌打ちした。

凪《な》いだ海面をゆっくりと漂う巨大なグレイの巡洋艦へ、あと五十メートル。

「依然として後部飛行甲板に動くものはありません」

左右の操縦席の間から、双眼鏡をのぞく機上整備士の石井一曹が言った。

「幽霊船かよ、こいつは——」

キイイイイン

無線に応答もなく、外から見ても艦内に人影のない大型巡洋艦——暗くなっても灯火ひとつ点けようとしない。

　しかし、空軍参謀総長を乗せて六本木へ向かったきり消息を絶ったＵＨ53が、飛行甲板に停っているのだ。応答がない以上、着艦して調べなければならない。

　ひとみの操縦するＵＨ53は、ゆっくりとななめにクレスタⅡ級の後部飛行甲板へと近づいて行った。

「ライト点けて」

「はい」

　副操縦士が頭上パネルの着陸灯スイッチを入れる。

　パリパリパリパリパリ！

　ローターの反響音が変わる。

「甲板にさしかかったわ」

　ＵＨ53Ｊの強力なランディング・ライトが、夜になった無人の飛行甲板を照らす。

「下、確認して！」

「はい！」

　副操縦士の浅見少尉が、強化ガラス張りの操縦席の床から下を見る。

「今、甲板の上――下はクリアーです！」

「あのクレーンじゃまだわ」

飛行甲板から荷揚げ用のクレーンが、海面に向かってワイヤーをたらしていた。

これより先には、進めそうにない。ローターを接触してしまう。

「くっ」ひとみはスティックを引き、機首を上げてヘリの行き足を止めた。

機体の動揺につれ、強力な着陸灯のビームが無人の飛行甲板と、着艦指揮所、格納庫などを白くなめまわした。ガラス張りの着艦指揮所の中は無人だ。

(こんなむずかしいの、初めてだわ!)

どうしようもない、このまま下へ落とすしかなかった。

「ちょっと待ってくれ、いま着艦指揮所の中で何か動いた!」

「あとにして!」

「機長、大丈夫です、これ以上前進せずに降りてください」

「よしみんなつかまって! 舌かむわよ」


パリパリパリ!

ひとみは、甲板上1メートルのポジションから、コレクティブ・ピッチレバーでローターの迎角を急激に減らして、ヘリの機体を落下させた。

ドシンッ！

「イグニッション・オフ！」
「オフ！」
「フューエル・カットオフ！」
「カットオフ！」

ヒューンンン――

ただちに双発のタービン・エンジンを停止された大型ヘリコプターは、ローターを空転させせながら静止していく。

「ふう」

機長のひとみは、冷や汗をふいている暇もなかった。

（普通のＯＬになっていればこんな苦労は――いけないい、そんなこと考えてる暇はない）

ひとみは肩からショルダー・ハーネスを外しながら、五人の部下たちを振り向いた。

「さあみんな、降りるわよ！」

実際、二十五歳の女の子といえば、一般の企業につとめていればまだコピーやお茶くみをしている年齢である。昼休みには会議室でお弁当を食べたり、ハンカチとお財布を持って、サンダルばきでオフィス街のスパゲティ屋へランチを食べに行っている年頃である。

しかし彼女は、短大を出て空軍の士官候補生になった。候補生学校でしごかれて、一年間の研修期間を修了すれば、すぐに少尉なのだった。そしてパイロット・コースに入っていた彼女は、同じ年頃の女の子たちがアフターファイブに映画を観たり、女の子三人ではやりのエスニック料理屋へ行ったりしている間に、血のにじむような思いをして、超音速戦闘機からは脱落したとはいえヘリコプター・パイロットとしてウイングマーク（航空徽章《きしょう》――空軍パイロットが胸につける翼のマーク）を取得したのだ。

彼女は本質的にはその辺の女の子と何も変わらない。硫黄島の士官宿舎の個室にはぬいぐるみも置いてあるしアイドルグループのＣＤもある。でも彼女はまぎれもなく空軍中尉なのであり、一機の大型ヘリコプターと、五人の部下をあずかる指揮官なのである。

（そう、これもすべて、わたしが選択したことなのだ——）

ひとみは、雑念を振り捨てて、士官候補生学校で習ったとおりに五人の乗員に役割を与えていった。

「中山一曹、水口二曹、艦内を調査して。居住区、医務室、人のいそうなところを！」

「はっ」

「はっ」

「堺一曹、隣の将軍機を調べて。誰か残っているかもしれないわ。浅見少尉は機内に残りなさい。いつでもここを離脱できるように待機。いいわね？」

「はっ」

「は、はい」

二人の救難員は艦内の捜索に向かわせ、ナビゲーターには先に降りていたヘリの機内を調べさせる。副操縦士は、何が起きてもすぐ飛び立てるようにコクピットで待機——これでいいはずだ。

ひとみは操縦席から立ち上がった。ラダーを踏んでいた脚がすこししびれていた。

「石井一曹、わたしと来てちょうだい。艦橋へ行ってみるわ」

「わかりました、機長」

ひとみは、左側操縦席のシートのバックポケットにおさめられている45口径のコルト・ガバメント自動拳銃《けんじゅう》を見やった。

武装して行くべきだろうか？

五年間の空軍暮らしでつちかったカンは、『していけ』と言った。

「みんな銃を携帯して。何があるかわからないわ」

ひとみは、不時着時の護身用として搭載されている大型の自動拳銃を座席のバックポケットから引き出した。

ずしりと重い。

（こんな大きなピストル――女のパイロットが乗ることを想定していないのかしら）

腰を入れて両手撃ちをしても、三、四発で腕がしびれてしまうだろう。

（使わずに済むといいけど――）

重い自動拳銃の弾倉を引き出し、八発の青白く光る弾丸の存在を確認すると、ジャキンと銃把に差しこんで、ホルスターでベルトに着けた。

「中尉、準備できました」

64式自動小銃を肩から下げた二人の救難員が、メインデッキのスライディング・ドアに手をかけた。

「行きましょう」

ひとみはうなずいた。

ガラガラッ
メインデッキのドアが開かれた。

ひとみは先頭を切って、凪いだ洋上に浮かぶ、灯りひとつない巡洋艦の飛行甲板へ降りて行った。

六本木　国防総省

「何だ？　その影は？」

会議室の一同は、プロジェクターで投影された宇宙空間の静止画像に見入った。

まばゆい白熱光の球が四つ――東日本は乱暴にも菱形《ひしがた》状に配置した核を四発も同時爆発させたらしい――、その炸裂する白色光を背にして、ぽちっとした小さな黒い点が、画像のほぼ中央右に浮かび上がっている。

「黒い球体です。ご覧のとおり――核爆発の白熱光がなかったら、宇宙の闇《やみ》に溶けこんで通常の光学観測では発見できなかったでしょう。僥倖です」

波頭少佐は説明する。

「この黒い球体は、隕石ではありません。百倍に拡大しますと――」

カシャッ

「おお」

「人工的な、ほぼ完全な黒い球体だな」

峰中将がつぶやくように言う。

「そのとおり」

波頭は指揮棒で指して説明する。

「推定直径２００メートルの、完全黒体に近い球体です。自然の宇宙空間で、このような小さな天体が球形に形作られることはありません。いわゆる小惑星というものはかつて大きな惑星だったものが爆発したなれの果てで、不規則なぎざぎざのかけらですが、これは違います。完全に近い球体で、しかも完全に近い〈黒体〉です。小惑星や隕石ではありません」

「黒体とは何だね？」

木谷が質問する。

波頭はうなずいて、

「宇宙物理学で使う言葉ですが、光や放射線などを受けると吸収してしまい、反射しない物質――つまり光が当たっても全部吸収して反射しないので、黒く見えることから〈黒体〉と呼ぶのです。宇宙のような闇夜ではまったく目に見えません」

「ブラックホールのようなものか?」

「性質は似ていますが重力はありません。光だけを吸いこんで、外へ出さないのです」

「その球体が、ネオ・ソビエトの一味が捕獲しようとした星間文明の宇宙船なのかね?」

吉沢少将がたずねた。

「なんとも言えません」

波頭は答える。

「なんとも言えない?」

「そうなのです。人間のような生物が乗る乗り物ならば、このように黒くしてしまう意味がわかりません。熱も放射線も吸いこんで外に出さないカプセルでは、内部の人間は電子レンジにかけられたみたいになって、あっという間に蒸し焼きです。この黒い球体は人工物に違いありませんが、これが宇宙船なのか、という問いかけは、疑問です」

「たしかにわれわれの宇宙船は、たとえ軍用の攻撃型シャトルや衛星高度戦闘機でも、熱や放射線を吸収するのを嫌って真っ白に塗るからな」

吉沢がううむ、と腕組みをする。

「そうですみなさん。地球の宇宙船は、例外なく純白なのです。この星間文明の飛《ひ》翔体《しょうたい》――仮にそう呼びましょうか――は、たしかに未開の種族であるわれわれに存在を隠さなくてはならないという事情があったにしても、そんな危険を冒してまでわざわざ完全黒体に近い宇宙船などを造るでしょうか？」

「じゃあ、これは何だったのだ？」

「人工の、宇宙を飛ぶための物体であることはたしかです。われわれ中央情報管理本部は、専門家の意見も参考にして検討した結果、何かを運ぶためのカプセルではないか、と推論しました。そして――」

そのとき木谷が、ちょっと待ってくれ、と手を挙げた。

「ちょっと待ってくれ波頭君」

木谷は拡大された宇宙空間の画像の一部を指さした。

「黒い球体の、すこし前のほうにかすかに見えている物体は何だ？」

「さすがです総理」

波頭はうなずいた。

「今からそのことを言おうと思ったのです」

ざわざわとざわめく会議室。
その最前列で、峰中将はみんなと一緒にプロジェクターの映像を見ながら、落ち着かない顔でちらと演壇の隅を見た。
ちら
そこに立っていた空軍の美しい女性士官も峰を見た。そして女性士官は、
フン
と、いう顔をして、華奢《きゃしゃ》な細いあごをそらした。三十歳を越えていたが、宝塚にでも進んでいたら今頃はいっぱしの女優になっていただろう、と思わせる成熟した美貌《びぼう》だ。
峰は、
まあそんな顔をするな
と目で言った。
女性士官は、
べつにあなたに会いたくてこの会議室へ押しかけたのではありませんから
と目で言い返した。
ええい
峰は会議室の熱気に当てられたふりをして、白い軍服の懐から扇子を取り出すと、

ぱたぱたと扇《あお》ぎはじめた。

あきれた、そんな物まだ持ってらっしゃるの？

と、女性士官——羽生中佐は、演壇の隅から目で言った。

「なに！　すると黒い球体の前方に見えている、このかすかな銀色の〈針〉のような物体が、彼らの宇宙船だと言うのかっ？」

「そうです」

木谷の熱心な大声に負けじと、波頭少佐も声を張り上げて説明する。

「ほとんど目にとまらないような、小さな物体のようですが、これでも全長は30メートルほどあります。この小さな銀色の〈針〉のような飛翔体が、後ろの巨大な黒い球体カプセルを見えない力場のようなもので曳航《えいこう》していたらしいのです」

「曳航？」

「宇宙のタグボートか？」

「そのようなものです」

「で、後ろに引いている黒い球体には、何が入っているのだ？」

波頭も腕組みをする。

「なんとも言えません——ただ、黒体のカプセルに封じこめて、なるべく所在を隠さなければならない物――宇宙空間の放射線や熱を、浴びるにまかせても、中身が外へ洩《も》れ出したりしないように運ばなければならない物、です」

ううむ、と木谷がうなる。

「われわれが、たとえば核燃料廃棄物を船で運ぶ時のようなやり方だな」

「そのとおりです、総理」

波頭はうなずく。

「この黒体のカプセルに封じこめられている積み荷は、誰にも気づかれてはならず、かつ、中から絶対に出してはならない物だ、と推論できます。われわれ人類が下手に手を出して、何事もなく無事に済むような代物とは思えません」

「それで」

木谷は聞く。

「この黒体カプセルはどうなった？」

「この爆発の直後、衛星のカメラは焼けてしまいました。次にお目にかけるのは、スクランブルをかけたわが帝国空軍の衛星高度戦闘機が、ガンカメラによってとらえた映像です。ではＶＴＲを」

シャーッ
プロジェクターから宇宙空間で撮られた星空が映写される。

星空は、撮影機の機首が旋回するにつれ、激しく横へ流れた。

「ずいぶんきつい飛び方のようだな」

木谷がうなる。

「旋回のときには最大10Gかかるそうです。並の人間ならつぶれてしまいます」

波頭が説明する。

逆さまになった青い地球が、画面の上に一瞬現われたかと思うと、すぐに画面の下へ吹っ飛ぶように消えた。衛星高度宇宙空間で見る地球は青いガラス球のように美しいが、この機を操縦しているパイロットには、そんなことを感じる余裕はまったくないだろう。

「今、高度200キロまで上昇して、接近する〈東〉の軌道母艦〈平等の星〉を迎撃するために急旋回し、軌道を合わせているところです」

木谷は、「硫黄島の衛星高度戦隊基地に、わしの名前で松阪牛を二十キロ差し入れろ」と隣の秘書官に耳打ちする。若い迎秘書官は「はっ」と返事をすると、さっそく電話をかけに会議室の暗がりを出て行く。すぐにやらないとどやされるのである。

シャーッ
画面がさらに流れる。

右上のほうから銀色の円盤のような満月がふいに現われる。この映像を撮っている

衛星高度戦闘機はさらに旋回しているのだろう、銀色に輝く真円の満月も、すうっと左斜め下へと流れて行きそうになる。が、

「ストップ」

波頭少佐は画面を止めさせた。

「みなさん、ここをご覧ください」

指揮棒で、画面ほぼ中央の満月の真ん中を指す。

「おう」

「おお、ぽっかりと、黒い球体が見えるな」

波頭はうなずく。

「銀色の満月を背にして、先ほどの黒体カプセルが見えています」

「動きは？」

「核爆発直後の軌道から、大きく外れています。もともと地球の静止軌道をかすめて、太陽の方角へ向かっていた銀色の〈針〉と黒い球体は、ネオ・ソビエトのしかけた大型核爆発で強引に軌道を曲げられました。続けてご覧ください」

再び映像スタート。

シャーッ

「ここに」

波頭が動いている映像の中を指し示す。

「この奥のほうから、白い小さなモザイクのようなものが見えてきます。これです、小さいですが、東日本の軌道母艦、〈平等の星〉です。静止軌道付近の高高度にひそんでいたものが、急降下してきたのです。ご覧ください、まだブースターを吹かしています。この低高度でとんでもない急加速です。気でも違ったようだ」

画面の奥から、言われたように白いモザイクのような不規則な形の白い物体が文字どおり飛んでくる。背景の星空とともに、流れるように速い。

「何かを必死で追っているのか？」

「さよう。さらに映像をご覧ください」

カメラがようやく安定した。

衛星高度戦闘機が、迎撃すべき目標をとらえて、斜め上方から追尾に入ったのだ。

「おお、軌道母艦がだんだんはっきり見えてくるぞ」

「攻撃型シャトルを従えているのか？」

「旧ソ連のアルファ級攻撃型シャトルだ。こんなものまで東日本に譲り渡していたのか」

高級将校たちが映像を見てざわつきはじめる。

誰もが、スクランブル発進した衛星高度戦闘機のコクピットからの眺めなんて見るのは、初めてなのだ。

　白い宇宙空母は、どんどん高度を下げて行く。インターセプトする戦闘機の高度を、たちまち下回る。カメラが下のほうへ追って行く。青い地球が、また眼下に見えてくる。

「これは、硫黄島衛星高度戦隊、星山俊之少尉機のガンカメラです。パイロットの星山少尉は軌道母艦を追うのに夢中で気づきませんが、ここをご覧ください。ちょっと映像戻して」

　シャーッ
　波頭が合図してフィルムを止めさせると、

「はいここ！」

「軌道母艦の、上か？」

　木谷がスクリーンに目を凝らす。

　全員が注目した。

　はるか眼下に青い透明な大気圏をともなった地球、そのすこし上の闇の宇宙空間に、太陽光を浴びて白く光る宇宙空母と随伴する軍用シャトル。ＶＴＲカメラを通して、撮影している衛星高度戦闘機ＶＸ７０８Ａの火器管制照準レティクルがぴたりとその上に重なっている。そしてその上方には——

「スローで回して」

シャー
「星が隠れます——ほら今」

背景の暗い星空で、星がひとつ、黒い影に覆われて消えた。

「黒体カプセルです」

「大気圏突入コースか？」

「そのとおりです。最初やつらは、軌道上でうまく捕獲しようと計画していた。しかし失敗したらしい。核爆発の勢いが強すぎたのです。地球大気圏まではたき落としてしまった」

「ううむ」

「軌道母艦はなんとか先回りして止めようとしたが、追いつけなかったようです。こちらのスクランブルもありましたしね」

木谷がうなった。

「この黒い球体は、どこへ落ちたのだ？」

「推定軌道と落下地点を出します」

波頭はプロジェクターを止めさせ、会議テーブルの隅で説明のために立ち上げてあるコンピューターのキーボードをたたいた。

画面に、立体モデルがアニメーションで描き出されていく。

ピピピピピピピピ――

軌道上の黒い球体を表わすシンボルマークが、地球表面のカーブに沿って落下して行く。

ピッ

「ここです。推定落下地点は、北緯２４度、東経１４３度。父島の南東１００キロの太平洋上です」

「そこは――」

それまで脇に下がって見ていた羽生中佐が、思わず声に出した。

「新谷参謀長のヘリが消息を絶った海域と、完全に一致しますわ！」

ざわざわざわざわ！

父島南東百キロ　洋上

同日　十八時四十七分

「照明が点かないわ」

後部飛行甲板から艦内へ入るには二通りの道筋があった。

平等３型——旧ソ連海軍のクレスタⅡ級を改造した巡洋艦は、後甲板がこのクラスで最大の広さを誇るヘリコプター飛行甲板で、そのすぐ前部はヘリの格納庫になっている。大型のヘリコプターが二機並んで入れる巨大な箱形の格納庫には搭載ヘリの姿はなく、ヘリの機体を甲板へ引き出す一本のレールが床に延びているだけだ。

「おかしいわ。電源が切れているのかしら？」

格納庫内の照明を点けるコントロール・パネルを見つけたひとみは、主電源スイッチのブレーカーを手で押し上げてみるのだが、回路をつなげてやっても天井の水銀灯が点かないのだった。

すでに洋上は真っ暗だ。

「見せてください」

強力防水ライトを手に持った、機上整備士の石井一曹がひとみと入れ替わる。

「おかしいですね。艦のガスタービン・エンジンは停止しているようですが、バッテリーまで上がっているとは考えられませんね——」

ざぁぁぁぁぁ——

飛行甲板から見下ろす凪いだ海面は、深い濃い紫色のようだ。

深い濃い紫色の海面が、舷側《げんそく》の向こうで静かにたゆたっている。

ざぁぁ——

危険を冒して強行着艦した巡洋艦の飛行甲板には、誰もいなかった。降りる寸前に石井一曹が『何か動いた』と指摘したガラス張りの着艦指揮所も真っ先に調べたのだが、内部は無人だった。

「堺一曹、将軍機の内部は？」

「だめです中尉。もぬけの殻です」

甲板上には、東京へ向かったきり連絡を絶った空軍参謀総長の乗機、ひとみの指揮するのと同型のＵＨ53Ｊ大型高速ヘリコプターが静かに停っている。黒っぽい濃いグリーンの機体だ。メインデッキのスライディング・ドアは開いたままだ。内部には誰もいなかった。

ざざあぁぁ——

「石井一曹、他にスイッチは見当たらない？」

「見当たりません」

「困ったわね。照明が点かなければ艦内を捜索できないわ」

しばらく全員で防水ライトをあちこちに向けて、艦内灯を点ける方法を探したが、やはり電力がおおもとで切られているらしかった。

ひとみは部下にわからないようにして、ため息をつく。

（どうしよう。暗いところ苦手なのに――）

こんなところで時間を無駄にしてはいられない。行方不明の新谷少将一行を捜索しなくてはならないのだ。

ざぁぁぁぁぁ――

見回すと、ふと飛行甲板最前方の、荷揚げ用クレーンが目についた。

さっき着艦の時に、ひとみの操縦をてこずらせたクレーンである。普通、ヘリが離着艦する洋上では、ちゃんと収納位置に固定されていなければならないものだ。

（あのクレーン……）

ひとみは心の中でふとつぶやいた。

（……どうして出してあったんだろう？　ワイヤーが舷側から海面へ垂れてるわ――）

何かを、釣り上げようとしていたのだろうか？　こんな海の真ん中で？

「機長」

「はい？」

石井一曹の声でわれに返った。

石井一曹は、私が機関室を見てきましょうか、と申し出た。艦船の動力も、ガスタービンだからヘリと似たようなものだろう。

「そうね。お願いするわ。わたしは上甲板を通って艦橋へ行ってみます」

　そのほかは予定通り。

　救難員の中山一曹と水口二曹は、石井一曹と連れだって格納庫からさらに真っ暗な艦内へと消えて行く。

「五分おきに、無線で点呼をとるわ。気をつけて行って。気づいたことはすぐ報告」

「はっ」

「はっ」

　全員が小型トランシーバーを身につけている。艦内でも無線は通じるはずだ。

　三人を見送ると、ひとみは一人で格納庫の外側を回って、狭い梯子《はしご》を昇ろうとした。

　本当はこのような場合、二人一組で行動するのが原則なのだが、吹きさらしの上甲板ならば何者かにいきなり襲われることもないだろう。実を言うと、暗いところが怖いので、艦内に入らなくて済んでほっとしていた。

（あぁいけない、ほっとしてるとこなんかみんなに見せられないわ）

　とにかく行こう。

　しかしそのとき、

「中尉！」

後ろからナビゲーターの堺一曹が追いかけて来た。まだ二十歳過ぎの若い下士官だ。

「中尉、将軍機の操縦席を調べたのですが」

「何かわかった？」

ひとみは梯子にかけていた足を戻す。

「機内はやはり無人でした。しかし操縦席の飛行日誌によれば、どうやら将軍機はこの艦の出していた救難信号を傍受して、東京行きのコースを外れてここへ着艦したようなのです」

「救難信号？」

この巡洋艦が、救難信号を出したのか？

どういう理由で？

事故で沈みそうだとか、火災が起きたとか、艦内の医療施設では手に負えない急病人が発生したとかでなければ、普通、軍艦が救難信号を出すことなど考えられない。

「火災の跡もないし、何が起きたんだろう？」

「中尉、飛行日誌によれば、彼らがこの艦に着艦してエンジンを停めたのは三時間前です」

「三時間、か——」

「まだエンジンはかすかに温かかったですよ」

ひとみはうなずく。

「いいわ堺一曹、わたしと来て。ブリッジに行ってみるわ」


上甲板に出た。

ひゅううう——

海面はほとんど凪いでいたが、煙突の根本にあたる高さの上甲板ではかすかな風を感じた。太陽が沈んだばかりの、太平洋の潮風だ。

（ふう——）

ポニーテールに結んだロングヘアをほどきたくなる。が、今はちょっとした非常事態なのだ。それどころではない。

見上げるとレーダーのアンテナがある。アンテナは回転しておらず、静止していた。

この巡洋艦の乗組員はどこに隠れているのだろう？　ひとみたちが着艦してきても、一人も姿を現わさない。

ひゅひゅひゅひゅひゅひゅひゅひゅ——

またかすかに、風が吹く。

「行きましょう」

堺一曹をうながして、突起物の多い狭い甲板を、艦首方向へ進む。

ひゅひゅひゅひゅひゅ――

闇の中でマストにつながれたワイヤーが、かすかな風で鳴っている。

クレスタⅡ級巡洋艦の右舷上甲板のほぼ中央付近を、ひとみは艦首へ向かっている。

このタイプの巡洋艦は、旧ソ連海軍の主力ミサイル巡洋艦だった。艦首に、真下の弾薬庫から垂直に弾体を引き上げる方式のゴブレット対空ミサイルのランチャー、そして二砲身の76ミリ速射砲の砲塔。艦橋の両脇には、水上目標に対しても使えるといわれるＳＳＮ14対潜ミサイルの円筒を束ねたようなランチャー。見上げる艦橋の上には、巨大なくもの巣のような電子戦マストが二本。ただし旧ソ連が東日本へ払い下げる時に、国外へ出せない電子戦装備は取り外したらしく、二本のマストは海軍年鑑で見る旧ソ連艦よりはかなりすっきりしている。

堺一曹を従えて、ひとみは上甲板を急ぐ。

あいかわらずひどく暗い。

艦内の灯火はまだまったく点かない。唯一の光は、ひとみが手にしている防水ライト一本だけだ。

ざあぁぁぁ――

艦はかすかに、前後にピッチングを繰り返している。推定基準排水量では、帝国海軍の新型駆逐艦の倍に近いと言われる巨大な巡洋艦が、真っ暗なままで人影も何の動きもなく、日のとっぷり暮れた凪ぎの海面に浮かびつづけている。

（腰のピストルが重たいわ――）

ぐちを口に出したいのを、こらえて呑みこむ。自分のようなわがままな女の子が、よくも軍隊で男の部下を率いているものだ、とときどき感心することがある。高校や短大時代は、可愛くてもてるのをいいことに、男の子を相手にさんざんわがままを言いまくったものなのに。

「中尉、この艦の乗員は、どこへ隠れているんでしょうね？」

「たしかに姿が見えないのは変ね。ひょっとすると総員退艦したのかもしれないわ。ヘリが無かったから――」

ヘリが無かった――

ふと気づいた。

（格納庫は空だった――）

急に思い浮かぶことがあった。

（ヘリはどこかへ逃げたのかしら――？　艦を捨てて？　まさかね）

外側から艦橋へ上って行くには、さらにいくつかの狭い梯子のような階段を上らなくてはならなかった。

梯子で上る艦橋は、グレイに塗られた鉄の絶壁のようだった。

ひゅひゅひゅひゅひゅひゅひゅ――

ひとみは先頭になって上って行く。指揮官だから先頭を切るのは当然なのだが、自分より二つか三つ年下の堺一曹に下からヒップラインを見られるのは嫌だった。パイロット以外の乗員は、高卒で空軍に入って、成績が優秀で航空機乗組員に抜擢《ばってき》された若い下士官たちだ。単身赴任の中年・石井一曹をのぞいて、乗員たちはみなひとみと同年齢か、ひとみよりも若い。ナビゲーターの堺も若くて優秀な下士官だった。でも頭が切れるのならのんびりヘリに乗っていないで防衛大を受け直せばいいのに、とひとみは思う。

「――中尉」

「なに？」

梯子の下のほうから、堺一曹が聞く。

「あ、あのう――お休みの日とか、何してらっしゃるんですか？」

がく。

ひとみは梯子を踏みはずしそうになる。

こんなときに、もう！

「堺一曹！」

思わず怒鳴りつける。

「は、はい」

「わたしにそういうことを聞きたかったらね、もっと自分の将来とか、真剣に考えてからになさい。まだ若いんでしょ？　下士官のナビゲーターで満足なの？　飛ぶならパイロットのほうが面白いんじゃない？　防衛大受け直すとか、考えなよ。向上心のない男きらいよ。将校になれたらデートしてあげてもいいよ」

「は、はぁ」

そのとき、
ピーッ
ひとみの胸に留めた小型トランシーバーが鳴った。

カチャ
「こちら機長。送れ」

『石井一曹です。機長、後部居住区を抜けてこれから機関室へ降ります。今のところ艦内はもぬけの殻です。誰もいません』

「了解。捜索を続けて」

『了解』

プッ

(やれやれ)

しかしひとみが石井一曹の声を聞いたのは、それが最後であった。

4.〈大和〉発進

＊旧ソ連の残党と東日本共和国の手によって、宇宙空間から太平洋上へ落下させられた巨大な黒い球体——

それには、決して外へ出してはならぬ恐るべきものが封じこめられていたのだ。

望月ひとみが、無人の巡洋艦の艦内を探索しているころ、九州佐世保では改装作業の終了した戦艦〈大和〉が緊急指令を受け取っていた。

佐世保軍港　帝国海軍戦艦〈大和〉

「艦長！」

〈大和〉の第一艦橋から、とっぷり夕闇《ゆうやみ》に包まれた佐世保市街が見えている。

この世界最大級の軍艦が係留されているのは、桟橋から二キロも沖合の佐世保軍港第46号ブイで、〈大和〉艦橋からの眺めは、まるで埋立地の突端に建ったホテルの最上階のラウンジから街の夜景を楽しんでいるかのように感じる。

（そういえば、娘の誕生日にランドマークタワーで食事をしたが、あのときに眺めた横浜のようだな――）

艦長の森一義大佐は、艦内作業用の半袖《はんそで》の制服で、第一艦橋の窓から佐世保の夜景を見ていた。

「艦長、至急電です！」

「ん？」

艦橋の床にのたくった、コンピューター配線のケーブルの束につまずかぬよう気をつけながら、先任通信士官が走ってきた。

「六本木の峰中将からです」

「すぐ行く」

　森は振り向くと、艦橋の後ろに設置されているＣＩＣ——中央情報作戦室へと入って行く。佐世保の晩秋は暖かく、第一艦橋にも暖房がきいていて森は朝から半袖で作業の指揮を執っていたのだが、

「うう寒いな」

　薄暗い中央情報作戦室は大規模な人工知能を効率よく働かせるために、一年じゅう摂氏十五度以下の室温に保たれていた。

「統幕議長からです。艦長と直接お話しになりたいそうです」

　何列もの電子戦管制オペレーター席が並び、壁には集中情報スクリーンが何面も設置されていて、〈大和〉の指揮中枢はまるでＮＡＳＡのようだ。調整作業がすべて済んではおらず人もまばらな管制席で、長袖を着た当直通信士官がヘッドセットを手渡す。

「暗号スクランブルがかかっているので、多少雑音が入ります」

「うん」

　森は受け取る。

「峰中将からか。明日の朝の式典に出られないから何か言ってきたのかな」

　それにしては暗号スクランブルをかけた至急電とは、大げさだ。何か起きたのかも

知れない。
　森はヘッドセットを頭にかける。
「森大佐です」
　森はもともと技術士官コースで、学者肌の温厚な男である。
日本が分裂する直前までは、防衛大から派遣されて筑波《つくば》の核融合実験開発センター
に勤務していた。東日本革命軍に開発センターが襲われた時、森は小銃を取って抵抗
したが、奮戦むなしくなんでも「平等、平等」と叫ぶ革命軍の大群にセンターは占拠
されてしまった。当時気鋭の若手研究員だった森少尉が設計してせっかく完成しか
かっていた粒子加速機サイクロトロンは、革命軍の民兵に目茶苦茶にたたき壊され、
鍋《なべ》や釜《かま》の材料にされてしまった。温厚な青年・森一義も、これには頭に来てしまった
のだ。
　これを機に森は、進路を百八十度転換して航海科の士官になった。もともと研究熱
心だった森は軍艦の航海士として順調に昇進した。〈大和〉乗り組みは森の悲願だっ
た。幾度か東日本と緊張が高まり、鹿島灘《かしまなだ》や金華山沖に出動して46センチ主砲を内陸
に向け、交渉進展のためにプレッシャーをかける〈大和〉の任務は、森の最大のうっ
ぷん晴らしだったのである。
　その後、温厚な性格と、やる時にはやる実行力を峰中将に買われ、一年前から〈大

和〉の艦長に就任している。今では、昔学者だったことが嘘《うそ》のような、陽にやけたたくましい海の男だ。

『森君、ひさしぶりだ。元気か』

「はっ、峰中将。〈大和〉の皆は元気に励んでおります。システムの最終調整で今夜一晩徹夜になりそうですが、明日朝の公試には間に合わせますのでご安心ください」

『うむ』

イヤフォンの向こうの峰中将は多少疲れた声だ。どうしたのだろう？　あんなに現場の船が好きな人が、完成式典と公試（テスト航海）を欠席するのだ。何かあったに違いない。

『森艦長、単刀直入に聞きたいのだが、ただちに出港できるか？』

「は？」

森は何を言われたのかよくわからない。

峰は森の戸惑いがよくわかるらしく、続ける。

『〈大和〉は今ただちに出港できるかと聞いているのだ。すまん、非常識は承知の上だ』

「出港するのですか？　どこへです？」

『太平洋だ。場合によっては、東日本の艦隊と睨《にら》み合ってもらうことになるかもしれん』

「穏やかでありませんな」

しかし軍艦の任務が穏やかでないのは、当たり前である。

『どうだ。ただちに動けるか？』

森は、中央情報作戦室のスタッフたちを見回した。イヤフォンからの峰の声は、艦長以外の幹部乗組員である彼らには聞こえていない。

森は、暗号のかかった至急電で指令を受けるときの規定を無視して、通信士官に身ぶりでうながし、スピーカーに会話を出せと命じた。

「峰中将、私たちがよりいっそうお役に立てるように、事情を説明していただけますか」


佐世保の夜景を眼下に見ながら、一機のシーハリアーＦＲＳマークⅡが１０００フィートの低空を飛行して行く。

キイイイイン――

このシーハリアーは複座タイプで、正式にはＦＲＳマークⅡＤと呼ばれる。通常は訓練に使われる機体だが、武装は通常型と同様にできて、対艦攻撃ミッションも戦闘空中哨戒《CAP》ミッションもこなすことができる。尾翼にはＷＹ００１という識別コードと、双眼鏡を持って後足にスキューバダイビング用のフィンをはいた黒ネコのイラストが描きこまれている。WYは『ウイング　オブ　ヤマト』の略。〈大和〉の主砲着弾観測機なのである。

「こんなに低く飛んでいいんですか、少尉？」

「気にしない気にしない。見なよ、夜景が宝石箱みたいできれいじゃない？」

「知りませんよ。『また海軍が低く飛んだ』って、苦情もらいますよ」

後席の着弾観測員がぶーたれるのを、前席で操縦桿《そうじゅうかん》を握る森高美月少尉は笑い飛ばした。

「いいのよ。どうせあやまるのは艦長なんだから」

二十分ほど前に岩国基地を離陸して、中国地方の山あいを縫いながら飛行してきた。別に作戦飛行ではないからまっすぐ高高度を飛んできたっていいのだが、森高少尉はこういう飛び方が趣味として好きなのだった。

「少尉。新しい〈大和〉の着艦用照明設備ですが、空中からの見え方とか、ちゃんと勉強されたでしょうね？」

「えっ、知らない」

「知らないって、今夜はその新着艦用照明設備の運用テストでしょう？」

着弾観測員がさらにぶーたれる。

「まったく、少尉はいつもこうなんだから」

〈大和〉の後甲板の最後部に、着弾観測用のシーハリアーを発着させる小さな飛行甲板がある。〈大和〉が主砲を発射した時、上空から着弾状況を観測して、着弾位置が標的の右だ左だとか、上空の空気密度や風向風速や気温湿度の詳しいデータを報告し、射撃のサポートをするのが着弾観測機だ。

〈大和〉の改装作業中、仕事のなかった二機の着弾観測機は海軍航空隊岩国基地へ里子に出され、毎日訓練ばかりさせられていたが（森高少尉は退屈しのぎに岩国のF18と模擬空戦をやって、3対0で完勝してしまった）、〈大和〉の後部飛行甲板に新型の夜間着艦用照明設備がついたというので、その運用テストのために半年ぶりに母艦へ帰ってくる途中なのだった（当初、大和の後部三番砲塔を取り外し、世界最大の戦艦の後ろ半分を飛行甲板に改装して、六機のハリアーと四機のヘリコプターを運用しようかという案もあった。しかし世界最大の戦艦は世界最大の戦艦だからこそ存在価値があるもので、空母と戦艦のせせこましい折衷版は造るべきでないという意見が大半を占め、その案は却下された。航空兵力の支援が欲しいときには、空母を連れて行けばよいのである）。

「新型の着艦誘導照明ということは、つまり今までのよりも見やすくて、わかりやすいんでしょ？　じゃ、わざわざ勉強することないわ」

たしかに正論ではある。

森高少尉は二十三歳、去年防衛大を出たばかりの女性士官だ。防衛大を出てパイロットを志望する士官候補生は、飛行幹部候補生のコースに入って操縦訓練を受けるのだが、森高少尉は記録的なスピードで訓練コースを卒業。天才的なカンのよさで、まだ海軍に十機しか配備されていないシーハリアーFRSのパイロットに抜擢《ばってき》された。

胴体内にロールスロイス／IHIペガサス14ターボファン・エンジン一基を装備し、ベクタード・スラスト（方向可変推力）方式でヘリコプターと同様に狭い甲板から垂直に離発着できるシーハリアーは操縦がむずかしく、ジェット戦闘機を飛ばす技術とヘリコプターを狭い場所へ降ろす繊細なカンのよさを同時に求められる。帝国海軍でもっとも腕のよいパイロットは、実はF18ホーネットではなくシーハリアーへ行くのである。

しかしカンのよいパイロットというものは、あまり勉強をしない。予習していかなくても操縦席に座れば、その日の訓練課目がなんとなくできてしまう。要領がよいのでマニュアルを読まなくても、先輩にコツをちょっと聞いただけで新しい技術もこなしてしまう。だから努力する習慣が身につかないのである。

森高少尉が教官からハリアーを勧められて、戦艦の着弾観測というどちらかというと退屈な仕事につくことを承知の上でこの飛行機を選んだのも、F18の複雑な人工知能を搭載した火器管制装置の使い方を勉強するより、腕前重視のハリアーで自分の名人芸を極めたかったからである。

「少尉、『森高少尉はいまだにモールス発光信号が読めない』という、まことしやかな噂《うわさ》がありますよ」

「あらだってあたし、暗記もの嫌いだもん」

「あ、あのですね」

後席で着弾観測員の迎准尉がずっこける。戦艦の着弾観測は砲撃戦の勝敗を左右するので計算能力に優れた若い士官があてられる。迎准尉は東大をこの春に出たばかりで、本当ならまだ半年近く士官候補生学校で訓練を積まなければ実戦部隊へは出られないのだが、数学が天才的にできるために、求められて『現場実習』の名目で〈大和〉に乗り組んでいる。兄は総理府で秘書官をしており、もともと頭の切れる家系なのだ。

「ったく、岩国ではF18の古参に喧嘩《けんか》売るし」

「むこうが売ってきたのよ。『音速も出ないくせに戦闘機づらするな』とか、『あんたの飛行機はハリアーっつうのか、わしゃまたスズキアルトかと思った』とか」

「少尉の気を引こうとしたんですよ。罪のない連中です。それなのにマジで模擬空戦しかけるなんて。少尉の腕でハリアー飛ばしたら、ドッグファイト〈格闘戦〉でF18に勝ち目あるわけないじゃないですか。かわいそうにあの三人、プライドぐちゃぐちゃで半年は立ち直れませんよ」

「いいじゃない。だいたい格闘戦でハリアーに挑むなんて、むこうが馬鹿なのよ」

若くて腕のいいパイロットというのは、誰もが『自分が世界一強い』と思っている。プライドをくじかれたときのショックというのは、普通の人の想像を超えている。

森高美月も、プライドの高い女だった。パイロットとして一流であるうえに、美人ときているからプライドの相乗効果だった。〈大和〉に配属された翌朝に、月曜朝の甲板朝礼に出ないで士官室でぐーぐー寝ていて、あとで森艦長に呼びだされ怒鳴り倒されたときも、眉《まゆ》ひとつ動かさないでしれっとしていた。上官や高級将校を怖がらない。美月は戸籍上、非嫡出子ということになっていたが、実は『海軍でいちばん偉い人』が父親だと噂されている。

キイイイイン

複座のシーハリアーは、赤色の航行灯を瞬かせて佐世保市上空を飛び越し、軍港の上に出た。すでに民間機は飛行禁止の区域に入っている。

『接近中のＷＹ００1。こちら〈大和〉要撃管制。聞こえるか』

美月は操縦桿についた送信ボタンを押し、ヘルメットマイクに答える。

「ラウド・アンド・クリア（よく聞こえる）」

『母艦が見えたら目視で進入してよし。着艦誘導灯は点灯している。風は微風』

「了解」

美月は、黒い海面に横長の黒い巨大な城のようなシルエットで浮かぶ戦艦〈大和〉の艦影を見つけると、その艦尾の1マイル手前で左手のベクタード・ノズル調節レバーを手前に引き、機体を２００ノットの前進速度から次第にホバリング――空中停止へと移行させて行った。

「――宇宙からの落下物体？」

『そうだ森艦長』

森は、中央情報作戦室のスタッフたちと顔を見合わせた。

第一艦橋と、その裏にある中央情報作戦室に入れられた新しいシステムを最終調整するために、艦長の森の他に副長、航海長、先任作戦士官、通信士官、それに数名の専門技術士官が、この窓のない作戦室に集まっていた。主砲の砲撃を指揮する砲術長は、午前中から一番主砲塔の内部にこもって主砲コントロール系統の調整作業にかかりきっていて帰ってこない。

『宇宙からの落下物体だ。人類以外の高度知性体が宇宙船で曳航《えいこう》していた黒い巨大な球状のカプセルを、東日本の軌道母艦が核でたたき落とした。大変なことをしてくれたものだ』

「高度知性体の――」

森は核物理学者だったから、確率上の計算で宇宙に人類以外の高度知性体が居ないほうがおかしいことは、よく理解していた。いずれわれわれは、どこかで出会わなくてはならないだろう。でも森は、その出会う役目はまだずっと未来の人々が担うものだと思っていた。

『高度知性体の船が曳《ひ》いていたカプセルだ。直径200メートルの黒い球体だ。専門家の分析ではその球体は宇宙船本体ではなく、何か危険物を封じこめて極秘に運搬するためのカプセルだそうだ』

「それが、太平洋上に落下したのですか？」

『北緯24度、東経143度。父島の南東55マイル（100キロ）だ』

「父島か――」

『東日本に間借りしている旧ソ連の残党は、ああいう連中ではあるが宇宙技術では米国より先に衛星を打ち上げたパイオニアだ。当然、軌道上で球体カプセルを捕獲できなかった時のために、落下予測海域に回収任務の艦艇を配置していただろう』

「わかりました」

森は答えた。

「その落下してきた黒い球体は、危険なのですね？」

『どのように危険なのかは、わからないのだが――』

峰の背後から、大勢のスタッフがざわざわと立ち働く気配が聞こえてくる。

六本木の地下の国防総合指令室では、すでに臨戦態勢が敷かれつつあるらしい。

『――とにかく〈東〉とネオ・ソビエトに渡したら、地球が無事で済む保障はない』

キイイイイイン！

森高美月のシーハリアーが着艦する。

油を流したような黒い海面のブイに静かに係留されている、海の中の城のような〈大和〉の最後部飛行甲板の直上20フィート（6メートル）、強力なランディングライトで下方を照らしながら、ヘリコプターのように空中に停止し、主翼を微妙に傾けて位置を合わせる。

視界のよいコクピットの操縦席で、美月はこちらの位置を教えてくれる十字型の着艦誘導灯の色が赤からグリーンに変わるのを確認して、ベクタード・ノズルの調整レバーを垂直位置に固定し、前方から目を離さずにゆっくりとスロットルをしぼった。

（ようし、いいわ）

ヒュウウウウウ

シーハリアーの戦闘機にしては曲線が多く、細くてきゃしゃな機体は、背が海燕《うみつばめ》のような深い紺色で、腹を白く塗られている。その白い腹の両脇《りょうわき》にベクタード・ノズル、つまり噴射方向を変えられるジェットエンジンのノズルが四つあって、すべて真下を向いていた。

「甲板クリアー！」

「着艦よし！」

ジェットの排気音に負けぬよう、大声で甲板要員が叫び合う。

ハリアーは推力をしぼって、細いブルーと白の機体を降下させる。直径の大きいローター回転翼を振り回すヘリコプターよりも、ＶＴＯＬジェット戦闘機のハリアーははるかに場所を取らない。〈大和〉が着弾観測機にハリアーを採用しているのも、ヘリコプターがへまをやって三番主砲塔に接触したら大変だからである。

ドルルルル……

と、甲板要員たちは、自分たちの足元で地鳴りのような脈動が起きるのを感じて顔を見合わせた。

「主機関が動いてるぞ――？」

ドリュリュリュリュ！

ざばざばざばっ！

「おいっ、スクリューが回り出した！　ハリアーをいったん上がらせろ！」

「艦が動くぞ！」

ざばざばざばざばっ！

水中で、四軸の巨大なブロンズのスクリューが回転を始め、夜の海面が激しく泡立った。

「艦が動く！」

「どうしたんだっ？」

「あら、どうしたのかしら」

「少尉、着艦誘導灯の故障です、色が赤になった！」

「違うわ！」

美月はすかさずベクタード・ノズルレバーをわずかに前へ押して、ハリアーの機体を50センチ前進させた。

「艦が動いてるのよ。いきなり何かしら?」


「くるぞ!　降りてくる!」

「よけろ!」

「あぶない!」

ドシュンッ!

すかさず位置を直したシーハリアーが、飛行甲板中央標識になんとか車輪をたたきつける。

ヒュンンン——

すぐにエンジンが停止する。

甲板要員と整備員がだだっと一斉に駆け寄る。

「ちょっとひどいじゃないのっ、いきなり動くなんて!」

透明な一体型キャノピーを上げるや、美月は怒鳴った。

「どうなってるのよっ!」

「われわれにもわからんのです!　どうして主機関が回っているのか」

「メインエンジン、出力十分の一」

「よろしい」

機関長の声に、森はうなずいた。第一艦橋に急ぎ集まった幹部乗組員たちの気を引き締めるように、大声で号令をかける。

「〈大和〉発進！」

「〈大和〉発進」

「前進6ノット、ようそろ」

チン！

『機関室了解。メインエンジン、出力上昇異常なし』

ゴゴゴゴゴ
第一艦橋の床下はるか40メートルの大機関室で、巨大な十六基のガスタービンエンジンが出力を上げはじめた。しかしその轟《とどろ》きはかすかにしか伝わってこない。

〈大和〉はゆっくりと動き始めた。

「ガスタービンは暖気が要らんから助かるな」

「まったくです、艦長」

副長がうなずく。

ざばざばざばざば

黒い海面に浮かぶ、ぎざぎざの黒い城のようなシルエットが、ゆっくりと前進する。

艦首が、闇の中で白波を蹴立《けた》て始める。

「現在8ノット」

航海長の声に、森はうなずく。

「よろしい。15ノットに増速して湾の出口へ向かえ」

「了解」

チン！

『機関室了解、出力三分の一』

ドドドドドド！

「ちょっとどうなってるのよ？」

ハリアーの機体を降りて、脱いだヘルメットを両手に持ったまま、飛行服姿の美月は、夜の風を受ける飛行甲板であたりを見回した。

ひゅううううう

〈大和〉の城のような巨大な船体が前進するにつれ、甲板に潮風が吹き始めた。

「艦が出港するなんて、聞いてないわよ――」

5. 漂流巡洋艦

父島南東百キロ　洋上

ひゅううう――

真っ暗な凪《なぎ》の海も、大型巡洋艦の艦橋の高さまで上ると、風が吹いている。

ひゅひゅひゅひゅ――

「やっとたどり着いたわ。大きな軍艦ねぇ――」

長い梯子を上り終えて、ひとみは主艦橋の脇《わき》に張り出したウイングブリッジの上で汗をふいた。潮風が冷たい。

東日本海軍の艦艇は、ほとんどが旧ソ連からの古いお下がりだから、ごつくて幅の広い船が多い。このクレスタⅡ級も、西日本帝国海軍の新造ヘリ搭載対潜巡洋艦に比べると、二回りも大きかった。西日本では、大型の戦艦・巡洋艦で旧帝国海軍時代から残っているのは〈大和《やまと》〉一艦のみである。

「中にはやはり誰もいないようです、中尉」

堺一曹が手に持った防水ライトで窓から艦橋内部を照らす。

「とにかく入ってみましょう」

ひとみは外側からブリッジ内部へ通じる、重い鋼鉄の扉に手をかける。何度も何度も分厚くグレイの塗料を塗り重ねられた角の円い扉は、すんなりと開いた。

　手を入れて、ライトで探る。

　電力はまったく切れているらしく、ライトの光がなめまわす操舵《そうだ》コンソールも海図台もレーダー操作席も、そして奥に一段高くなっている艦長席も、無人でパイロットランプひとつ点《つ》いていない。

　ひとみはすうっと息を吸って、

「――誰か、いませんか？」

　艦橋の中を呼ぶ。

「誰か、いませんかっ！」

　しいん
　顔を見合わせる、ひとみと堺一曹。

「とにかく、入ってみましょう」

　先頭に立って、ひとみはブリッジの中へ足を踏み入れる。

　ぐらり
　海面の小さなうねりを受けて、艦橋の床がかすかに傾いた。

　ぎききききき
　古い船体が、小さくきしむような音を立てた。

「あまり気味のいい船じゃないわね」

ブリッジの中に立とうとしたひとみは、

「きゃっ！」

どた
足を滑らせて艦橋の床にしりもちをついた。

「どうしました、中尉？」

「滑ったわ」

ひとみは思わず後ろについた手を持ち上げようとして、

「きゃっ、何これ？」

ぬるぬるべたべたする粘液のようなものが、ひとみの華奢《きゃしゃ》で白い手のひらに、べったりとくっついていた。

「何かしら？　気持ち悪いわ」

「ワックスをかけて掃除していたんでしょうか？」

「ワックスじゃないわよこれ――」

白濁した半透明の粘液が、下に向けたひとみの指先から、とろり、ぬちゃ〜っと垂れ下がる。生卵の白身を、素手でつかんだような感触だった。

「――堺一曹、ポケットティッシュ持ってない？」

「あ、はい」

堺一曹はポケットをごそごそ探る。

「ああいやだ。おしりまでべとべとだわ」

ひとみのオレンジ色の飛行服《フライトスーツ》のヒップから脚にかけて、でろでろの粘液がべっとりと付着していた。

「やだやだ」

ひとみは立ち上がると、つなぎの飛行服の脚の部分をつまんで、下半身の前と後ろを見回す。飛行服が濡《ぬ》れたようにぺたんとはりついてきて、気持ち悪い。

「インナー・スーツまで染みてこないかしら――?」

艦橋の床をライトで探ると、ねとねとの粘液はそこらじゅうに、まるで太さ一メートルの巨大な筆を使ったかのように、筆跡のようなうねりをともなって床一面に塗りたくられている。

(気持ち悪い――)

ピーッ
ひとみの胸でトランシーバーが鳴る。

「こちら機長。送れ」

無線の声は、艦内の捜索に入った救難員の中山一曹だった。

『中山一曹です。士官食堂にいます。まだ灯りが点かないのですが、石井一曹と連絡を取れませんか？』

「呼びだせないの？」

『さっき機関室の前で別れたきり、無線で呼んでも応答がないのです』

「わかったわ。こっちから呼んでみる」

『機長、食堂の厨房《ちゅうぼう》の冷蔵庫は、まだ中が冷たいです。電力が切れてから、そう経ってはいないと思われます』

「了解」

ひとみはいったんマイクを切って、

「石井一曹、こちら機長。送れ」

ザー
「石井一曹、石井一曹、こちら望月。送れ」

ザー
応答はない。

(変ね――)

艦橋の、前傾した分厚い防弾窓の向こう、海の水平線に月が昇り始めた。満月だ。濃い紫色のような洋上の夜が、ほんのすこしずつ明るくなっていく。

「アスロック――?」

　ふと艦橋の窓から前甲板を見やったひとみは、速射砲の砲塔の後ろ、艦橋の両脇に設置されたアスロック対潜ロケット魚雷（水面下の潜水艦を攻撃するロケットを総称してこう呼ぶが、正確にはソ連製のSS-N-14対潜ロケット魚雷である）の円筒型の発射器が、右舷《うげん》方向を向いているのを見つけた。

「さっき外側を飛んだときにどうして気づかなかったのかしら。この艦は、対潜アスロックを発射しようとしていた――?」

　しかしいったい、何に対して?

「ねえ、アスロックの発射管制パネルはこのブリッジにないかしら?」

　ひとみが堺一曹を振りむいて聞こうとしたとき、
　ごとん
　堺一曹が外のウイングブリッジに出る鉄の扉を閉じた。

「開けといてよ。なおさら暗くなるわ」

「――中尉……」

　え?

　ひとみは、思わず後ずさる。

「ちょっと――」

尋常《じんじょう》でない顔つきで、若い堺がゆらりと近寄ってくる。

「ちょっと、あなたどういうつも――」

「中尉！」

「きゃっ！」

堺はひとみに襲いかかり、押し倒そうとした。

「やめて！　やめなさい堺一曹！」

どたっ！

「きゃあ！」

「はぁはぁはぁ、ず、ずっと前から好きだったんです、中尉！」

「よ、よしなさい！」

「好きなんです中尉！」

ひとみは押し倒されてしまった。艦橋の床に押し倒したひとみの身体に馬乗りになって、堺一曹は激しくあえぎながら顔をひとみの胸にこすりつけ始めた。

「はぁはぁはぁ！　好きです中尉！　中尉！」

ひとみは両肩を床に押しつけられて身動きがとれない。

それでも両腕で息を荒らげる堺の頭をつかむと、自分の胸から引きはがす。

「やめて堺一曹！」

「こういうときを、待ってたんです！　ゆるしてくださいもう我慢できません」

堺は、はぁはぁ息を切らしながらひとみのオレンジ色の飛行服の胸のファスナーを引き下げにかかった。

ジャッ
「きゃあやめて！」

「好きです中尉！　僕のものになってください！」

ふぁぐっ
誰の目も届かない暗い密室で、憧《あこが》れの女性と二人きりになった堺は、艦内の異常な緊張感も手伝って、切れてしまっていた。ひとみの飛行服の下の、レオタードに似たインナー・ボディースーツのふっくらした胸に、思いっきりむしゃぶりつくのだった。

「ふぁぐっ、ふぁぐっ、いいにおいです中尉、いえひとみさん！」

「やめて、やめてっ！　大声出すわよ！」

でも大声を出したところで、とても他の隊員たちに聞こえそうにないし、ヘリコプターの女性機長が部下のナビゲーターに乱暴された、なんて空軍内部でどんな波紋を引き起こすかわかったもんじゃない。

「今どんな状態だかわかってるのっ？　いい加減に——きゃあっ」

ズジャッ
堺の指が、飛行服のファスナーをいちばん下まで引き下ろしたのだ。ひとみはT4練習機で空対空戦闘訓練を受けていた頃、耐Gスーツの下に着ける女性パイロット用のインナー・ボディースーツが気に入ってしまい、ヘリに移った今でも愛用していた。実際、エアロビクス用のレオタードのように動きやすく、汗もよく吸ってくれる。しかしそのせいで、堅固なガードルなどは着けていなかった。

「や、やめてったら！　やめなさい！」

ひとみはもがく。

飛行服の背中が、床一面にでろでろと塗りたくられた粘液に張りついて、ますます身動きがとれなくなっていく。

（――？）

仰向けの姿勢のまま見まわすと、でろでろとした粘液は床だけではなく、操舵コンソールやレーダー操作席のコントロール・パネルの上にまで、まるで巨大な筆がのたくって乗り上げたかのように塗りつけられている。

（――！）

目を上げると、なんと天井にも、何かがのたくった跡のように、でろでろの粘液がこびりつき、一部は乾き始めていて、窓からの月の光でてかてかと光っている。

男にのしかかられているのを瞬間忘れ、ひとみはつぶやいた。

「ま、まるで、ものすごく大きなナメクジが這《は》った跡みたいだわ——あっ」

ひとみは小さく悲鳴を上げた。

堺の指が、ひとみの敏感な部分に触れたのだった。

短大卒業以来、苦行のパイロット訓練生活でずっと禁欲状態だったひとみは、思わず声を出した。

「ああっ、いや」

硫黄島の基地は暑いから、ボディースーツの下にはタイツなんか履いてない。素足の太腿《ふともも》だった。

堺は、ハイレグのボディースーツのすそぐりから執拗《しつよう》に指を送りこんできた。

「あっ」

ひとみはのけぞった。久しぶりの鮮烈な感覚に、身体のほうが勝手に反応してしまった。

「あっ、いやっ、いやっ！」

しかし次の瞬間、ひとみは何かの予感を感じて、背筋がそそけだった。

ぞくっ
（な、何なの？　——この感じ……）

感覚が鋭敏になっている今だからこそ感じる、女の危険予知本能のようなものだ。それが、『危ない』と言っている。

ゴフォッ

（え？）

ひとみは天井のほうで、何かが息をして動く気配を感じた。

「ちょ、ちょっと何――？」

「はぁはぁはぁ、ひ、ひとみさん、なんてきれいなんだ！」

堺は、ひとみの腕を飛行服の袖《そで》から引き抜くのに夢中になっていて、何も感じていないようだ。ひとみが天井の気配に注意を向けて抵抗をゆるめたのをいいことに、ひとみの両腕を飛行服から抜きとってしまう。

ゴフォッ

（また――！）

ゴフォッ

ズルズルズル――

（何かが這いずってる！　天井を！）

でも灯りがない。

（ライト！）

ひとみは組み敷かれたまま左右を見る。ひとみの持っていた防水ライトは、1メートル向こうに転がっている。

ズルッ、ズルッ

ゴフォッ

(近づいてくる!)

ほぼ頭上に、気配を感じた。

(身を守らなくては!)

ひとみは自分を組み敷いている堺を無視して、飛行服の腰のホルスターに手を伸ばした。

その瞬間。

ずざざっ!

「ぎゃああっ!」

グォフォッ!

ひとみの身体が軽くなった——いや、のしかかっていた堺一曹の体重が消えたのだ。

月明かりに一瞬、赤黒い巨大な肉塊のようなものが天井から下がってきて、ひとみの上に馬乗りになっていた堺の身体をべちょっと呑《の》みこむと、ズルズルッ！
天井へ引きずり上げた。
「ぐ」
堺はそれ以上悲鳴を上げなかった。
上げられなかったのだ。頭から上半身を、赤黒い、出血した巨大なナメクジのようなものに呑みこまれていた。
ズルルッ！
ばたばたする両足が、一気に艦橋の天井へと引きずり上げられる。
ズルッ
何か巨大な赤黒いもの
が無数の脚で天井に張り付いていて、堺一曹の身体を完全にくわえこんだ。芋虫とナメクジが合体したようなシルエットだ。体長5メートルあまり、胴体の太さは最大級のトドよりも太い。
グフッグフッグフッ
三度に分けて、堺一曹の身体は赤黒い肉塊のナマコのような口に完全に呑みこまれた。
ペッ
ナマコのような口がゴム製の靴を吐き出した。

「ウッ！」ひとみは恐ろしさに悲鳴も出なかった。

逃げなければ！

窓からの月明かりを受け、天井を這っている赤黒い巨大なナメクジ芋虫の腹部が、ぶるんぶるんと波打つ。呑みこんだ堺一曹の身体が、胃に収まったのだろう。トドのような腹部がよりいっそう太くなった。今までに何人も呑みこんでいるのだ。

逃げなければ！

「ハアッ、ハアッ」

ワークブーツから蹴《け》っぽるように両足を抜き、すでに腕は抜けていたので、まるで昆虫が脱皮するみたいにして床に張りついた飛行服から抜け出すひとみ。

手には45口径のコルト・ガバメントを握っている。

天井に張りついた化け物の頭部（と思われる）には、ナマコのような口と、口の周りに短いひげのようなもの、そして巨体に似合わぬ細いホースのようなろくろっ首がにゅるにゅると伸びて、その先端に小さな三つの複眼がある。月明かりにきらりと光る真っ赤な複眼が、レオタードのようなボディースーツ一枚に裸足《はだし》で逃げようとしているもう一体の〈獲物〉を目ざとく追った。

「――！」ひとみはウイングブリッジに出る鉄の扉に走る。

すてんっ

「ウッ！」

床の粘液で滑り、転んでしたたかに腰を打った。

ズルズルズル――

天井でトドのように大きなナメクジ芋虫が体勢を変え、

ズルズルッ！

嫌になるようなしつこさで、出口の天井へと先回りした。

細いホースのようなろくろっ首が、赤黒い頭部からにゅるにゅる伸びてきて、転んでしりもちをついたひとみを興味深げにのぞこうとする。ホースの先の赤い三つの複眼がまばたきをした。女の獲物は、初めて見るのかもしれない。

ゴフォッ

頭上で化け物の本体が息をつく。ナマコのような口をもごもごさせる。

「ええい」

ひとみは立ち上がると、逆方向へ走る。

艦橋のいちばん奥。

艦内へ降りていく階段だ。

ズザザッ

音を立てて、天井で化け物が向きを変える。何トンあるんだろう、動く重量感で風が吹くように感じる。

　ひとみは手の中のコルト・ガバメントを使う余裕もなかった。

　とにかく逃げなければ！

　ひとみのカンは、『闘おうとするな逃げろ逃げろ』と教えていた。

　ズルルルッ！

　再び巨体に似合わぬはしっこさで、ひとみの行く手をふさごうとする化け物。天井にくっついた無数の偽足が猛烈な速さで動き、太い胴体が蛇のようにのたくり、ぎしぎしっと天井材がきしむ。

　ドドドドッ
　あっという間に先回りされかける。

　あんな巨体がどうして天井に張りついていられるのだろう？

「ハアッ、ハアッ」

　ひとみは走った。

　ズルズルッ！

　化け物は壁づたいに床へ降りてくる気だ。にゅるにゅると2メートルも伸びたろくろっ首の先端の赤い複眼は、走るひとみの姿から目を離していない。

（冗談じゃない！　あんなのに食べられて死ぬなんて、冗談じゃないわ！）

ダッ！

「えいっ」

ひとみは跳んだ。

むき出しの手や脚をぶつけるのもすりむくのも構わず、艦内の下の階へ通じる階段へ、頭から跳びこんだ。

三陸沖海底　潜水艦〈さつましらなみ〉
同時刻

「副長！　副長、聞こえるか？」

暗闇《くらやみ》の中で山津波は叫んだ。

見回すが、鼻をつままれてもわからない暗闇である。

あたりはしんと静まりかえり、潜水艦の空調システムのきぬずれのような音もなく、ただ漏水したパイプから水滴がポチャリポチャリと垂れるだけだ。

すでに非常灯も切られてからだいぶ経つ。こんな暗い中を、よくここまで逃げてこられたものだ。

「ここにいます、艦長！」

ひざまで浸水した後部機関室のもう一方の隅から、副長の福岡大尉が怒鳴り返す。

「整備作業用の防水ライトが、艦長の側の壁にあるはずです。探してください」

「わかった」

大小のパイプが縦横に走る壁面に手を伸ばし探ると、壁にストラップで留められた防水ライトに手が触れた。

「よし」

山津波はすこしほっとして、滑る手でスイッチを入れる。どこか出血しているらしい。左手の甲がぬるぬるした。

パチッ
まぶしいほどの光の筋が、機械の内臓のような潜水艦の機関室にひらめいた。

思わず山津波はほっとした。

ピチャッ、ピチャッ
漏水した水滴が、水浸しの床に垂れる。

「よし、何人生き残っている？」

傾いた床に脚をふんばり、停止している巨大なディーゼルエンジンにつかまりながら山津波は壁づたいにライトの光を這わせた。

「ここに逃げこめたのは七名です、艦長」

「ソナー水測員は？　ついて来ていなかったか？」

「やつらに食われました」

攻撃管制士官が答えた。

「食堂を出るときに固定椅子につまずいて、逃げ遅れたのです。自分が気づいて振り向いたときには、でかいやつに上半身呑みこまれかかっていました」

「ううむ――」

山津波はうなった。

「七十五名の乗組員のうち、六十八名も食われてしまったのか！」

「いえ艦長」

副長が言った。

「前部魚雷室に、五名ほど立てこもっている可能性があります」

「そうです、艦長」

航海長がうなずいた。

「やつらは艦首居住区のハッチをこじ開けて侵入して来ました。魚雷室へ入りこむには防水昇降扉を下らねばなりませんが、あそこは戦闘配置になると閉めてしまいますから――」

「魚雷発射管室には、外に通じるハッチがない」

　山津波は首を振った。

「最前部の第一居住区まで行かなければ、ＤＳＲＶ（深海救助艇）が来ても脱出できない。しかし艦首居住区のハッチは、やつらが侵入して来た場所だ。すでに破壊され水浸しだ」

　山津波はため息をついた。

　まさかこんなことになるなんて――


　西日本帝国海軍・攻撃型潜水艦〈さつましらなみ〉は、三陸沖50キロの大陸棚の海底で、三十分前から鎮座したままだった。

　深度は３００メートル。

　海面へ打ち上げて救難信号を発信し、救援を求める非常信号ブイはすでに放出した。しかしそれを放出する操作をするため逃げるのが遅れた通信士官は、発令所の中で巨大な出血したような赤黒いナメクジ芋虫に頭から食われてしまった。


――『か、艦長、早く！　早く逃げてくださいっ！』

『山中っ！』

ピルピルピルピル――

（俺《おれ》が、魚雷を二本しか装塡《そうてん》させなかったのが間違っていたのだろうか――？）

艦首のハッチが外側から物凄《ものすご》い力で吸い出されてこじ開けられ、『ピルピル』という

いまわしい鳴き声を上げながら侵入して来た十数匹の化け物に、山津波の部下の乗員

はほとんど食い殺されてしまった。

――『急げ山中少尉っ。化け物が来るぞ！』

『この非常信号ブイを上げなければ、全員がおだぶつです！』

ピルピルピルピルピル

『山中、後ろだっ』

『ぎゃっ、ぎゃあーっ！』

『山中ーっ！』

なんとか艦の後部へ逃げ延びられたのは、山津波をふくめて七名にすぎなかった。

（――艦首で外部ハッチがこじ開けられたとき、せっかく戦闘配置で閉じてあった発

令所の前部防水扉を開けさせ、部下に様子を見に行かせてしまった俺の判断は間違っ

ていたのだろうか……しかし水中の潜水艦のハッチが外部からこじ開けられるはずがないんだし、あんな化け物がこの世に存在すること自体、誰も……）

――『魚雷が――はじき跳ばされましたっ！』


山津波の頭の中に、あのときの光景が嫌になるほど繰り返しよみがえっていた。

それは、つい三十分前の、海中での戦闘であった。

迫り来る謎の怪物に対し、〈さつましらなみ〉は後退しつつ魚雷攻撃を加えたのだ。

山津波は、その戦闘の顚末《てんまつ》を思い出していた。

「射てっ！」

山津波は叫んだ。

「一番、二番、発射」

攻撃管制士官が復唱し、赤いガードのかかった二つのスイッチを、二本の指で同時に押しこんだ。

ズシュン！

ズシュン！

艦首魚雷発射管から二本のMK《マーク》48魚雷が爆発する泡のように轟然《ごうぜん》と撃ち出された。

シュパーッ——

超高速スクリュー音がみるみる遠ざかって行く。

全力で後退し続ける〈さつましらなみ〉の黒い涙滴型の艦体から、迫り来る小山のような〈海坊主〉の泡に包まれた半球形の頭部まで、わずか５００メートル。

ザシュッ　ザシュッ　ザシュッ
グゴォオオオオ！

長大な数百本のイボつきの〈脚〉が、黒い海水をかく。それは脚とも触手とも呼べるような代物だ。長さはどのくらいあるのか、先端は黒い海水の彼方《かなた》に呑みこまれて見えない。

ザシュッ！

周囲の海水が激しく沸騰しはじめる。

膨大な海水をかき分けて、数万トンの巨大生物がものすごい速力で前進する。

グゴォオッ！

体表から発する高熱によって、ゴボゴボと海水を沸騰させている巨大生物の本体は、とうに陽《ひ》の暮れた深度１５０メートルの海中では、全体像を見ることができない。

しかし、動きが激しくなるにつれ、無数のイボを持つ数百本の長大な脚が海水を強くかくたびに、その半球形の頭部はぼうっと蒼白《あおじろ》く発光し始めた。

夜の海中に、蒼白い小さな太陽が出現したかのようであった。

シュルルルッ
二本の魚雷が、その蒼白く光る巨大な頭部目がけて突進する。近距離でこの大きさだ。外しようがない。

しかし、
ズオオオオ！

50ノットで突き進む二本のＭＫ48は、〈海坊主〉の頭部周辺の猛烈な水流のゆがみに捕らえられてしまった。

シュルルッ！

二本の魚雷は左右に分かれ、小山のような頭部に沿って流され、はじき跳ばされた。

シュルゥ――

もともと５００メートルというのは、魚雷発射の最小安全距離限度ぎりぎりであった。そのうえ、このハイテク魚雷は沸騰寸前の熱湯のような海水の中を走るようにはできていなかった。弾頭のセンサーが測定した80℃という水温データを、魚雷の制御コンピューターはセンサーのエラーと断定し、それ以上の攻撃は不可能と判断して弾頭を不発にしてしまった。故障したまま下手に走り続けて、味方の艦に当たったりしないようにできているのだ。

魚雷は二本とも深海へ消えた。

「魚雷が――跳ね飛ばされましたっ！」

ソナー員が叫んだ。

「何だと！」

山津波は思わずスキャン・ソナーの画面を見やった。

レントゲン写真のような画像――泡に包まれた直径150メートルの巨大なクラゲのような頭部と、その後方で海水をかいているらしい無数の長大な〈脚〉……そして、頭部の脇に、フレームにはみ出すようにしてかすかに映っている〈翼〉のようなもの

――


さらによく見ると円い頭部には、ブツブツと無数の小穴が一面に開いていた。小穴と言っても一つ一つが直径で二メートル近くあるだろう。それが数百個か、数千個、ブツブツブツブツと〈海坊主〉の円い頭部の表面一面に開いているのだ。

「ううっ」山津波はぞぞっと寒気を覚えた。

〈さつましらなみ〉は後退を続けていた。だが全速で20ノットだった。後進ではそれ

員を道連れにしかねないのだ。

山津波は自分の判断の甘さをのろった。艦長の判断のミスは、潜水艦では乗組員全員を道連れにしかねないのだ。

(回頭してから逃げるべきだったか——?)

が精一杯だった。

迫り来る〈海坊主〉に艦首を向けたまま、〈さつましらなみ〉は逃げる。全長75メートルの潜水艦に対し、覆いかぶさるように迫る怪物は圧倒的に巨大だ。頭部の直径で150メートル、両翼と脚部を入れたら全長は何百メートルあるのだろう?

ズグォオオオ!

と、怪物が、推進のために使っていた長大なイボつきの脚の何本かを、前方へ伸ばし始めた。

艦の操縦は、困難を極めた。

潜舵を受け持つ操舵手は、艦が前進しているときとは逆に、艦を上昇させたいときは下げ舵、艦を下降させたいときには上げ舵を使わなくてはならなかった。そのため同じ深度を保って水平に逃げようとしても時として大きく上下に艦をピッチングさせてしまい、それが損失となって速度が落ち、ますます迫り来る〈海坊主〉に間を詰めさせることになった。

（俺の判断ミスか――いや、後悔している場合じゃない。この艦の運命は、俺の指揮にかかっているのだ。早くなんとかする方策を見つけないと――）山津波は、済んだことをうじうじ考える性格だった。潜水艦の艦長には、あまり向いていないのかもしれなかった。

「あの怪物に追いつかれたとして――どんな被害が考えられると思う？　副長」

山津波は脇に立つ福岡大尉に聞いた。

「相手は生き物でしょう？　いくらなんでもこの艦の耐圧船殻を破ることは不可能でしょうし、放射能をまき散らしていたにしても、すぐに致死量というわけではありません。あの高熱が気になりますが――」

福岡はスキャン・ソナーのディスプレーを見やりながら答えた。

「すぐに取って食われるわけではありません。絡みつかれて動けなくなったら、救援を呼べばいいのです」

だが福岡は甘かった。

「怪物が速力を上げます！」

ソナー員が悲鳴を上げた。

「一気に50ノット――いや60ノット！」

「なにっ！」

そんな馬鹿な。今までほぼ五分五分の速力だったのに、なぜ急に？

（まさか、今までは追いかけ回すのを楽しんでいたんじゃないだろうな――？）

山津波はぞっとした。

ゾワワワワワッ！

「何だ？　何の音だ！」

山津波は発令所の天井を思わず見上げて叫んだ。

「わかりません！　なにか細いものが無数に、周囲から本艦を包みこんで来ます！」

「細いもの――？」

びたんっ
ズズン！

艦が震えた。

同時に速度が落ちた。

「どうした！」

「何かが艦体に接触しました！」

びたんっ
びたんっ、びたんびたんっ！

ズズズン！

「う」

「うわっ」

発令所の士官たちはつかまる固定物を見つける前に足を取られて転んだ。

潜望鏡にしがみついて起き上がった山津波は、

「操舵手、艦の速度はどうなっている?」

「艦長、停止してしまいました！　後進速度ゼロ！」

操舵席の下士官は悲鳴のように叫び返す。

「艦が進みません。捕まりましたっ！」

「くそ！」

山津波は震える手でマイクを取った。

しかしまた、
びたん、びたんびたんっ
びたんびたんびたんびたんっ！

ズズズズンッ！

「うわぁっ」

「みんなつかまれ！」

一本一本が瀬戸大橋の懸架ケーブルよりも太い、イボつきの〈脚〉が数十本、〈さつましらなみ〉の複合合金の艦体表面を叩《たた》くようにして張りつき、黒い涙滴型潜水艦を抱きこむようにホールドしていた。

ズゴゴゴゴ――

猛烈な泡に包まれた〈海坊主〉の頭部が、ゆっくりと潜水艦に近づいて行く。

それは、霞《かすみ》のかかった山が迫って来るようであった。

さらに教本の触手が、巨大な怪物からすればおもちゃのような潜水艦に伸びていき、中身を確かめるように二、三度その涙滴型の表面をはたいてから、絡みつく。

ズズズンッ！

「うわっ」

「わっ」

衝撃で照明灯がフッと切れた。

「落ちつけみんな！　すぐに非常灯に切り替わるぞ」

パッ

赤色の頼りない灯りが点いた。

山津波は、ゴムのらせんコードでヨーヨーのように揺れているマイクを拾う。

（いかん、手が震えているところを部下に見られてはいかん！）

自制しながら、機関室を呼ぶ。

「機関室、艦長だ。モーターは回っているか？」

『最大出力です、艦長！』

「馬鹿な！　艦は停止しているぞ」

「艦長！」

前方からソナー員が叫んだ。

「本艦の耐圧船殻の外側に、何かが大量に絡みついています！」


（これは悪夢だ。夢ではないのか……）

山津波は、真っ暗な機関室の隅でひざまで浸水した水につかりながら、まだ現実が信じられないでいた。

勝負がついてしまってから、もう三十分以上経つ。

しかしそれは、その後始まる地獄絵図のほんの始まりにしか過ぎなかったのだ。

（あいつは何者なんだ――？　怪獣？　どこから来た？　深海か？　今まで眠っていたのか？　しかし、あの放射能や高熱は、何なのだ――？　あれではまるで……）

艦が捕らえられてから、〈海坊主〉――あの巨大な怪物の本体が近寄って来て――と言うより引きずり寄せられたと言うべきか——本体からチューブのようなものが伸びて来たかと思うと……

山津波は再び思い出す。

「スキャン・ソナーだ。外の様子が知りたい」

「はっ」

ソナー員がただちに周囲の状況を映像化できるスキャン・ソナーを前方へ発振した。

カン！

音波はほとんど目の前の壁のようなものではじき返されて来た。

「映像、出ます！」

発令所の士官ほぼ全員が、だだっと集まってスキャン・ソナーの画面に見入った。

ぱっ

「これは——？」

「ほとんど〈壁〉だ——」

「何なんだこの表面は？」

「ちょっと待て」

山津波は部下たちを鎮めて、

「この、やつの体表面の無数の穴を見ろ」

遠くからスキャンしたときには、幅2メートルほどの円い無数の穴が〈海坊主〉の頭部にブツブツブツブツと一面に開いていたのがかすかにわかった。

しかし今その無数の円いへこんだ穴から、何かがプツプツプツプツと頭を出し、這い出し始めているのだ。

「穴の直径はおよそ2メートル。この怪物の体表面一面に、数千個散らばっています」

ソナー員が解析した。

「穴の中から、何かが這い出して来ているぞ。ここだ、うじ虫の頭のようなものが見える。ほらこっちもだ」

「艦長、もう一度スキャンしますか？」

「うん、やれ」

カン！

今度映った映像は、よりはっきりしていた。ほとんど垂直の断崖《だんがい》のように見える、巨大な怪物の表面一面にブツブツブツブツ無数の円い穴が開き、その中から小さな（怪物本体に比べれば）無数のうじ虫の頭みたいなものが顔を出し、何匹も何匹も何匹も何匹も、ちろちろちろちろとうごめき始めている。

「艦長、こちらの下のほうに映っている太いチューブのようなものは何でしょう？　こちらへ向かって動いているような――」

　ソナー係が言い終わらぬうちに、
　ズズーン！

「おわっ」

　艦首をはたき落とすような衝撃が加わり、立っていた乗組員たちは全員床へ転がった。

『艦長！』

　艦内スピーカーに声が入った。

『こちら艦首魚雷室！　天井が――天井が猛烈に熱い！　どうしたんですかっ？』

　その声も終わらぬうちに、
　バズーン！

　大音響とともに、〈さつましらなみ〉の全乗組員の耳を激痛が襲った。

「ぐわぁ～っ！」

　鼓膜の敏感なものはのたうちまわって苦しんだ。艦内の気圧が、瞬間的に下がったのだ。

「何だ！　何が起きた！」

「艦内気圧、瞬間的に降下！」

水密管制員が悲鳴を上げた。

「つ、続いて――信じられませんっ、艦首居住区の外部ハッチの扉がなくなりました！　浸水中！」

「外部ハッチがなくなった？」

「ハッチの扉が、ありません！　吹っ飛んだのか――」

「水密標示板が衝撃で壊れたのではないのか？　潜航中の潜水艦のハッチが、外側から外れるわけがない」

しかし艦の水密状況を集中表示するパネルには、確かに艦首居住区の外部ハッチが外れてなくなっていることを示す赤いウォーニング・ライトが点灯していた。

「よし水上一曹、二人連れて前部ハッチの点検に行け。洩《も》れていたら応急修理だ。工具を忘れるな」

山津波は水密管制員に命じた。

「はっ」

水上一曹は、技術員二名を連れて、発令所前部の防水扉を開き、艦首へと向かった。

そして、二度と帰ってこなかった。

(やつは高熱でハッチの周囲を溶かして、外部ハッチの扉を文字どおり『吸い出し』たんだ。なんてやつだ――)

山津波は静かな機関室の暗がりで、無力感に囚われていた。

(あのとき……すでに〈海坊主〉の母体を抜け出した幼虫どもが、艦首居住区のハッチから艦内へもぐりこもうと殺到していたのだ。やつらは腹を減らしていて……)

ポチョン、ポチョン――

水滴の垂れる音だけが響く後部機関室は、先ほどまでの艦内の修羅場が嘘《うそ》のような静けさだった。

この機関室の防水扉は艦内でも一番厚い。艦内に何匹入りこんだのかしらないが、容易には侵入できないだろう。ここで救助を待つしかない。

神経がすり切れてしまったのか、誰も言葉を発しなくなった。

重苦しい沈黙だけがあった。

ごほん。誰かが咳払《せきばら》いをした。

「ごほん――ええと、艦長。やつらは、そのまま呑みこむやつと、頭だけ食うやつと、二種類いるみたいですよ」

機関長だった。

「よく見ていたな」

「みんなをここへ逃げこませるのに、前方を見張っておりましたから。頭だけ食うのは細い胴体のやつです。針金みたいな脚が無数についていて――後ろからのしかかって脚で肩を押さえこんで、頭をくわえて引きちぎって、脊髄《せきずい》を背中からびびっと抜いて、頭骸骨《ずがいこつ》と延髄を頭から呑みこむんです。こう、ジュルジュルッと――」

「よせ」

山津波はさえぎった。

「食われた者の身になってみろ。発令所以外で襲われた連中は、何が起きたのかもわからなかっただろう――」

山津波は壁のパイプにもたれ、湾曲した鋼鉄の天井ごしに、はるかな海面とおぼしき方向を見上げた。

「母体はどこへ行ったんだろうな……」

「わかりません。海中は静かになりました――」

副長が答えた。

山津波は腕時計を見た。

「救難信号がキャッチされたとして――助けが来るまでにどのくらいかかる？」

「五時間でしょう、最低」

航海長が時計を見て言った。

「いや、横須賀からDSRVを積載したフリゲート艦が緊急発進しても、ブイが潮に流された分、余計な捜索をしないといけませんから、七時間は見ないと」

「七時間か――」

山津波は舌打ちした。

しかし、七時間なら、ここにいる七人が呼吸するくらいの酸素はもつだろう。

「空気は心配ないだろうが――あの〈海坊主〉の母体が戻って来たらことだな」

「戻って来るでしょうか？」

攻撃管制士官がぞっとしない声で聞いた。

「幼虫を――あれがやつの幼虫だとしたらだが――置いて行ったんだ。また必ず帰って来るさ。ロンドンの自然科学博物館に行ったことがあるか？」

「いえ」

「俺は練習航海でイギリスへ行ったときにその博物館を見学したが、昆虫の展示室で面白いものを見た」

山津波は肩を回した。話すのは気が紛れてよかった。

「何という種類かは忘れたが、スズメバチの一種でな、親バチが蝶《ちょう》の芋虫の身体に卵を産みつけるんだ。こう、ぶすっと針を刺してな。芋虫は殺さない。生きた芋虫の体内で卵を孵化《ふか》させるんだ。そして孵《かえ》った幼虫は、芋虫の内臓を餌《えさ》にして食い、やがて腹を食い破って出て来る」

「ぞっとしませんな」

「この〈さつましらなみ〉が、餌の芋虫というわけですか？」

生き残った乗員たちは、冗談を言いながらも、それがほとんど当たっていることに気づいてぞっとするのだった。

実際、彼らは餌にされたのである。

山津波はため息をついた。

「ま、東日本の領海の外だというのが、不幸中の幸いだったな。救助艦が捜索しやすい」

「不幸は東日本ですよ」

副長が言う。

「あの〈母体〉は、あきらかに陸岸を目指していました。上陸するつもりかもしれません」

父島南東百キロ洋上　平等3型巡洋艦

ズダダッ
ばきばきばき！

急な艦橋の階段を、文字どおり転げおちた。

「あいたたっ――」

ひとみは、うずくまって痛がっている暇もなかった。

「はあっ、はあっ」

肘《ひじ》で這いながら、急傾斜の階段の下を離れようとする。

巡洋艦の主艦橋の一層下、ここは常識的な設計ならば、中央情報作戦室《CIC》が置かれる位置だ。ひとみは空軍中尉だったから、旧ソ連製の巡洋艦の内部の構造についてなど詳しく知るはずもない。

窓はなく、真っ暗闇だ。

ズルッ
頭上で音がした。

ゴフォッ

呼吸音とともに、階上のハッチから巨大なトドのような赤黒いナメクジ芋虫が顔を出す。

ズズッ

階段を降りてこようとする。

「きゃっ」

本当に恐ろしいと、大声で悲鳴も出ないものだ。

（いやだ、腰がぬけて立てないわ！）

ひとみは、転げおちたショックで腰が言うことを聞かなくなっていた。

（やだ、どうしよう、やだ！）

ズルズルッ

トドのように巨大なナメクジ芋虫は、無数の偽足で急傾斜の梯子のような鉄製階段を器用につかみ、降りてくる。

赤黒い太い胴体の頭の部分、そこにはナマコのような口がもぐもぐと動き、周囲に生えた短いひげがひくひくと震えている。アンコウのちょうちんのように頭からにゅるっと伸びた細いろくろっ首が、２メートル近くにゅるにゅると伸びてきて室内を探るようにねめまわす。先端の真っ赤な三つの複眼が、床でじたばたするひとみをたちまち見つける。

ゴフォッ

本体の口が息を吐く。

「ひっ」

ひとみは必死に這いずって逃げようとする。

「やだ、来ないでよ、来ないでよ！」

だが下半身が言うことを聞かない。まるで怖い夢の中で、何かから逃げようとして逃げられないときのようだった。

ズルルルッ！

化け物は、ひとみを頭上から一気に呑みこもうと、急な狭い階段を滑りおちるように迫ってきた。

ざざざざっ

「きゃああっ！」

ひとみは、身動きが取れないまま、頭を抱えて悲鳴を上げた。もう駄目か！

ゴフォッ！

耳のすぐ後ろに、なま暖かい息が吹きかけられた。

「きゃあっ」

ズッ——

しかし。

化け物のトドのような太い胴が、天井に切られた四角い階段ハッチにつかえた。赤黒いナメクジ芋虫のナマコのような口は、ひとみの頭を呑みこもうとしたまま頭上30センチでストップしてしまった。

ゴフォッ
それでも化け物は、軟体動物特有の柔らかい首を伸ばして、すくみ上がっているひとみの頭をくわえこもうとする。

バクッ！

「きゃっ！」

ひとみの、ポニーテールにまとめた髪の毛のわずか5センチ上で、直径40センチのナマコ口がばくんと閉じた。

グフゥッ
化け物が悔しそうに荒い息を吐いた。ものすごく臭い。

「ぐわっ」

ひとみは小学生の頃、ペットのハムスターに死なれたときの匂《にお》いを思い出した。死んで腐った生き物が放つ、耐えがたい悪臭だ。

化け物は頭部をめぐらして、自分の胴体がつっかえている天井のハッチを見た。ろくろっ首の先端の複眼が、赤外線カメラのようにハッチの開口部を探る。艦橋で何人の人間を呑みこんだのか知らないが、腹がふくらみすぎて通れないのだ。化け物の頭の下で、階段をつかんでいた偽足が小さくわさわさと空中をかいている。

(い、今のうちだわ。今のうちに——)

化け物の猛烈な腐臭が、かえって気つけ薬になった。とにかくここに居たくない。

ひとみはやっとのことでボディースーツの下の脚を動かすと、四つんばいで逃げようとした。ハイレグの太腿から足の先まで、まったくの素足だった。女性パイロット用のレオタードに似たボディースーツはノースリーブで、ひとみの両肘は階段をころげたときにぶつけてすりむいて出血していた。

(痛いなんて言ってられないわ!)

ひざからも出血しながら、ひとみはようやく四つんばいで這っていく。

ぬるっ

「やだ、この階の床にも粘液が——」

この階にも、別の化け物がいるのだろうか?

そう考えると闇の中へ這っていくのが怖い。

(——でも逃げなくちゃ!)

ひとみは這って逃げる。

しかし、
ヒュルッ
なにか風のようなものを感じたと思ったら、縄のようなものが飛来してひとみのウエストに巻きついた。
「きゃっ！」
ずでん！
ひとみは床にたたきつけられたように転ぶ。
階段でつかえていた化け物の頭部からろくろっ首がゴム紐《ひも》のように伸びて、ひとみの胴に絡みついたのだ。
「い、いやっ」
もがいても、逃げられない。
ピルピルピル
ひとみのボディースーツのウエストを縛り上げたろくろっ首の赤い複眼が、頭の上からひとみを見下ろして、鳴いた。
ピルピルピルピル
「きゃ、きゃーっ！」
ひとみは思わず両腕を振り回した。

がつんっ
ひとみの右手には何か重い物が握られていて、それが赤い複眼に当たった。

ピルッ
複眼は思わずまばたきをして（そう見えた）あとじさった。

ゴフォッ
本体も息をした。痛かったのだろうか？

ピルルッ
赤い複眼には何の表情も現われないが、絡みついたひとみのウエストを放さず、ひとみから目を離さない。獲物は逃がさないつもりなのだ。

（い、いい加減にしてよっ！　――あ！）

ひとみは恐怖のあまり、自分が右手に45口径の拳銃《けんじゅう》を握っていることを忘れていた。

右手は強く握りしめていて、関節は白くなり感覚もなかった。

（拳銃があったんだ！）

幸い両腕は自由だった。

ひとみは仰向けに体勢を変えると、

「どこを狙《ねら》ったらいいのよ！」

叫びながらとりあえず、階段の途中で立ち往生している赤黒い本体の頭を狙う。

カチ
発火しない。

「あ、安全装置――」

無理もない、ヘリコプター・パイロットの彼女は、ピストルなんて三年ぶりに撃つのだ。

銃身の横の小さなレバーを押し上げる。右の親指が汗と血で滑る。

ところが、
ビュッ
なんと次の瞬間、ろくろっ首の赤い複眼が鞭《むち》のように襲って、

「あっ！」

ばしっ！

ひとみの腕からコルト・ガバメントをはじき飛ばしてしまった。

「なにするのよっ」

カラカラカラッ
黒い大型の拳銃は、たちまち暗がりの向こうにすっとんでいった。

ピルピルピル

赤い複眼が、ひとみを見下ろし、そして、

ずるずるっ

ひとみのウエストに絡みついたろくろっ首が、ひとみの身体を化け物の本体へ引き寄せていく。

「や、やめて！」

化け物のナマコのような口が、モゴッと開く。正面から見るその口は、巨大なイソギンチャクのようだ。

グォフォッ

口が大きく開く。イソギンチャクのような無数のひげのような舌が、もくもくもくもくとうごめいてひとみの身体を迎え入れようとする。

「や、やめてぇっ！」

ひとみは両手両足をばたばたさせて暴れるが、ウエストにしっかり絡みついたろくろっ首はひとみを放さず、容赦なくナマコ口へひとみを運ぶ。あと50センチ。

わらわらわらわら

イソギンチャクのような無数の舌が、化け物のナマコ口で激しく動き、ひとみを爪《つま》先《さき》から呑みこもうと待ち受けている。

（なんでこんなのに食われて死ぬのよ。じょ、冗談じゃないわよ！）

ひとみの心に湧《わ》き上がったのは、あきらめや恐怖ではなく、怒りだった。
（冗談じゃや、ないわよっ！）

6. 帝都西東京・六本木

＊父島海域と三陸沖海底の異変を、まだ西日本帝国の国防総省は把握していない。

望月ひとみが漂流巡洋艦の艦内を逃げまわっていたこのときに、帝都西東京の六本木でも似たような災難に遭っている登場人物がいた。そう葉狩真一である。

六本木　路上
同時刻

「なんてしつこいやつらなんだ！」

　真一は運転席から振り向いて叫んだ。

　首都高・都心環状線をぶっ飛ばした真一の青いマーチは、追ってくる十数台の〈募金屋〉のミニバイクをまくために、飯倉《いいくら》ランプを降りて外苑《がいえん》東通りを左折し、六本木交差点を目指して突っ走った。

　ブオオオオッ
　しかしバックミラーの中を、砂煙を上げるような勢いで、横に広がった盗難ミニバイクの群れが追ってくる。乗っているのは一様に腹の出た尻《しり》のでかい小太りの、肉まんのような顔に黒ぶちのメガネをかけ、蛇のような細い眼を光らせた〈募金屋〉軍団だ。首から『アジアの人民を救え』と書かれたボール紙の募金箱を下げ、ジーパンに汚いセーター、脂ぎった七三分けの髪の毛が十一月の木枯らしで逆立ち、にきびづらが丸見えになっている。分厚いくちびるとぶちぶち剃《そ》り残したあごのヒゲ、かみそりで切って出血した跡まで全員が同じ特徴を揃《そろ》えている、不気味な集団だ。

ブブブブブ
募金屋どもは、奇声を上げるでもなく、ただ黙々と執拗《しつよう》に追ってくる。せっかく〈獲物〉として捕まえた可愛い女子大生を真一に連れ去られ、怒り狂ったやつらは、まるで手負いのカモシカを何日も何日もどこまでも、平原の彼方《かなた》まで追いかけるハイエナの群れのように執拗に追いかけてくるのだ。

パパッ、パーッ！

真一のマーチは、急に車の増えた外苑東通りを必死で逃げる。

「路上駐車が多いじゃないか、ここは！」

片側三車線もある外苑東通りは、縦列駐車するベンツやポルシェや４ＷＤのオフロード車のせいでほとんど真ん中一車線しか通れなかった。六本木の土曜の夜が始まるところだ。ものすごく混んでいた。

「この辺の連中は、罰金が怖くないのかっ？」

真一は頭にきて怒鳴る。

西日本帝国では、一度駐車違反で捕まれば、国産の新車が一台買えるくらいの罰金を取られてしまうのだ。それを恐れずに平気で停めるなんて。

「そんなの怖くないわよ」

助手席の女子大生が不機嫌そうに言う。

「あたしだっていつも平気で停めるわ。生意気な警官が切符を切っても、パパに頼めばコネで帳消しになるし、あたしを駐車違反にしようとした身のほど知らずの交通巡査や婦人警官をクビにもしてやれるわ」

女子大生は平然と言い切った。

「それより早く、〈クシャトリア〉に着けて！」

「どこなんだ？」

真一は、道の真ん中で右折シグナルを出しながらふてぶてしく流れを止めているピカピカのオフロード４ＷＤをスラロームするようにかわしながら叫んだ。

「〈クシャトリア〉の場所も知らないの？」

女子大生は、フンと鼻を鳴らしてあからさまに馬鹿にした。

「あきれた。でもあなたの身分じゃ、しかたないわね」


すでに国防総省への出頭時刻をとうに過ぎている。

西日本時間の今朝早く、宇宙空間で発生した『緊急事態』の分析のために、真一の頭脳がぜひ必要だと呼ばれているのだ。

〈東日本の軌道母艦〈平等の星〉が捕獲しようとしていた物――？　それはいったい、

何なのだろう？　僕の生物学の知識が役に立つかも知れないのに……くそっ）

パパパッ！

真一は、狭い場所に強引に押しこんで縦列駐車しようとしていた黒塗りの大型ベンツを、クラクションを鳴らして危うくすり抜けた。

「ちょっと何するのよ！」

女子大生が血相を変えて怒鳴った。

「何するって――」

「あなた今、あの窓にフィルムを貼《は》った品川ナンバー黒塗りSクラスベンツ自動車電話TV付きに、クラクションを三回も鳴らしたわねっ？」

「それがどうしたんだ！」

交差点にさしかかり、ハンドルを握って歩行者をよける真一は、横を見る余裕もない。

「左へ120度ターンして芋洗坂を下って！」

「よし！」

キキキキキッ！

ザザーッ！

まるでナビゲーターの指示で突っ走るサファリラリーの車のように、六本木交差点の喫茶店マイアミのコーナーを小石を吹き飛ばしながら120度ターンする真一のマーチ。後輪が大きく滑り、人待ちをする大勢の歩行者がコーナーにはみ出すラリー車を避けるギャラリーみたいにあわてて逃げ散っていく。

ブオオオッ

コーナーを立ち上がって芋洗坂を一気に下るマーチ。

シマウマの大群がラリー車をよけるみたいに、左右にあわてて逃げていくボディコン姿の女子大生の群れ。その真ん中を、砂煙を蹴立《けた》てるように突破する青いマーチ。

ブオオッ！

「何か僕がいけないことをしたのかっ？」

ハンドルを切りながら真一は聞く。

助手席の女子大生は、常識のまったくない人間をさげすむような声で、

「あなたね、六本木の〈おきて〉を知らないの？」

「六本木の〈おきて〉？」

「六本木ではね、窓にフィルムを貼った品川ナンバー黒塗りSクラスベンツ自動車電話TV付きに、クラクションを鳴らしてはいけないのよ！」

「どうしてっ」

「アフリカの平原で、ライオンに向かって石を投げるようなものだわ。殺されても、

文句を言えないのよ！」

「何だって――？」

真一は、女子大生の言葉にぞっとして、思わずミラーを見る。

「！」

するとどうだろう、追ってくる十数台のミニバイクにくわえて、窓も黒い黒塗りベンツの巨大な車体が、不気味にゆっくりとこちらを追ってくるではないか。

「怒らせたわ！　どうするのよっ」

「どうするって――」

マーチは坂を下り切って、鳥居坂下から麻布十番へさしかかった。

「そこで停めて！」

六本木一の超高級クラブ〈クシャトリア〉は、坂の中腹のコンクリート打ち放しビルの中にあった。歩道からは広い大理石の階段を二十段ほど上る。熱帯を思わせる、大きな緑の葉の観葉植物にうっそうと囲まれた大理石の階段は緩やかにカーブしていて、その向こうに中二階の入り口が見えていた。

バタンッ
女子大生はマーチのドアを開けるが早いか、もう真一などには目もくれずに、黒白のマーブル模様の大理石階段を駆け上った。ジャングルのような緑の観葉植物の葉の陰に、その赤いコートと黒いブーツの姿が見えなくなってしまう。

「あっ、待ってくれ！」

真一は車をロックする余裕もなく、女子大生の後について大理石の階段を駆け上った。

「わっ」

つるつるに磨かれた大理石の階段で、真一は転んでしまう。靴底が減っていたのだ。新しい靴を買うお金を節約して、本を買っている研究者の悲しいところだ。

女子大生は入り口にたどり着いていた。

エントランスの大きな両開きドアは金色で、そばには客の服装チェックをする黒服に蝶《ちょう》ネクタイの若い男の従業員が立っていた。

「来たわ入れて」

赤いコートにミニスカートの女子大生が駆け寄ると、

「いらっしゃいませ」

不自然なくらいのチョコレート色に日焼けした格好いい黒服の従業員は、にこやかに白い歯を見せて金色のドアを開け、女子大生を店内へ迎え入れた。

ブブブブッ
ごとんごとん

十数台のミニバイクが、ついに真一の青いマーチを取り囲むように停止した。ヘルメットもかぶっていないジーパンの募金屋どもは、たがいに言葉も交わさず、まるで彼らの行動を支配する統一した意志でもあるかのように、大群をなしてクラブ入り口の大理石階段を上りはじめた。

「ま、待ってくれ」

真一は痛む腰をさすりながら金色ドアの入り口へ急ぐ。募金屋たちに襲われているところを真一が命がけで助けてやった可愛い女子大生は、後からついてくる真一などまるでいないかのように、振り向きもせず暗い店内へと駆けこんでしまった。

「待ってくれ！」

とにかくこの高級クラブの中へ避難しなくては！　十数人の怒り狂った募金屋に捕まったら、命が危ないのだ。

しかし。

真一が女子大生に続いて中へ入ろうとしたとき、黒服の従業員がすかさず横から足払いをかけたのだ。

ずでんっ

「あいたっ！」

真一はまた転んだ。

「なっ、何するんだ！」

真一は怒鳴り、また金色ドアへ向かおうとするが、黒服がまた横から足を出して、
ずでんっ
「あいたたっ！」

真一は怒った。募金屋どもが10メートル後ろまで迫っているというのに！

「何をするんだ、僕も入れてくれ！」

しかし背の高い格好いい黒服は、まるで迷い込んできたのら犬でも見るような目で真一を見下ろして、

「帰れ」

と冷たく言い放った。女子大生に見せた白い歯の笑顔は、そこには影もなかった。

「追われてるんだ、今の子と一緒なんだ。頼むから入れてくれ！」

真一がドアにすがりつこうとすると、
どかっ
「ぎゃあ！」

あろうことか、今度は黒服は、真一を靴で蹴ったのである。

ピカピカに磨かれた、ウイングチップの黒の革靴で蹴られた真一は、大理石の階段を二、三段転がりおちた。

どたどたどたっ
「な、何をするんだ!」

真一のメガネにひびが入り、頰《ほお》が切れて血が飛んだ。

「ここはお前みたいなださいやつの来ていいところじゃねえ」

黒服は金色のドアの前に、両手を腰に当ててかっこよく立ちふさがった。

真一は階段に仰向けに転がり、転んだ痛さで起き上がれない。

フーフー、
フーフー、
真一の頭の後ろで、募金屋どもが階段を上がってくる激しい息づかいが聞こえた。

「う、うっ」

真一は無理やりに起き上がる。

ドアへ向かおうとする。しかし、
ビシャーッ!

黒服は今度は、入り口の脇《わき》の赤ランプの点《つ》いたパネルから消火用のホースを引きずり出すと、真一に向かって放水しはじめたのだ。

「ぐわっ!」

真一はまた仰向けにひっくり返った。冷たい水流は物理的打撃となって、ひょろひょろの真一の身体を吹き飛ばした。

「六本木の〈おきて〉を知らないようだな。そういうやつは死ね！」

ジュパーッ！

「ぎゃっ、わっ」

真一は文字どおり吹っ飛び、階段の脇の、小さな森のような熱帯観葉植物の植えこみの中へどすんと放りこまれた。

「ぐぐっ」気を失いそうになる真一。

頭を振って身を起こすと、

（あっ！）

ちょうど目の前を、募金屋のむさ苦しい太った若い男たちが、大理石の階段を這《は》い上っていくところだ。

フーフー、
フーフー、

（しめた。植えこみに隠れたおかげで、こちらの姿は見えないぞ）

不幸中の幸いだった。〈クシャトリア〉の入り口へ上る階段を覆う熱帯観葉植物の植えこみは、ちょっとしたミニ・ジャングルのようで、その中で息を殺す真一の姿は募金屋たちからは見えない。

（しかし――どうしたんだこいつら？）

真一は息を殺して、30センチ目の前を這い上っていく募金屋どもを見ながら、やつらの様子がおかしいのに気づいた。

（いったいどうしたんだ？　どうして立って歩かずに這っているんだ――？）

汚いセーターとジーパン姿の、太った目の細い募金屋たちは、まるで酸素吸入なしでエベレストの頂上を目指したベースキャンプ隊員のように、大理石の階段一段を這い上るのも苦しげに、はぁはぁぜぇぜぇ息を切らして這っているのだ。十数人の募金屋全員がそうだ。

（僕とのカーチェイスで、スタミナを消耗したのか？　いやしかし、こいつらはバイクに乗っていたんだ。自転車で追ってきた連中じゃない。じゃ、どうして――？）

フーフー、

フーフー、

それでも苦しげに登り続ける募金屋たち。

肉まんのような顔が、真っ赤にふくれている。

フーッフーッ、

フーッフーッ、

〈クシャトリア〉は、六本木でも超一流の高級クラブだった。店内は豪華で、ガラス張りのＶＩＰルームやレーザー光線やお立ち台などがあって、ここへ入ろうとする客は、入り口で黒服に服装チェックを受けなくてはいけない決まりになっていた。この店にふさわしい客だと認められた『ファッショナブルな』男女だけが、きらびやかな店内に入れるのであった。

ここはまさしく〈六本木文化〉の中心だった。宗教で言えば総本山である。六本木をつつむオーラのようなものが、この〈クシャトリア〉の周辺ではもっとも強いのだ。

暗い裏街をねぐらとして、〈募金〉と称しては通行人から金品を強奪して暮らしている募金屋どもは、六本木文化の中心の『ファッショナブルな』激しいオーラにさらされ、生命力を急激に消耗していた。それは、わずか一分で一年分の寿命を使い切ってしまうほどの、激しい消耗であった。

フーフーと激しくあえぎながら、それでも〈獲物〉への執念にかられた募金屋どもは、高級クラブの入り口への大理石の階段を這い上っていく。

ちょうどそのとき、クラブの入り口下の路上に、ＴＶ用と電話用のアンテナを立てた黒い大型ベンツが静かに停止した。

バムッ
バムッ

中から出てきたのは、縞《しま》の高そうなダブルの背広を着た、屈強そうな大男が二人。頭髪は短く刈りこみ、まるでプロレスラーだ。

（うわ）

観葉植物の葉陰からそれを見た真一は、すくみ上がった。

獰猛《どうもう》な二頭のヒグマを想《おも》わせる屈強の男たちは、のっそりと階段を上がってくる。


一方、階上のクラブ入り口の金色ドアの前では、格好いい黒服が這い上がってきた募金屋どもに驚いていた。

「なんだなんだなんだお前らは？」

黒服は、消防ホースを持ちなおすと、腰だめに放水した。

ジュパーッ！

う、うぎゃあ〜っ
十一月の冷たい水道水を大量に浴びせられ、階段の上で悲鳴を上げる募金屋。

募金屋どもは、まるでそこだけ重力が十倍にでもなったかのように、階段に張りつき動けない。

「ちょっとやだ、なにしてるのぉ？」

金色のドアの向こうから、金ラメのボディコンに身をつつみ、美しいロングヘアをさらさらと垂らしたものすごく可愛い女子大生が、黒服に声をかけた。

「やあ真由香さん、ちょっと勘違いしたやつらがたくさん来たもんで、追っ払っているんですよ」

黒服は白い歯を見せて、明るく笑って答えた。

「やだぁこいつらなに～？」

真一が助けたのとは別の女子大生だ。でもこっちもすごく可愛い。真由香と呼ばれた金ラメの女子大生は、階段にはいつくばった十数人の募金屋の群れを見て、あからさまに顔をしかめた。

ジュパーッ！

白い棒のような激しい水流が、まるでほうきの柄で虫をはたきおとすように募金屋どもを階段から引きはがし、階段の下へと排除していく。『アジアの人民を救え』とへたくそな字で書かれたボール紙の募金箱が、ぐちゃぐちゃにつぶれて宙に舞う。

「どしたのどしたの？」

真由香の仲間らしい女子大生が二人、面白い見せ物をかぎつけてドアから顔を出した。

二人とも真由香に負けない美しいさらさらのロングヘアに、一人はエナメルの革のような黒い超ミニスーツ、もう一人は蛍光ブルーの水着のようにフィットするボディコンの腰にキラキラ光る金色のチェーンをじゃらじゃらと巻いている。

（はー……）

植えこみの中で見ている真一は、一切の危機的状況をその瞬間だけ忘れて、ドアからのぞいている三人の女子大生に見とれた。

（な、なんて可愛いんだ、三人とも……これが六本木なのか！）

真一はそれまで、そんなに可愛い女の子を三人も、間近で見たことなんてなかった。

三人とも、上流階級の高級女子大生だろう。私立の名門女子大に娘を入れる資力を持った財閥の係累かもしれない。

（す、すっごいきれいな脚だ——こういう子のことを〈レッグビューティー〉って言うんだな……）

真一は興奮した。

それは募金屋どもも同じだったようだ。

もとより真一の助け出した女子大生が欲しくて、ここまで執拗に追ってきた連中である。目の前の三人のボディコンの脚に、目がくらまぬわけがなかった。

「う、うぐぐぐっ！」

募金屋の一人が、超人的な気力を奮い起こし、まるで勃起《ぼっき》するように立ち上がった。

「ぐぐぐっ！」

続いて二人、三人。

「うぐっ、うぐぐぐっ」

四人、五人、六人。

「え、獲物だぁ～」

「上玉だ～」

八人、九人、――十三人！

いったんは階段へ転がされた募金屋たちは、殺しても死なないゾンビのようにむっくりと起き上がり、クラブ入り口の女子大生目がけて殺到していった。

「なんだお前ら！」

ジュパーッ！

黒服がふたたび水を浴びせたが、ただ『目の前のボディコンが欲しい』という募金屋たちの渇き切った性欲には効果がなかった。

どどどどどっ
再び勢いを取り戻した募金屋軍団は、クラブ入り口のボディコン三人娘を目がけて、殺到した。六本木のオーラも、その切実な進撃を止めるまでにはいたらなかった。

うおおおお〜!

どどどっ!

「うわ、何だこいつら!」

黒服がホースを放り出して逃げる。

十数人の、汚いセーターにジーパンの若いむさ苦しい、満たされない性欲に狂った男たちが三人のボディコン女子大生に迫る。生肉を漁《あさ》るゾンビのように手を伸ばす。

「きゃあ」

「きゃあ」

しかし先頭に立つ金ラメの真由香は、ひるまなかった。

「ふ、ふざけんじゃないわよ」

真由香はミニドレスと同じ金ラメの、9センチのピンヒールで〈クシャトリア〉の入り口前にすっくと立ち、美しい目できっと睨《にら》んで、怒鳴った。

「ださいくせに近寄るんじゃないわよっ!」

ずざざっ
するとどうであろう、
ざざっ

進撃してきたむさ苦しい若い男たちが、ひるんで足を止めるではないか。

「あっちへお行き！　ださいわねっ！」

すると、

「う、うぐぐぐ！」

「うぐぐっ」

いったんは勢力を盛り返した募金屋どもは、全員胸を押さえて苦しみはじめた。

「うぐぐぐっ」

「ぐぐっ」

美しい女子大生の、ピンク色の唇から発せられる『ださい』という言葉は、ほとんど音波の槍《やり》となって、募金屋どもの胸の感情中枢をつらぬいたのだ。

「ぐ、ぐわ〜」

うずくまって苦しむ十数人の募金屋。

さらに攻撃する真由香。

「お前たち六本木の〈おきて〉を知らないようね。ここではね、お前たちのようなださくてかっこわるくて貧乏な男には、生きる資格がないのよっ！」

黒いエナメルの女子大生も、青い蛍光ボディコンの女子大生も、金ラメの真由香に声を合わせた。

「ださい！」

「ださい！」

「ださい！」

三本束ねた音波の槍が、のたうちまわる募金屋どもを直撃した。

ぐわあああっ、と断末魔の悲鳴を上げ、口から泡を吹きながら、十数人の募金屋はついに逃げ出した。

転げおちるように路上へ出て、ミニバイクにまたがり、一目散に退散していく。

ブブブブブブブッ

（すごい――）

観葉植物の陰から一部始終を見て、真一は圧倒された。

募金屋どもは、自我を引き裂かれ、恐怖のあまり退散した。だが真一の心の中にも、にがいしこりが残った。

（だけど――あの子たち、あまりにひどいじゃないか。ださくてかっこわるくて貧乏な男には、生きる資格がないというのか？　あの子たちに言わせれば、この世では可愛い女の子とかっこよくて金持ちの男にしか、幸せになる資格はないとでも言うのか――？）

それでは、あんまりではないか。

(僕では、駄目なのか？)

かっこよくて金持ちでなくても、何か『得意がある』というだけでは駄目なのだろうか？

たとえば生物学が天才的にできるというだけで、あのくらいの可愛い子が、自分を好きになってくれたりすることは、ないのだろうか？

だが真一に悩んでいる暇はなかった。

ドス、ドス
退散した募金屋の群れと入れ替わりに、さっきの縞のダブル背広の屈強の男が二人、真一の見ている目の前を、入り口へと歩いて行ったのだ。

(ひえ)

毛むくじゃらの男の腕で、ダイヤモンド入りの金のブレスレットがちゃらちゃらと鳴っている。

もう一人の男は、小指がなかった。

(ひ、ひええ)

真一は震え上がった。

「これはこれは。いらっしゃいませ」

ヒグマのような二人の男を迎えると、入り口の黒服は深々とお辞儀をした。

「ようこそお越しで。すぐにＶＩＰルームをご用意させましょう」

「おいちょっとな」

「は？」

「下のボロいマーチに乗って来たやつ、どこだ？」

ブレスレットの男は低い声で聞いた。感情を持たないような獰猛そうなしゃべり方は、まさしくヒグマと呼ぶにふさわしい。

「は？　青いマーチの、ですか？」

黒服は丁重さを崩さずに、聞く。

「お探しなのでしょうか？」

「俺《おれ》にクラクションを鳴らしやがった。三回もだ！」

黒服は、うっ、とうめいた。

「そ、それはとんでもないご無礼を！　そいつならさっき、私が放水して追い散らしました。そこらの植えこみでのびているはずです――」

黒服は、おびえながら、それでも精一杯白い歯を見せて愛想を使いながら、真一が隠れている緑の植えこみを手で示した。

「――あちらです」

「ありがとよ」

ヒグマのような二人の男は、ポケットに手を突っこみ、ずんずんと近づいてくる。

植えこみの中で、真一は震え上がった。

（じょ、冗談じゃない！）

震える手で、コートのポケットの〈恐怖ペプチド〉励起装置を探る。相手の延髄に特殊な放射線を浴びせ、脳内に恐怖を司《つかさど》る物質を分泌させて、こちらを無条件に怖がらせるという真一独自のこの護身用新兵器も、凶暴なその筋の人に対して使用したことはまだない。

（電池が切れてなきゃいいけど——今日はだいぶ使ったから……）

だが次の瞬間、真一は蒼《あお》ざめた。

（な、ないっ！　——しまった車の運転席か階段か、どこかにおとしたんだ！）

ヒグマのような二人の男は、確実に真一へと近づいてくる。

あと2メートル。

（ど、どうすりゃいいんだ？　どうやって戦えば……）

一難去ってまた一難。

真一は、助かるのだろうか？

そして国防総省へは、出頭できるのだろうか？

六本木国防総省　国防総合指令室

「了解。さらに哨戒《しょうかい》を続けよ。以上」

南東方面洋上セクターを受け持つ女性戦術オペレーターが、ずらりと並んだ管制卓の一角でプリントアウトされた電報を引きちぎった。

「御宿《おんじゅく》沖のＰ３Ｃから緊急報告よ。羽生中佐は？」

インカムを頭に掛け、細いブームマイクで洋上のＰ３Ｃ対潜哨戒機の戦術航空士《TACCO》と会話していた彼女は、報告をすべき上官の姿を探した。

「会議室へ行ったっきりよ」

隣の席のオペレーターが遠くのドアを指して言う。

北米防空司令部ＮＯＲＡＤをお手本に、陸海空すべての防衛情報を集約して処理し、有事には国防作戦の指揮をとるここ六本木国防総省地下の国防総合指令室は、今朝の未明からずっと緊張につつまれていた。万一、この六本木が核で消滅した事態に備えて帝都の防空機能を二次的に持たせている八王子の空軍帝都防空司令部から、全面侵攻の可能性ありと伝えてきたのが午前六時。静止軌道の外、高度４万キロの宇宙空間で四発の大型核爆発が観測され、ほぼ同時に東日本共和国が旧ソ連から引き継いで保有している軌道母艦――いわゆる宇宙空母――〈平等の星〉が二隻のアルファ級攻撃型シャトルを引き連れ、西日本帝国の領空を侵犯したのである。

「あたし今朝から寝てないのに――」

宇宙管制センターのような、幾列も管制卓の並ぶ指令室の薄暗がりを見まわして、彼女は舌打《したう》ちする。防衛監視任務につく電子戦オペレーターの仕事は神経をすり減らす。通常、六時間管制席に座ったら、交替して仮眠を取ることになっているのに、デフコンⅡの準臨戦態勢に格上げされたため休憩を許されず、ぶっつづけで勤務しているのだ。

午前三時からの早番勤務が終わったら六本木の街でランチを食べようと、上の国防総省庁舎の総務課の同期の女の子と約束していた彼女は、外部へ電話することもできず（準臨戦態勢では国防総省から外への個人的連絡は禁止される）、このままでは夕方のデートまですっぽかすことになりそうなので、いらいらしていた。

「御宿沖で何か？」

隣のオペレーターの女性少尉が、こっそりと聞いた。

「下総《しもうさ》のP３Cが、全速で南下中のタンゴ級攻撃型潜水艦を探知したわ」

指令室前面の、巨大な戦術状況表示スクリーンに、房総半島の東方沖合を南下する攻撃型潜水艦のシンボルマークが新しくポツンと表示された。赤い潜水艦のシンボルマークの脇には識別コード、速力、進路、一時間後の予想位置などが数字とベクトル線で描き出されている。

「東日本の?」

聞かれて彼女はうなずく。

「機関もスクリューもかなりくたびれていて、三十年前に旧ソ連から払い下げられたタンゴ級に間違いなさそうよ。音声通話で哨戒機に確かめたわ」

通常、対潜哨戒機や潜水艦などからの哨戒報告は、暗号を通したデジタル通信回線で瞬時に送られてくる。それは、該当するセクター(区域)を担当するオペレーターのコンピューター画面に、緑色の文字となって現われるのだ。

オペレーターが、東日本の情報収集船(古いイカ釣り漁船にカムフラージュして、銚子沖など西日本近海をうろうろしている)に傍受される危険を冒して洋上の対潜哨戒機を音声通話で呼び出すのは、よほど報告の内容を確かめたい時のみである。

「こちらに探知されるのもかまわないような30ノットの全速力で、まっすぐ南へ下って行ったそうよ。ソノブイからの収集音によれば、スクリューのシャフトに振動が生じていてものすごい不協和音を上げてるらしいわ。長くないわね」

「南へ――」

隣のオペレーターは眉《まゆ》をひそめる。こちらの担当は、南方面洋上セクターだった。

「こっちもおかしいのがあるわ。大島沖をうろうろしている〈東〉のイカ釣り漁船が、しきりに巡洋艦を呼んでいるの。最初は暗号だったけれど、さっきからはもうなりふりかまわず平文でわめき散らしているわ」

「巡洋艦？」

彼女も眉をひそめる。

「東日本の巡洋艦が、音信不通なの？」

「そうなの。〈東〉のヘリコプター搭載巡洋艦が、父島の近海で消息を絶ったらしいの」

国防会議室から出てすぐの廊下には、白く塗られた明るい迷路のような通廊の片隅にぽつんと、コーヒーの自動販売機が置いてあった。こんな国防の中枢まで自動販売機の業者を入れるわけにはいかないので、中身のサプライは国防総省の総務課が週に一度、粉と砂糖の箱を抱えてやってきては継ぎ足していく。

ガチャン、ピーッ

「塩入り海軍式コーヒーってのも、くわえて欲しいな——」

白い軍服姿の峰剛之介中将は、ひとり自動販売機の前に立って機械が動くのを見ていた。会議が始まる前に総省が用意してくれたコーヒーは、みんなが興奮してガブガブ飲んだのでたちまち無くなってしまった。

コトン

コーヒーの紙コップが落ちるのと同時に、背後でハイヒールのかかとの音がした。

「ん？」

振り向く峰。五十に近づいたとはいえ、陽に灼《や》けた長身の海の男は、まるでアメリカ映画に出てくる高級将校のように格好いい。

「塩入りのコーヒー、ありませんでしょう？」

「——ううむ」

峰は、うなった。

ハイヒールの女が言った。

「お久しぶりです」

「久しぶりだ——本当に……」

「同じ総省内で働いていますのに」

制服の胸で腕組みをした羽生恵《めぐみ》中佐は、ふっと目を伏せた。

「お話をするのは、わたしが総省に来てから、これが初めてですわね」

「君が——報告のために入ってきたとき」

峰はきまり悪そうに言った。

「正直、どきっとしたよ」

峰は眉の間にしわを寄せ、困ったような嬉《うれ》しそうな微笑で、

「空軍の、情報中佐か。出世したな恵。大したもんだ」

峰は機械から紙コップを取り出した。

「コーヒー、飲むか？」

「――――」羽生恵は、黙って首を振った。


「全対潜哨戒機に、今すぐ出動命令を出されるよう提案します。黒い球体が落下したと思われる海域を、〈東〉の潜水艦に対して封鎖してしまうのです」

国家安全保障局・中央情報管理本部から今回の状況説明のためにやってきた波頭少佐は、木谷首相に進言した。

「潜水艦を封じた上で、東日本の回収任務の艦隊を、〈大和〉で押さえこむのです」

「わかった。峰中将、統合参謀本部はただちに必要と思われる処置を取れ――ん？峰中将はどこへ行った？」

「トイレじゃないでしょうか？」

迎秘書官が、きょろきょろと見まわした。

「あなたはじゃましたでしょう？　わたしがあなたを追って、海軍に入ろうとしたと

き」

「女の仕事場ではないよ」

峰は首を振る。

羽生中佐は、うらめしそうに唇を嚙《か》み、上目遣いに陽に灼けた長身の峰を見た。

「わたしは、だから空軍に入りました。立派な将校になって、目の前に現われてやろうかと思って」

「いや、その」

峰は汗をかき、思わず懐から扇子を取り出した。

「まだ持ってらっしゃるのね、それ」

「え？　——ああ」

峰は広げかけた扇子を、きまり悪そうに閉じた。

白い廊下に立つ二人のあいだに、二十年前の香《こう》のかおりが漂った。

恵と呼ばれた羽生中佐が遠い目をして、口を開く。

「勲章をもらいに京都御所へいらした、素敵なプレイボーイの大尉さん。今でも覚えていますわ、当時十六歳の女子高生だった、いたいけなお茶屋のひとり娘をたぶらかして——」

「ちょっ、ちょっ、ちょっと待て！」

「そのくせ、夢中にさせといて、ちゃんと東京には奥さんがいたんですものね。可愛い三歳のお嬢さんまで――」

　峰はあわてた。

「いや、だからあのとき、ちゃんと君が卒業したら家内とは別れると約束したじゃないか」

「わたしが西東京の女子大に入って、上京して押しかけても、奥さんと別れてくれなかったじゃありませんか！」

「いや、その」

「そのうえ、あなたを追いかけて海軍に入ろうとしたわたしを、手をまわしてじゃましたじゃありませんか」

「いや、実を言うとだな」

　峰は会議室から誰か出て来はしないかと気をもみながら、両手を前に出して成熟した羽生恵の両肩を押さえるように言い聞かせた。

「実を言うと、女房とは別れたんだ」

「嘘《うそ》」

「いや、本当だ！」

　峰は真剣に、ハイヒールで自分を見上げている15センチ背の低い美人の女性将校をさとした。

「あれからな、女房とは別れた。子どもも捨てた——」

峰は苦しげに、つぶやくように言った。

「——でもな、短いあいだでも連れ添った女房と三歳の小さな娘を捨てて、それで自分だけが若い女子大生の君のところへ行って、一緒になって幸せになろうだなんて、なんだかひどい話じゃないか。自分だけ幸せになろうだなんて。ちょっと、男として、あまりにひどいじゃあないか。

そう思ってしまうと、女房と別れても、『はいそれじゃ』と君のところへなんか行けなくなっちまったんだよ。何度もアパートの前までは行った」

「——本当?」

「本当だ。でもドアをたたけなかった。だからと言ってまた前の女房のところへ戻るわけにもいかなくて、どこにも行くところがなくて、そこへサンフランシスコ駐在武官の話があったから、飛びついてしまったんだ」

「——」

恵は、唇を噛んでうつむいた。

「それ以来、逃げまわっていたの?」

「君にもすまなくて、会うのが怖くなって、逃げていたんだ」

「二十年も？」

「あれから、ずっと独り者だ。結婚はこりた。私には向いていない」

「二十年もずっと？」

恵は見上げた。

峰はうなずいた。

「ずっとだ」

恵は、峰を見上げたまま唇を噛んで、

「あなたってどうしようもない人ね」

「う」

「二人も不幸にしたわ。いえ三人かな、あのときのお嬢ちゃんと。いえ四人かもしれないわね、あなたをふくめると」

「ううむ」

峰は返す言葉がなかった。

「最低！」

恵は、きびすを返すとカツカツとかかとを鳴らして白い通廊を歩いて行った。

「あ――もう行くのか？」

「部署に戻りますわ。潜水艦や哨戒機から報告が入りますから」

峰は見送った。

恵のタイトスカートの後ろ姿は、そのまま振り向かずに20メートル向こうの国防総合指令室の入り口へと消えて行った。

（ううむ――）峰はうつむいた。

その峰の後ろ姿を廊下の角からのぞきながら、気のきく迎秘書官は、いつ『総理がお呼びです』と声をかけたものかと思案していたのだった。


「〈さつましらなみ〉から非常救難信号です」

東北方面洋上セクターを担当する戦術オペレーターが抑制の効いた声で告げた。

「何？」

戻ったばかりの羽生中佐は、この国防総合指令室の先任当直情報士官だった。国防総省の戦術オペレーターには女性が多い。陸海空の三軍とも、防衛大や一般大学からたくさんの優秀な女性士官を採用していたが、実際、女の子はあまり危険な実戦部隊へは出せないので、パイロットのような特殊技能を習得した女性士官をのぞき、だいたいが司令部情報部門の配属になってしまう。

羽生恵は、この畑にもう十二年在籍している古株だった。所属は空軍司令部作戦室となっているが、この総合指令室ができてからは、三軍の司令部作戦室のスタッフが合同でここへ詰めるようになっている。空軍中佐で独身だから暮らし向きはよく、昨年、築年数は古いが乃木坂の外れに1LDKのマンションを買った。車は七年前からプジョーの小型に乗っている。軍の情報将校という役職なので自動車税は半額が免除、それでもマンションのローンと毎月の自動車税で給料は半分飛んでしまう。

「中佐、潜水艦〈さつましらなみ〉が非常信号ブイを上げました。位置は、北緯39度、東経143度50分。三陸海岸、牡鹿《おじか》半島の沖50キロです」

恵は、報告をするオペレーターの肩ごしに、管制卓のコンピューターディスプレーをのぞいた。たしかに緑色の文字で、救難メッセージが表示されている。

「海軍横須賀基地へただちに通報」

「了解しました」

ざわざわざわ

国防会議が終わったらしい。

女性オペレーターばかりだった指令室に、どやどやと人が入ってくる。統幕議長の峰を先頭に、司令部高級将校たちが総合指令室のひな壇のような指定席に着いていく。

「統幕議長、潜水艦〈さつましらなみ〉から救難信号です」

仕事をするときの感情を交えない声に変わった羽生恵が、見上げて報告する。

峰は、最高司令官席に着席するなり、恵からの報告を受けなくてはならなかった。

「うむ。信号は本物か？」

「符号は今月のものに一致します。間違いありません」

「救助艦を出せ」

峰も即座に命じた。

「東日本の領海に近い。救助に向かうのは潜水支援艦でなく、対潜駆逐艦とせよ」

「了解しました。駆逐艦を向かわせます」海軍艦隊担当オペレーターが復唱し、峰の命令をキーボードに打つ。

軍用通信回線を通じ、命令は横須賀に伝えられる。ＤＳＲＶ（深海救助艇）を積んで、駆逐艦がただちに出動するだろう。

潜水艦の救助は救助艦に任せておいて、主たる問題に向かわなければならない。

「厚木、下総の対潜哨戒機で出撃可能なものは全機発進。父島南東１００キロを中心に、半径２００キロの海域を対潜封鎖せよ」

「了解」海軍航空担当オペレーターが、指令を通信コンピューターへ打ちこむ。

しかし海軍の対潜哨戒機Ｐ３Ｃは総勢八十機、そのほとんどが西日本帝国の広い領海を常時パトロールしており、他の海域の哨戒をおっぽりだして父島周辺にだけ張りつくわけにはいかない。父島へ向かわせることのできる機数は、それほど多くはないだろう。

「厚木、下総より返答。厚木から四機、下総から三機出ます」

「よし」

峰はうなずき、総合指令室の暗く広い空間を通して、前面の巨大な戦術状況表示スクリーンを見やった。それは国防総省中央戦術人工知能が描く、日本と太平洋の巨大なCGの地図だ。

（ううむ——）

父島南東海域の推定地点には、落下したと思われる黒い球体のシンボルマーク。そして各哨戒機や潜水艦、水上艦艇、偵察機、衛星などからの報告をもとに、父島海域へぞくぞくと向かう東日本の潜水艦や水上艦艇、航空機が発見されしだい表示されていく。峰は、〈さつましらなみ〉の遭難原因について考えている暇がなかった。とにかく、父島海域に優勢な包囲陣を敷かねばならないのだ。

「連合艦隊横須賀司令部、出撃できる艦艇を全艦発進させよ」

「了解」

海軍艦隊担当オペレーターが命令を打つ。と、すぐに横須賀が返答をしてきた。

「峰議長、イージス艦〈新緑《しんりょく》〉を旗艦とする第一対潜護衛艦隊八隻がただちに出動できます」

「イージス艦は一隻だけか？〈群青《ぐんじょう》〉はどうした」

「〈群青〉は総理府の科学調査にチャーターされ、硫黄島海域へ出動中です」

「科学調査などいい。切りあげさせて父島へ向かわせろ」

イージス艦をチャーターして科学調査？　また木谷首相の道楽か。だが峰に文句を言っている暇はなかった。

「空母はどこだ？」

「〈赤城〉が現在渥美《あつみ》半島沖にあり、すぐに向かえます。小型対潜機Ｓ３Ｊヴァイキングを二十四機に、戦闘機Ｆ18Ｊを八機積んでいます。護衛の駆逐艦も二隻」

「上等だ。急行させろ」

次は、相手の空軍力に対する手当てだ。

本来なら峰のオーダーを受けて、新谷空軍参謀総長が適当と思われる命令を下すのだが、新谷少将は硫黄島から六本木へヘリで向かう途中、くだんの父島海域で消息を絶っている。新谷の分まで、峰がカバーしなくてはならないのだ。

（東日本のミグ21戦闘機は、父島まで無給油では往復できまい。ミグ21には空中給油装備がないし、相手戦闘機の脅威は考えに入れなくてよいだろう。〈東〉から南下してくる相手の対潜哨戒機は、銚子沖にピケットラインをもうけて追い返してしまえばいい——）

峰は空軍担当オペレーターに、

「横田基地のＦ15Ｊを二個飛行隊、銚子沖で戦闘空中哨戒《CAP》させよ。〈東〉の哨戒機、爆撃機およびヘリコプターを房総より南へ南下させるな」

「了解しました」

「ピケットラインを低空で突破されるのに備え、Ｅ３Ａセントリーを上空哨戒に当たらせろ」

「はい」

また〈東〉と緊張になるのか、指示をしながら峰は自分の肩にどっしりと重いものがかぶさってくるのを感じた。これまでも東日本共和国とは武力紛争寸前、というところまで何度も行った。そのたびに軍は出撃準備を整え、『やられたら徹底的にやりかえすぞ』という武力を背景に〈東〉と交渉してきた。

　戦争を実際にすることと、断固たる報復力を背景に交渉するということは、似ているようでちがう。誰だって、相手が自分より確実に弱いとわかっていたら、どんな正論を言われたって聞く耳を持たないだろう。『うちらは戦争を永久に放棄してますんで、そこんところよろしゅうおとりはからいを』とぺこぺこしたところで、海千山千の世界の支配者たちが『あ、そうすか。ほんじゃま、攻めこむのはやめときまひょ』とにこにこ笑って引き揚げてくれるわけがないではないか。峰がこうして西日本帝国軍を強力に布陣するからこそ、木谷首相らは毅然《きぜん》とした態度で〈東〉と交渉にあたれるのだ。

「陸海空全軍、デフコンⅡを維持して待機せよ」

「了解」

「了解」

「了解」

峰は、五年前に起きた西日本帝国最大の危機、〈東日本ゲリラ国会襲撃事件〉を思い出す。あのときは本当に、戦争寸前だった。開戦にならなかったのは、木谷の働きである。

（木谷さん、今度もうまくやってくれよ――）

今から五年前。ちょうど衆院本会議真っ最中の国会議事堂を正体不明のゲリラが襲い、ガス弾と迫撃砲と機関銃で、居合わせた衆議院議員ほぼ全員と、内閣閣僚全員を皆殺しにしてしまう事件が起きた。それが有名な〈東日本ゲリラ国会襲撃事件〉である。もちろん、逃走しようとして全員射殺されたゲリラたちは身分を表わす物などいっさい所持していなかった。しかし東日本の特殊部隊の兵士であることは、明らかだった。着ている服があまりにも貧相だったからである。

為政者のトップを失った国内は大パニックとなり、この機に乗じて侵攻しようと利根川の国境沿いには、東日本陸軍の将兵数万と戦車部隊数百両が今にも渡河せん構えで集結していた。国家存亡の危機であった。

そのとき、手腕を認められていた若手の参議院議員・木谷信一郎が、〈特別首相代行〉に推挙され、緊急に国政の指揮を執ることになったのだ。

これが、侵攻しようとしていた東日本にとっては大きな誤算であった。木谷は、それまでかぶっていた羊の皮を脱ぎ捨てた。彼はネオ・ソビエトの勢力を背景にした独裁者・山多田大三の支配する東日本共和国が、普通の外交手段で交渉できる相手でないことをよく知っていたのだ。まず木谷は、国内、特に帝都西東京の混乱を鎮めるために、海軍の戦艦〈大和〉を活用した。ただちに〈大和〉に命じ、東京湾浦賀水道のど真ん中で太平洋に向けて主砲をぶっぱなさせたのである。

ドーン！

関東一円に轟《とどろ》きわたる号砲一発、それまでパニックに陥っていた帝都市民は、後ろから頭をどつかれたような衝撃で目を覚まし、正気に戻ったのだ。

次いで木谷は、〈大和〉を旗艦とする連合艦隊を鹿島灘《かしまなだ》沖に緊急出動させ、東日本の領海ぎりぎりまで近づかせて、そこで海軍特別大演習を実施させた。特に〈大和〉には、〈特別砲撃大演習〉を敢行させたのだ。

ドーン！

ドドーン！

雷鳴のように轟きわたる〈大和〉の46センチ主砲九門の一斉発射音が一昼夜も続き、利根川沿いに布陣して渡河越境しようと構えている東日本軍の兵士たちのはらわたをひっくり返した。〈大和〉の主砲射程距離は優に40キロメートルを超え、利根川沿いに30キロの幅にわたって布陣する東日本侵攻軍の数万の兵士たちを、その気になれば三十分以内にこの世から消し去ることができるのだ。東日本陸軍が旧ソ連を拝み倒して譲ってもらった、最新鋭T80突撃戦車の装甲など、マッハ3で頭の上から精確に飛んでくる〈大和〉46センチ主砲の長さ2メートルの砲弾の前には、ハエタタキの前のティッシュペーパーに等しかった。

逃げられる場所は、どこにもない。〈大和〉の主砲は、なまじ放射能を残留させて環境を破壊する戦術核兵器などよりも、『その気になればいくらでも撃てる』ことからはるかに威圧効果があったのだ。東日本側の陣地では、怖くて不眠症になる兵士が続出。そこへもってきて木谷の指令で、西日本陸軍のヘリコプターが空から携帯用液晶カラーTVを数千個ばらまいたのだからたまらない。

携帯用液晶カラーTVは、東日本共和国では一生働いても買えない高級貴重品であった。もともと東日本では、TVというものは村の公民館に一台だけ置いてあって、『山多田大三先生が国民にありがたい演説をされる』ときにみんなで神妙に観るものであった。しかし、西日本ではTVは娯楽として放送されていて、特に民放は『麻薬のように面白い』『観たら人間が駄目になるが、見ずにはいられない』と噂《うわさ》されていた。本当に観たことのある者は、まれであった。西側のTV放送を一分でも観た者は、即刻銃殺されてしまうからだ。

しかし神経がおかしくなりはじめていた前線の東日本将兵は、空から降ってきた高価な携帯用液晶カラーTVにむらがり殺到し、うなり声を上げて奪い合い、止めようとした将校は逆に射殺され、しまいには将校、中隊長までが自ら液晶TVを拾って、スイッチを入れてしまったのだった。おりしも木谷の命令で帝都西東京の全民放TV局は、在庫にある限りの昭和末期の豪華『バブルトレンディードラマ』を二十四時間にわたって再放送しまくっていた。

貧乏な農民出身の東日本将兵は、今井美樹や浅野ゆう子が港区の見たこともないようなきれいなマンションに住み、かっこいいオフィスに通い、いしだあゆみや篠《しの》ひろ子が田園都市線つくし野の白いパティオつきの家に住んで浮気したりしているのを見て、完全にカルチャーショックを通り越してカルチャーパニックに陥った。

「ううう、お、俺も港区のマンションに住みたい」

「新宿の高層ビルのオフィスで働きたい」

「田園都市線に住みたい」

東日本将兵は完全に戦意を喪失し、それどころかわんわん泣きながら、総崩れになって外交交渉も待たずに勝手に退却して行ったのだった。

(あのときは木谷さんの機転で危機を救われたし、かえって政界浄化につながってよかったのだが……)

峰は、司令官席で腕組みをしながら思った。

(木谷さんよ、今回は、宇宙から落下した星間文明の黒い球体をぶんどり合うことになる。この前のようなわけには行かんだろう。頼むぞ——)

「峰中将。陸、海、空軍、臨戦態勢で待機状態に入りました」

「よし、引き続きデフコンIIを維持せよ」

そこまで指示して峰は、戦術状況表示スクリーンの中で、九州佐世保から海上を南下してくる戦艦〈大和〉のシンボルマークに気づいた。

「艦隊オペレーター」

「はい」

「〈大和〉と話ができるか」

「お待ちください」

峰はふうっと息をつき、司令官席のシートにもたれると、無意識に懐から扇子を取り出していた。

長崎島原半島沖　戦艦〈大和〉

ドドドドド！

白波を蹴立《けた》てて、黒い城のようなシルエットが海上を南下している。

1キロ以内の距離からそれを目にしたら、黒い巨大な壁が移動しているように見えたかもしれない。帝国海軍にただ一隻、現存する世界最大の戦艦、〈大和〉である。

「細かい島が多いというのに、こんなに出して大丈夫か？」

艦橋に立った森艦長が、海図台でチャートに向かう航海長を振り向いた。

外の闇《やみ》を通しても、艦首の立てる白波がここ第一艦橋から望めるのだ。〈大和〉はほぼ、全速に近い。

「慣性航法装置《INS》が付きましたから、大丈夫です。天測や電波航法に頼らなくとも、メートル単位で艦の位置がわかるのです」

「うむ」

森はうなずいた。

赤い戦闘用照明が灯《とも》る〈大和〉第一艦橋には、艦長の森大佐以下、この巨艦の指揮をとる幹部乗組員たちが集まって前方を見つめている。

この第一艦橋の海面からの高さはおよそ40メートル。ビルにすれば十階から見下ろす感じである。足に波のうねりはまったく感じられない。

ざばざばざばざば

黒い海面を、白波を蹴立てて〈大和〉は行く。

頭上を雲が覆って星はなく、見通す先は真《ま》っ暗闇《くらやみ》である。しかし〈大和〉は、わずかな舵《かじ》の操作で海面に顔を出した岩礁を避けていく。

この巨大な戦艦の器用な航走には秘密があった。

航空機や宇宙船と同様の航法システムが〈大和〉に備わったのである。軍艦はこれまで、航海衛星によるグラウンド・ポジショニング・システムを主に自分の位置を知る航法手段としてきたが、衛星高度宇宙空間が新たな戦場となりつつあるこの時代、いつ撃ち落とされるかわからぬ衛星に航法を頼ることはできなくなった。自分の位置と針路は、誰にも頼らずにかつ精確に割り出す必要が生じたのである。〈大和〉は慣性航法装置でそれを実現した。

「さっきの出港も、見事だったぞ。操舵手もよくやった」

森は航海長と、操舵にあたる若い下士官をほめた。

軍港のある佐世保の湾は、出港しようとすると湾の出口が外海に向かってほぼ90度左へ曲がっており、そこを抜けて外海に出たかと思うと、すぐ目の前に別の半島が突き出していて今度は90度右へターンしなくてはならない。さらにそこを抜けても、目の前には五島列島に連なる大小の島々が点在していて、見えない岩礁もたくさんある（そのせいで魚はよく獲れてうまいのだが）。

全長263メートル、幅39メートル、改装後の満載排水量73000トンの動く城のような〈大和〉は十六基の航空用ガスタービンエンジンで四軸のスクリューを回し、対潜駆逐艦顔負けの速度で航走することができるが、あまりに巨体の慣性が大きいため、舵を切ってから一分四十秒しないと艦首が回り出さないのである。

佐世保は天然の良港だったが、〈大和〉のような巨艦にとって、出入りするのは実は命がけなのであった。出港のあいだじゅう、艦橋に立った航海長はチャートの上の現在位置とストップウォッチをにらめっこし、秒単位で操舵の指示を出さねばならない。

「恐縮です、艦長」

航海長は仕事をほめてもらって、顔をほころばせた。舵を握っている若い下士官も、直立不動ながら喜んでいるのがわかる。

森は良く働いた部下は積極的にほめることにしていた。プロなのだからうまくできて当然だと言うことはしなかった。森は山本五十六《いそろく》の伝記を読んで、そのとおりにしてきたのである。そのため、〈大和〉艦内の士気は高かった。

「さっきの出港操作は、最小旋回半径テストの代わりになったと思うが、どうか」

森は航海長に聞いた。

〈大和〉は峰統幕議長からの緊急指令にもとづいて父島海域に急行しつつも、大改装工事が終了した後のテスト・ミッションもできる限りこなさなければならないのだった。

「いえ艦長」

航海長は海図台から顔を上げて言った。

「さっきは速度15ノットたらずで、しかも旋回時に片側のスクリュー二軸を逆転させました。これは性能データになりません」

「そうか」

森はうなずいた。

「艦長」

機関室から上がってきた機関長が、油まみれの手のまま敬礼した。

「ただちに出港と言われてから、調整中のガスタービンを全機回すのはかなりの離れわざでありました。うちの機関部員たちをほめてやってください」

「うん。主機関の調子はどうだ」

「できればメインエンジン十六基のうち三分の一は停めて、もうすこし調整をくわえたいのですが。六時間ほどいただければ、完全に仕上がります」

「ううむ」

森は時計を見た。

「三時間ぐらいで、何とかできないか。父島海域まで平均25ノットを切りたくないんだ。そうだな、ビール三ケースでどうだ？」

森は機関長に向かって、指を三本立てた。

「三時間後に30ノット欲しい。三時間で機関を完全に調整してくれたら、機関部員は半直にして、交替で飲んで寝ていいぞ。目標海域に到達したらまた働いてもらわねばならん。それまでゆっくり休んでおけ」

「はっ」

機関長はかかとを鳴らすようにして敬礼した。

「必ずや、主機関は三時間で調整されるでありましょう」

ドドドドドド

夜の海を〈大和〉は行く。

その最後部甲板。

石造り古墳のように巨大な第三主砲塔の、21メートルの砲身が水平に艦尾を向いている。

その砲身の陰の中を、ヘルメットを小脇に抱えた森高美月少尉がぷんぷんしながら歩いていく。

「少尉」

着弾観測員の迎准尉が、やはりフライトスーツ姿で後に続く。

「少尉、何かあったんですよ艦が急発進したのは。やめましょうよ艦長に文句言うなんて」

「うるさいわねっ」

〈大和〉は20ノット以上の高速で夜の海上を進んでいる。

飛行甲板のシーハリアーは、潮風に当たらぬよう、すでにエレベーターで甲板下の格納庫へとしまわれている。

グラウンドのように広い後甲板には潮風が吹き渡って、マストやアンテナで鳴っている。

ひゅひゅひゅひゅひゅひゅひゅひゅ——

「うるさいわね、『現場の不安要素はなんでも報告しろ』って日頃から言ってるのはあのおっさんじゃないの！」

「艦長のことをさして『おっさん』はやめましょうよ、みんな聞いてますよ、ねえ少尉」

　美月は立ち止まり、甲板上でくるっと振り向いて迎を人差し指でつついた。

「あんたね、わかってないわね。この艦のハリアーはあたしたちが飛ばしてんのよ。着弾観測機がなかったら、この〈大和〉なんて単なる世界一ばかでかい〈砲弾ばらまき艦〉なんだから。あたしたちの重要性を、あのおっさんわかってないのよ！」

　美月はまた振り向くと、後甲板の航空指揮所に向かってずんずん歩いていくのだった。

「艦長」

　艦内連絡係の若い当直士官が、艦内電話の受話器に手を当てて呼んだ。

「着弾観測機のパイロットが、『着艦寸前に予告もなく動いた』と言って怒っております」

　艦橋に立った森は、艦の進行方向から目を離さず、苦笑した。

「またあの跳ねっかえりか」

森は凝った肩を上下させながら、

「『おまえの腕なら大丈夫だと思ったから動いたのだ』とでも言っておけ」

「はっ」

「艦長」

艦橋の後部に設置された中央情報作戦室から、通信士官がやってきた。防水ハッチを開けたとき、電子戦を指揮する作戦室のオレンジ色の照明がもれた。

「艦長、六本木の峰中将から呼び出しです」

「わかった。行く」

六本木国防総省　総合指令室

「〈大和〉が出ました」

海軍艦隊担当オペレーターが、一段高い最高司令官席に座る峰にヘッドセットを渡してよこす。

「よし」

峰は受け取って、頭にかけながら、

「個人通話にしてくれないか」

「かしこまりました」

オペレーターは、峰の話す内容が他の人には聞こえないようスピーカーを切った。

『〈大和〉艦長、森大佐です』

ヘッドセットのイヤフォンに、森の柔和な声が入った。

「森君、〈大和〉はどうだ？」

『無事出港いたしました。このあと機関の調整を待って全速力を出します。新しい〈大和〉は最大32ノット出せますから、父島の目標海域へは約十三時間で到達できます』

「よし。兵装や、燃料はどうだ。補給の必要はないか」

『弾薬は主砲用の91式徹甲弾がテスト射撃用に五十発、トマホーク巡航ミサイルとハープーン対撃ミサイルが十発ずつです。イージス対空ミサイルシステムは、まだオペレーターの訓練が終了していませんがなんとか使えるでしょう。しかし艦対空ミサイルSM2は、やはりテスト射撃用の十四発だけです』

「主砲五十発か――ううむ。補給艦をただちに向かわせる必要があるな」

『峰中将、おどしだけなら今の手持ち弾薬だけで十分です。補給艦と洋上で会合していたら、補給作業だけで二時間つぶれてしまいますし、補給中を潜水艦に狙《ねら》われたら危険です』

「燃料はどうなんだ」

『テスト航海用に、満タンの三分の一ほど積んでありました。父島海域まで全速力で急行し、さらに同海域で全速戦闘行動が三時間行えます。帰りの燃料は、洋上で補給してもらうことになるでしょう』

峰も、途中で洋上補給をするか否かは、悩むところだった。〈大和〉の出港は、すでに〈東〉の衛星にとらえられているかもしれない。東日本の潜水艦の何隻かは、すでに追尾命令を受けとって待ちぶせに入っていると見た方がいいだろう。〈大和〉自体は潜水艦発射の魚雷など五、六本受けたところでびくともしないが、燃料を満載した補給艦を横づけしているときに、その補給艦を爆破されたら損害は大きい。

「よし、そのまま父島へ急行せよ。現在手持ちの弾薬と燃料の範囲内で、今回の事態が収拾できるようこちらで外交努力をしよう。頼むぞ」

『了解しました』

峰はそこでごほんと咳払《せきばら》いして、

「ところで――」

峰はちょっと声のトーンを落とした。

「――あれはどうしている?」

イヤフォンの向こうで森は笑った。

『元気ですよ。あいかわらずの跳ねっかえりです。ついいましがたも、着艦寸前に艦が勝手に動いたと言って、噛みついてきました』

「よろしく頼む。まだ世間知らずのひよっこだ。君が父親代わりになって、しごいてやってくれ」

『心配はいりませんよ、中将』

森は屈託なく笑った。

峰は通話を終わると、ヘッドセットを頭から外して、司令官席のシートに深くもたれた。

「ふう――」


総合指令室の前面スクリーンには、東日本共和国軍の艦艇や航空機が、一斉に南へと動き出している様子が刻一刻と表示されていく。

東日本空軍のバジャー爆撃機が四機、銚子沖の洋上を南下していく。まもなくこちらのF15と接触するだろう。うまく発砲せずに追い返してくれるといいが。

「木谷さんは、どうした」

峰は隣席の吉沢少将に聞いた。

「総理ならすでに外務省へ行かれました。宇宙から落下した黒い球体の捕獲について、東日本との外交交渉に入る模様です。国連管理にせよと主張されるようですが――あの〈東〉の山多田大三が、そう簡単に言うことを聞くとは思えませんな。前途多難でしょう」

「ううむ」

峰もうなずいた。

「独裁者・山多田大三か――」

峰は東日本共和国平等党中央委員会を牛耳る、山多田大三という独裁政治家の人物について思った。東日本が建国されてから、ずっと一人で権力を握り続けている男だ。

「やつは――山多田は、自分のことを〈先生〉と呼ばせるそうだな。なぜなんだろう?」

「それは峰さん、やつが革命前には教師だったからですよ。英語だったか社会科だったか、とにかく東北の地方都市で、公立高校の教師をしていたらしいのです」

「教師――?」

峰は眉をひそめた。

「社会科教師が、独裁者になったというのか」

そのとき、南方面洋上セクター担当の女性戦術オペレーターが、マイクを通して報告してきた。

『父島海域で音信不通になっている東日本の巡洋艦が判明しました。〈平等3型〉の二番艦、〈明るい農村〉です。旧ソ連のクレスタⅡ級を改装、後部兵装を取り外して飛行甲板を拡張したヘリコプター搭載大型巡洋艦です』

「やはり黒い球体の回収任務で、洋上に待機していたのか」

『さらに新事実が判明いたしました。音信不通の巡洋艦〈明るい農村〉は、父島近海でわが空軍の救難ヘリコプターによって発見されています。同艦の後部飛行甲板には、空軍の新谷参謀長のヘリコプターが着艦しているそうです。救難ヘリ副操縦士の報告によれば、将軍機は硫黄島から六本木へ向かう途中、〈明るい農村〉の救難信号を受信し、同艦へ立ち寄ったものと思われます』

吉沢がうなった。

「あの新谷のお人好しめ。緊急国防会議だというのに、仮想敵国の巡洋艦の救難信号なんかを相手にしとったのか！」

峰はなだめる。

「まあ待て」

「新谷少将はパイロットの出身だ。たとえ仮想敵国であろうと、救難信号を出している者を放っておくわけにはいかなかったのだろう——新谷は見つかったのか？」

『現在、救難ヘリの機長らが艦内へ捜索に入っているそうです』

峰はひな壇のようになった高級将校席から、体育館のように広い総合指令室の、幾列も並ぶ管制卓を見下ろした。百数十名のオペレーターたちが管制卓のコンピューター画面に向かっている。

「南方面洋上セクター。救難ヘリのパイロットと直接話したい」

『了解いたしました』

ざわざわざわ
総合指令室は静かにざわめき続けていた。

交替要員をかき集めなくてはならない時間になっている。ここにいるオペレーターたちのほとんどは、今日の早朝から詰めっきりだ。そろそろ交替させないと、ミスが出易くなる。

『峰議長』

「ヘリは出たか？」

『先ほど報告を送ってきた救難ヘリの副操縦士が、応答しません』

「なに？」

父島南東百キロ洋上　平等3型巡洋艦

「きゃあああああっ！」
ずるずるずるっ
ひとみは、赤黒い巨大なナメクジ芋虫の頭部から伸びる、アンコウのちょうちんのような視覚器官にウエストをからめ捕られ、引きずり寄せられていく。
ずるずるっ
「いやっ、放して、放してっ！」
グォフォッ
直径1メートル近い、ナマコのような口がモゴッと開き、イソギンチャクのような無数の舌がうごめく。
わらわらわらわら
化け物のナマコ口は、引きずり寄せたひとみを呑《の》みこもうといっそう大きく開いた。
ゴフォッ
「きゃあっ」

ボディースーツ一枚につつまれたひとみの身体が、宙に浮いた。

ろくろっ首のように伸びる視覚器官の管がひとみのウエストをいっそう締めつけ、ひとみの身体にフィットしているボディースーツの生地の上で音を立てた。

にちゃにちゃっ

「うぐぐっ」

ひとみは胃を締めつけられてうめいた。

「放せ、放せっ！」

ひとみは手足を振りまわしてばたばた暴れるが、ウエストにからみついて締めつける視覚器官の管はひとみを放さない。

ぐいっ

また引き寄せられた。

ゴフォッ

（の、呑まれる！）

ナメクジ芋虫のような化け物は、艦橋から降りてくる梯子《はしご》のように急な階段の途中に偽足でしがみつき、口をこちらに向けている。赤黒い、トドのように太い胴体は、ひとみが着艦する前にすでにこの巡洋艦の乗組員を何人も呑みこんでいたらしくパンパンにふくれ、天井の階段ハッチにつかえて下まで降りてこられない。

ピルピルピル
からみついたろくろっ首のような視覚器官の先端についた赤い複眼が、ひとみを見下ろして鳴いた。

ピルピル
ひとみの白い、すらりとした脚のつま先が、ナマコの口に入りかける。

レロレロレロレロ
無数のイソギンチャクの舌が足の裏をなめた。

「きゃあっ」

そのとき、

(冗談じゃないわ。こんなのに食べられて死ぬなんて、冗談じゃないわっ！)

ひとみの心に湧《わ》き上がったのは、恐怖やあきらめではなく、怒りだった。

「冗談じゃ、ないわよっ！」

ひとみは両脚をがばっと広げ、直径1メートルのナマコ口の縁に足をかけて踏ん張った。

「ぐあっ！」

呑みこまれぬよう、踏ん張るひとみ。大またを広げたひとみの内腿《うちもも》を、イソギンチャクの舌の先端がべろべろなめた。

「このおっ」

ひとみの上体が、空中で仰向けにされたままエビのように反った。

がしっ！

次の瞬間、ひとみは両手のマニキュアをした爪を全部立て、どんぶり大のざくろのような複眼を空中でつかみ取っていた。

「このスケベ野郎！」

ざくろの実のような中に、三つの目玉が見える。ひとみは爪に力をこめた。

ピルッ
ひとみは女子大生の頃、夜の六本木のクラブのエレベーターの中で、突然キスしようとしてきた外国人の男にひざ蹴りを食らわせたことがある。外見は可愛いが、密室の中で追いつめられると牙《きば》をむいて反撃するタイプなのだ。

ピルッ
化け物の複眼は意外だったのか、ひとみの手につかまれてからあわてて身をよじった。

が、遅い。

「おまえなんかに食われてたまるかぁっ！」

ひとみは叫び、ざらざらの複眼をつかんで放さず、両の親指の爪を赤い目玉に当てる。生暖かく、ぬるぬるの眼球に鋭い親指の爪を思いっきり食いこませた。

ずぶっ
ピルッ！

ゴフォオッ！

ざくろのような複眼は弾かれたように跳び上がり、逃げようとするがひとみは根性で放さない。ピンクのマニキュアを塗った鋭い爪を、複眼の三つのうち二つの目玉に、さらにめりこませていく。

ずぶり、ずぶっ！

ブシューッ！

複眼からどす黒いような赤い体液がほとばしった。

「ぶわっ」

思わず顔をそむける。

ピルルルルッ
のたうつように暴れるろくろっ首。

ゴフォオッ！

激しくうごめき、ひとみを呑みこもうとする口。しかしひとみは踏ん張る。

シュルルッ

ついにウエストの緊縛がほどけた。

「あっ」

どすんっ！

床にヒップから落下し、投げ出されるひとみ。しかしえらいのは、まだざくろのような複眼を手から放していないのである。

「許してやるか！　許してやるかっ！」

ひとみは渾身《こんしん》の力をこめて、化け物の複眼をにぎりつぶし始めた。すでに左右の親指は、化け物の赤い複眼に根本までめりこんでいた。

ずぶずぶずぶっ！

「こねくりまわしてやるっ！　どうだ化け物！」

ピルルルルルッ！

ゴファアッ！

化け物の本体は天井の階段ハッチにつかえたまま、はまりこんで動けない。上半身だけが激しくのたうちまわる。

ズダン、ズダンッ
「放してやるかっ！」

ひとみは床にひざをついて姿勢を低くし、ラグビーボールを脇に抱えるように化け物の複眼を決して放さず、両の親指をいったん引き抜いて、今度は右手の五本指全部の爪を立て、三つの複眼全部に鋭いマニキュアの爪をずぶりと食いこませた。

グファアアッ！

ものすごい悲鳴を上げて、のたうちまわる赤黒いナメクジ芋虫。

「許してあげないわよ！」

ひとみの五本のピンクの爪は、化け物の複眼の中をぐちゃぐちゃにかき回した。ゼラチン質のような柔らかい組織がぐずぐずにつぶれていく。

ぐちゃぐちゃぐちゃっ！

「ほらっ、ほらっ」

ぐちゃぐちゃにつぶした複眼のいちばん奥に爪を突っこみ、ひとみは生っ白い神経組織の束を引きずり出した。

ズルズルズル！

形勢は逆転していた。

ブフォオオオッ！

化け物はものすごい声で吠《ほ》えると、梯子をつかんでいる無数の偽足をざわざわと動かし、上の艦橋へと逃げようとした。

しかし、後退できなかった。

頭部を下にして急な梯子階段に無数の偽足でつかまったまま、その位置から動けない。

ブフォオッ
ナメクジ芋虫は、上半身を回転させるように暴れたため、中央情報作戦室の天井階段ハッチに完全にはまりこんでいた。何人もの人間を呑みこんで、ふくれきった腹がつっかえているのだ。

ついにひとみの抱えているろくろっ首のような視覚器官は、ぐったりと動かなくなった。

「ざま見ろ」

ひとみはざくろのような複眼を床に投げ出す。三つの目玉はひとみの爪でじゅくじゅくにつぶされ、原形をとどめていない。もはや動くこともなく、ごろりと転がった。

ずでん、ずでん
赤黒い化け物の巨体は、視覚器官を失って何も見えなくなったのか、左右を見まわすような素振りで不安げに暴れている。はまりこんだ階段ハッチからは、まだ抜けられそうにない。

「はあ、はあ」

ひとみは、化け物のしがみついた急階段から這うようにして離れる。

手のひらがぬるぬるする。それは艦橋のこの階でも同じ種類の化け物が這いまわったことを意味していた。暗闇の中で、まったく安心はできなかった。

「はあ、はあ」

しかしひとみは、今この瞬間、他の化け物のことなど考えてもいなかった。

（拳銃《けんじゅう》が、このあたりに……）

暗がりに目が慣れてきて、艦橋の第二層の中央情報作戦室らしい室内が少し見えてくる。

床の隅に、45口径のコルト・ガバメントは転がっていた。さっき複眼にはじき跳ばされてしまった、黒い大型の自動拳銃だ。

「あった――」

ひとみは拳銃を拾い上げる。

安全装置は外れていた。

ずでん、ずでん、と急な階段のスチール材を鳴らして、赤黒いナメクジ芋虫は暴れ続けている。

「――覚悟するのよ」

ひとみは、裸足《はだし》の両足を床に踏ん張って、両手で赤黒い化け物の頭部に狙いをつけた。

7. 東日本共和国

＊黒い球体の着水した父島海域を目指し、西日本帝国と東日本共和国の艦隊が急行する。

しかし球体に封じこめられていた異様な生物の〈本体〉は、すでにその海域を去っていたのである。あとに残されたのは合流し遅れた十数匹の〈捕食体〉だけであった。

望月ひとみが無人の巡洋艦内で〈捕食体〉と死闘をくりひろげている頃、銚子沖の上空では東日本共和国との最初の交戦が始まろうとしていた。

銚子沖洋上　高度三万フィート

同時刻

「フランケット・トスよりデルタ1。哨戒《しょうかい》エリアに侵入機あり。方位《ベアリング》020、進路《コース》180、高度《エンジェル》28000。TU16四機と判別される。速度400ノット」

銚子沖の洋上、穏やかな高度30000フィートの上空を、巨大な円盤型レーダーを背中で回転させたE3Aセントリーが一機、ゆるやかに旋回している。

「デルタ1、機首方位《ヘディング》030へ。会合《インターセプト》コースへ誘導《ベクター》する。目標《ターゲット》との距離《レンジ》140マイル」

レーダーの生の映像に重ねて、高度、速度、加速度、数分後の予測位置、敵味方の識別等さまざまな解析情報が表示されている戦術状況ディスプレーを見ながら、要撃管制士官が戦闘機へ指示を出す。この高度では、優に200マイルの範囲を精密に捜索することができる。

『デルタ1、機首方位030』

戦闘機の編隊長が了解した。

大きな円形の戦術状況ディスプレーの中で、このＥ３Ａを守るように旋回していた八機のＦ15Ｊを示す輝点のうち二つが、すぐさま待機経路を離れて北北東へと移動しはじめる。

（これで良かったかな――）

葉月佳枝《はづきよしえ》中尉は、ディスプレーを見つめながら何度も見落としがないか確かめた。戦闘空中哨戒《ＣＡＰ》を行っていた八機のＦ15Ｊのうち最初の二機編隊を、高度２８０００フィートで真南へ侵入してきた四機のバジャーへ向かわせる。

（バジャーは低速だから、Ｆ15Ｊ二機でじゅうぶん対処できるはずだわ。向こうには護衛の戦闘機がついていないし――）

葉月中尉は、三次元レーダーのすべての高度を何度もスキャンして、旧式のバジャー爆撃機にミグ戦闘機がついてきていないか、確認した。

（――大丈夫。爆撃機だけの四機編隊だわ）

葉月中尉は今日、三日間つづく夜間待機勤務の初日だった。

戦闘機にスクランブルがあるのと同様に、ＡＷＡＣＳ（早期空中警戒管制機）にも緊急出動《スクランブル》が下る場合がある。実際の戦争が始まったら、空の前線で指揮をとるのはＡＷＡＣＳだ。Ｆ15Ｊがいかに優秀な戦闘機でも、目標まで誘導してもらわなければ闘うことができない。

彼女がやたら緊張しながら戦闘機の誘導に当たっているのには、理由があった。ちょうど三十分前、横田基地のハンガーで、一緒にアラート待機をしているE３AやF15Jのクルーのために夕食のみそ汁を温めていた葉月中尉は、基地外の仕出し屋に頼んだ弁当のおかずに、変な匂《にお》いのアジフライが交じっているのに気づいた。油がおかしかったのだ。みんなに『食べるのはやめて』と言ったときにはもう遅く、腹を減らした管制指揮官の中佐が弁当をかっこんでいた。その直後にスクランブルのベルが鳴り響き、彼女の乗るE３Aは八機のF15Jを従えて銚子東方海上へと緊急発進をした。

（残りの戦闘機は六機、各機の燃料は待機速度であと一時間半、空中給油機は横田から三十分後に上がるから、二機ずつこっちへやって給油させて——ああ、こういうのあたし初めてなのに！）

離陸直後に、本当なら戦闘機の管制指揮を執るはずの中佐が猛烈な下痢ピーで倒れてしまった。代わりの佐官クラスの管制指揮官を乗せるために、横田へ引き返している暇はなかった。いつも中佐の補佐として、言われる通りに通信だけしていた彼女が、八機の戦闘機の指揮と、六本木の国防総合指令室との連絡に当たらなくてはならなくなってしまった。

（ミグ、来ないでよ！　何が起こってるのか知らないけど、あたしのレーダーに入ってきたら承知しないんだから！）

「もうすこし高度を上げたいですね」

そのE３Aのコクピットで、副操縦士の楠大尉が言った。

ボーイング７０７旅客機を改造したE３A早期警戒機のコクピットの窓からは、穏やかな冬の夜の関東平野と、銚子沖の太平洋が旋回するたびに代わる代わる見えていた。標識灯をすべて消したE３Aは、この高度で哨戒飛行に入ったばかりだった。

「４０００フィートまで上がれば、レーダーの有効範囲をあと50マイル延ばせますよ」

「しかたないだろう。今度の哨戒は長いって言うから、燃料満載で上がったんだ」

左席の伝田《でんだ》中佐は、後ろで横を向いている航空機関士に、

「おい、あとどれくらいで上昇できる？」

「たっぷり二時間は無理ですね」

航空機関士は、円形の計算盤を回して答えた。

「機体重量が重すぎます。今でも１・３Gかけたら失速するんですよ。もっと燃料を消費しませんと」

「ポンコツめ」

楠はため息をついた。内側《ソフト》は最新鋭でも、外側《ハード》は旧式旅客機だからな。

「ところで機長、今回の緊急出動、なんなんでしょうね？」

「わからん」

伝田は自動操縦で水平旋回させている操縦桿《かん》を見ながら、シートに仰向けになって煙草に火をつけた。

「わしらしもじもには、全体のシチュエーションなんて教えちゃもらえないさ。おおかたまた〈東〉の連中が言いがかりつけてきたんだろ」

東日本共和国　暫定首都新潟
中央委員会　大議事堂
同時刻

「ただいま中央委員会の特別会議が行われております。立ち入りは禁止です」

寒い木枯らしの中に、暗緑色の野戦軍装で立った衛兵が門の入り口をさえぎった。

「緊急報告に参ったのだ。開けてもらいたい」

水無月大尉の乗る、旧ソ連製の四輪駆動戦闘車両（西側のジープにあたる車）も、幌《ほろ》がなくて運転席は吹きさらしだった。十二月になろうとする新潟の夕方は、身を切るような寒さだった。

ひゅううう

「監督所に問い合わせますので、お待ちを」

衛兵は水無月是清の大尉の階級章と、ロシア人の血が二分の一混じった金髪を見て、威儀を正して敬礼し、門衛控え所の電話機を取った。

（寒いな——早くしてくれ）

水無月是清は、ブルーがかった目で重く垂れこめた新潟の空を見上げた。是清はまったくの東日本生まれ・東日本育ちだったが、母がロシア人だった。彼の母親は旧ソ連時代の共産党中央委員会幹部コバレフスカヤ家の末娘で、水無月家の当主である水無月現一郎がモスクワ留学時代に知り合ってかの地で恋におち、新潟に嫁いで来た。以来、水無月家とコバレフスカヤ家は姻戚《いんせき》関係にある。

（出撃直後の潜水艦が二隻も行方不明になったのだ。三陸沖で、何かが起こっているに違いないのだ——）

是清は旧ソ連製ジープの運転席でぶるぶる震えながら入場許可が出されるのを待っていた。ジープの幌の布は整備兵の誰かがかっぱらって売り飛ばしてしまったらしく、針金の骨が屋根の形をしているだけで、走るとものすごく寒かった。それでも是清は車を使って移動できるからまだ良かった。全国的な燃料の不足で、もし是清が情報作戦部の特務将校でなければ、報告に走るときでも自転車をこがなければならないところだ。

「ああ、寒い」

東日本陸軍のジープでまともに幌のかかっている車は少なかった。丈夫な防水布は不足していて、いくら補給部へリクエストしても新品が部隊へ入れられるのは年に一度がいいところだった。補給部の士官たちも物資の横流しをしているらしい。東日本軍は、〈正義と平等の使者・世界の救世主〉ということになっていて、ついでに『世界一強い』ことにもなっていたが、内情はそこらの国営工場とちっとも変わらなかった。

「お待たせしました水無月大尉。会議が終わりしだい報告を受けるそうです」

「よし」

ギギギギギギ
見上げるほど高い鉄製の柵《さく》が開いていく。ジープの前に広大な前庭が広がった。見渡すと北京の天安門を思わせるほどの石畳の広がりだ。

ひゅううう
木枯らしが左から右へと吹き抜ける。

だだっ広い真っ暗な広場の中に、丸っこい無数の岩のようなものが、ごろごろと一面に転がっているように見える。

何だろうと是清は前方を眺め渡し、思わずウッとうめいた。

うぞうぞうぞ――

「何だ、こいつら――?」

天安門のような左右目の届く限りの広大な石畳の広場に、ドブネズミ色の毛布をかぶった無数の人々がうずくまってひしめいている。丸っこい岩のように見えたのは、暗色の毛布一枚でうずくまる人間の身体だった。

(一般民衆だ――どうして……? 何万人もいるぞ?)

目の届く限り、薄い毛布をかぶった国民服の一般民衆が――老若男女ふくめて数万人、いやおそらく十万人を超すかもしれない――まるでご飯にかけたごま塩のように無数に何人も何人も何人も、石畳の地面にへばりつくようにしてじっと動かず、とても新潟の冬を乗り切れそうにない薄着から体温を逃すまいと必死でうずくまっている。

(そうか――)

是清は思いついた。

(今日は特別会議とやらをやっているから、前庭に〈バンザイ国民〉を待機させているんだな……)

是清は嫌な気持ちになって、ジープのイグニッションをひねった。

ブオン
遠くに見えている中央委員会大議事堂へ向けて、ジープをスタートさせる。

大議事堂は赤と金で縁どられたモスク風の超豪華な巨大建造物で、東日本共和国建国以来二十六年の歳月をかけ、全国から労役者や政治犯の囚人を駆り集めて二十四時間働かせ続けて完成し、ついでに反山多田大三の政治犯を二百人ほど人柱に埋めてしまったというとんでもない絶対平等政府の象徴であった。

（クレムリンを模して造ったとか言ってたけど——ヴェルサイユ宮殿と天安門を足して二で割ったような建物だな……）

ブルルル——

広場を埋めつくし、地面に毛布をかぶってうずくまる無数の人々のあいだを、是清のジープは走って行く。

汚い毛布を一枚ずつかぶった一般民衆たちは、じっと動かない。かすかに身じろぎする程度だ。毛布の中に風が入ったらたちまち凍えてしまうのだろう。見渡す限りに広場を埋めつくす十数万人みんながそうだ。まるでヒッチコックの鳥の恐怖映画で地面に羽を休める無数の鳥たちの中を車で走って行くような気分がした。

（ヒッチコックの映画なんて、この連中は観たことないだろうなあ——いや、ヴェル

サイユ宮殿なんてものも知らないだろうな。地理の授業を受けたことがないんだから)

ジープの通り道の脇《わき》にうずくまった国民の一人——中年の男が、ジープで走る陸軍将校の制服を着た是清をうっそりと見上げた。ぴかぴかに磨かれた胸の従軍徽章《きしょう》。革製の長靴。是清も寒さに震えているとはいえ、下の一般国民の連中とは比べものにならない上等な服装である。是清の金色の髪とブルーがかった目は、そのまま彼が旧ソ連支配階級との血縁関係にあることを意味していた。

(この連中から見れば、俺《おれ》は貴族のように見えるのかもしれないな——)

是清の父は、今、目の前の大議事堂の中央会議室で、山多田大三の支配する中央委員会の特別会議に出席しているはずだ。水無月現一郎はこの東日本共和国の農林大臣である。

母アリアズナの金色の髪とブルーの瞳《ひとみ》は、是清に見事に受け継がれていた。是清には妹が一人いたが、その妹にも金色の髪が与えられている。しかし是清ほど見事な金髪ではない。

大理石がぴかぴかに光る大議事堂の内部は、イスラム教の大神殿のように壮大な空間を擁していた。薄暗い正面ホールを歩くとカツカツと足音が響き、頭上を振りあおぐとモスクの円天井ははるかに高く、描かれているミケランジェロ風の天井画もよく見えない。

カツカツカツ

平等国鉄新潟駅よりも広い正面入り口で是清を迎えたのは、ジャラジャラときらびやかな装飾を胸にほどこした議事堂警護隊の女性将校だった。外の警備は一般国民あがりの兵士にさせるが、内部は中央委員会メンバーの子弟で占められる議事堂警護隊将校が守っている。こんなに広いのに、暖房は暑いくらいに効いていた。

「ごほん。あの」

是清は前を行く警護隊の女性将校の肩に話しかけた。

「会議はもうすぐ、終わるのですか?」

「――――」女は答えなかった。

ジャラジャラジャラ

警護隊の女性将校は陸軍閲兵式のパレードで先頭を行くバトンガールのようなプリーツのミニスカートにブーツで、腰にサーベルを吊《つ》っていた。無言で先導するように歩いて行く。

(やれやれ)

警護隊の女が必要以外の言葉を口にしないというのは、わかりきったことだった。

しかし是清は二十六歳、可愛い女の子と見れば声をかけたくなるのが本能のようなものだ。

（しかし警護隊って、美人が揃《そろ》っているな……）

警護隊の将校を女ばかりにしているのは山多田大三の趣味だといわれている。彼女たちは身辺警護に当たる一方、夜は大三の寵愛《ちょうあい》を受けているという話もあるが、定かでない。

（うーん、あの男ならやりそうだ――いいなあ……）

是清は、身長184センチ、栄養が悪くて背の低い男が多い東日本共和国にあっては抜群の長身で、おまけにロシア人とのハーフで、女の子に憧《あこが》れられることしきりだったが、そんなことは彼に何の利益ももたらしてはいなかった。自由恋愛などを楽しむ余地が、この共和国にはまったく無いからである。

（せっかく去年、親父の家を出たというのに、独り暮らしはかえって自由が無いんだもんな……）

是清のように平等党役員の家に生まれて暫定首都新潟に住んでいても、個人の住宅などというものは一切無い。是清は去年、父の大臣公邸を出て高層アパートの官舎に移ったのだが親父の目を盗んで羽根を伸ばそうというもくろみは失敗に終わった。

東日本共和国の国民管理は徹底しており、国民全員が、外出をするときには官舎の管理人室のノートにどこへ出かけて何時に帰ってくるか書いていかなくてはならない。外泊をしたいときには、一か月前に申し出て平等党の地区委員長に許可をもらわなければならない。誰かを自分の部屋に泊めたいときも同様だ。ホテルというものは新潟駅前に立派なやつが一つだけあるが、ほとんど外国人専用で、東日本国民がどうしても利用したいときには、一年前に、なぜ利用したいのか、利用した場合共和国にとってどんな利益があるのか、また自分がどのように山多田大三先生を尊敬申しあげているのか、そういう熱意のこもった要望書を提出し、平等党中央本部に許可をもらわなくてはならない。もちろんその要望書が出せるのも平等党役員とその家族だけで、一般国民は駄目である。そしてホテルへの宿泊が許可されても、宿泊料で給料の三か月分以上が飛んでしまう。

（まったく、なんなんだよこの国は）

是清がいくらもてるといっても、こんな環境では自分の気に入った女の子とちょくちょく遊んでいられるわけがない。

（このままじゃ財務大臣の孫娘と政略結婚させられそうだし、あの孫娘はブスだし、俺はこのまま、何もいいこともなく終わるのかなあ――）

だから是清には、自分だけ宮殿に住んで、ハーレムを作って楽しんでいる山多田大三がうらやましいのだった。

（あの財務大臣の孫娘だけは、嫌だなあ。ブスのくせに親父《おやじ》や祖父《じい》さんがたまたま偉いもんだから、自分までものすごく高級な女だみたいに勘違いしてるもんなあ——）

是清は、壮大な大彫刻をほどこした大回廊を歩きながらため息をつく。

（外国に逃げたいなあ——モスクワ駐在武官かなんかに、出してもらえないかなあ……）

中央大会議室の控えの間に通された。分厚い扉の向こうに、怪しげなやり取りの行われる嫌な気配を感じて、是清は心の中で肩をすくめた。

（——ああそうだ。今は緊急事態の報告に来たのだっけ）

是清は陸軍大尉、東日本共和国軍総作戦司令部に所属している情報将校だった。エリートである。陸海空の作戦情報をすべて処理・分析する部署だが、是清のように若手の将校は、山多田大三のもとに出向いて逐次状況報告をする役目を負っていた。防諜《ぼうちょう》のため、電話等はあまり使われない。山多田大三は、西日本のスパイよりもむしろ、自分の政敵に最優先軍事情報を盗み聞きされるのを何より嫌い、情報将校に直接ブリーフィングをさせたがった。

是清は、控え室のテーブルで状況報告のための書類を開いて、内容をおさらいし始めた。

（——『父島海域を制圧せよ』との緊急命令を受けて仙台を出港したわが潜水艦のうち二隻が出港直後に行方不明になった。西日本帝国の潜水艦に攻撃されたのかもしれないが、西日本側から先に手を出してくるとは考えにくい。分析に苦慮していると、続いて沿岸近くでわが東日本平等海運公社の貨物船と、漁業公社のトロール漁船が次々に転覆した——撃沈されたのではない。天候も穏やかな障害物もない海域で、突然ひっくり返ったのだ）

ばさばさ

是清は、説明のために持って来た東日本共和国の太平洋岸の地図を広げてみた。

山多田大三は、軍の司令部に『父島海域を押さえよ』と指令したのみで、実は何のために父島へ急ぐのか、本当の理由を知っている将校はほとんどいなかった。情報将校の是清でさえ、宇宙から落下した黒い球体のことなど何も知らない。

（潜水艦の行方不明地点、貨物船、トロール漁船……ここと、ここと、ここと）

赤いマジックで遭難位置が記されている。それらを、是清は指でなぞってみる。

（ここと、ここ——何だろう？　何かが近づいてくるような……）

中央会議室内部では、中央委員会が特別会議の真っ最中であった。

「——以上のように、本年の米および穀物の収穫状況は、冷害のために建国以来最悪となってしまいました」

広大なマホガニー製楕円《だえん》テーブルの一角で、銀髪の水無月農林大臣が報告書を読んでいた。

「国営農場における米の収穫量は、昨年の三割にも満たず、このままでは備蓄をすべて吐き出しても国民全員が一年間食べられません」

「備蓄なんてとっくの昔にない」

陸軍大臣が言った。

「去年、中国からミグ21戦闘機の改良型を十機買ったときに、倉庫の米は代金代わりにみんなくれてやってしまった」

「何だと！」

水無月現一郎は驚いて怒った。

「農林大臣の私に断りもせずに、備蓄用の米を飛行機の代金にしたのか！」

「ふん、しかたないじゃないか平等ルーブルをやつらが受け取らないんだから」

平等ルーブルというのは東日本共和国の通貨である。一応、1平等ルーブルが100円ということになっていたが、それは東日本政府が勝手に決めているレートで、実際は1平等ルーブルはせいぜい50銭の価値もなかった。しかも他国は嫌がって受け取らず、USドルか西日本帝国の円か、農産物の現物でなくては国際取り引きをしてくれなかった。

「大体いまだに、旧式のミグ戦闘機の国内生産ができないとは、どういうことだ？

軍部の怠慢だぞ」

現一郎は、居並ぶ軍部の高級将校たちを睨《にら》み回した。水無月現一郎は六十五歳、東日本分裂紛争の前からモスクワに留学していた労働運動家であった。紛争が勃発《ぼっぱつ》したとき、東日本共和国建国の理念に共鳴して急遽《きゅうきょ》帰国、先頭にたって西日本と戦ったが、共和国ができてみると、絶対平等政権なんて名ばかりで、理想と現実の差は激しく、最近は会議でいらだつことが多かった。中央委員会の会議では、みんな山多田大三の逆鱗《げきりん》に触れるのを恐れておとなしくしているのだが、水無月現一郎だけはそんな雰囲気の中でもはっきりとものを言う、骨のある政治家だった。

「怠慢とは聞き捨てならん」

「そうではないか」

「軍部も産業省も努力している。しかし技術者の絶対数が不足しているから、工場ができないのだ」

「技術者は育成すれば――あ、いや」

現一郎はあわてて言葉を呑《の》みこんだ。

イギリスの貴族が会議をする部屋のような、重々しい豪華なインテリアの中央会議室のいちばん奥の席で、スダレ状の髪の毛のダルマのような顔にごつい黒ぶち眼鏡をかけたでっぷり太った男が、こちらをギロリと睨んだ。山多田大三である。

「ああ、ごほん。それでは仕方がないが、農産物の不足は一段と深刻になったわけだ」

現一郎は言葉を濁して、報告書をテーブルの上に投げ出すと、マホガニー製の椅子《いす》に腰を下ろした。

冷や汗をかいた。危うく山多田大三を批判してしまうところだった。水無月現一郎は骨のある政治家で、いつかは独裁者を引きずり下ろしてやろうと考えてはいたが、こんなつまらないところで下手に大三に逆らって見せるのは得策ではないと知っていた。

(危ないところだった。俺がものを言いすぎるのを、大三は面白く思っていないはずだ。今はもう少し、おとなしくしていなければ)

技術者は育成すれば良い、と言いかけてあわててやめたのには理由があった。

この東日本共和国では、平等党役員の子弟をのぞいて、一般国民には高等教育を受けさせていない。平等党役員とは、この暫定首都新潟に住む中央委員会の幹部から始まって各市町村に駐在している地区委員までさまざまな階級があるが、国全体でも五十万人に満たない。その家族を入れてもせいぜい二百万人である。

東日本の人口は六千二百万人。平等党役員とその家族をのぞいた残りの六千万人は、一般国民、あるいは〈番号国民〉と呼ばれていた。六千万人のすべてが、農民、工員、兵士のいずれかで、例外はない。

一般国民は、六歳から農場や工場での労働に就くことになるが、学校というものには行かないのだった。農村や工場に教室があって、そこで一日二時間、二年間にわたってひらがなとカタカナとたし算とひき算とかけ算を習うのである。それが東日本共和国の、一般国民に対する教育のすべてだった。漢字は教えない。漢字を教えると、西日本帝国の本や出版物が紛れこんできたときに、読めてしまうからである。また、わり算も教えない。わり算を教えてしまうと、収穫した農産物の一人一人への分配率とか、一人当たりの国民総生産とかを計算してしまう者が出るからである。それでも、かけ算九九は全員がたたきこまれて覚えているため、『東日本国民は世界に類を見ない優秀な国民』ということになっていた。

農村や工場の教室では、週に一度〈修身愛国《しゅうしんあいこく》〉の時間というのがあって、これには教育を終わった者でも、その事業所の労働者は全員が出席しなくてはならなかった。その時間には『山多田大三先生が東日本共和国を建国されたときの勇壮な物語』が語られ、世界一平等な東日本共和国に生まれたことがいかに幸せかとか、隣の可哀相な西日本帝国を早く解放してやらなければならないことなどが、みんなの頭にたたきこまれるのだった。

たしかに一般国民同士は〈平等〉であった。教室ではテストもするが、全部できていても白紙でも、全員が百点なのだった。通信簿ももらうが、全員が全科目〈よくできました〉の評価で、個人間の差はまったくつけられなかった。でもどうせ成績をつけたところで、また努力して成績を上げたところで、農民の子は一生農民、工員の子は一生工員なので、学業成績など初めから関係ないのだった。

そのおかげで、わり算や方程式や物理や英語のわかるいわゆる〈学生〉は、平等党役員の子弟だけに限られていた。人数にして一学年がせいぜい数千人だ。航空機工場を造って操業しようにも、技術者が足りないのは当たり前なのだった。

(――息子の是清が、財務大臣の孫娘と結婚して親戚になれば、俺にも四割近い勢力が味方をする。他にも山多田を憎く思う者はいくらでもいる。やつの政権をひっくり返す時が来るまでおとなしくして待つのだ……)

水無月現一郎は、汗をふきふき自分に『自重しろ』と言い聞かせた。

「ところで農林大臣」

官房第一書記が現一郎に尋ねた。大三の腹心、加藤田《かとうだ》要《かなめ》である。

「どうしてそうなったのだ?」

「は?」

現一郎は顔を上げた。

「どうしてと申しますと?」

「米のことだ、農林大臣。隣の西日本帝国では、米は例年通り豊作だというではないか」

「はあ、それは」

現一郎はどう答えてやったものかと思案しながら、

「西日本では、今夏の冷害に対する対策を、十分に行っていたものと思われます」

「わが東日本では、夏に冷害対策をしなかったというのか？」

「いえ、そういうわけではありません。農林省はちゃんと各国営農場へ指導をしておりますが、いまひとつ農民にやる気がなく――」

「農民にやる気がないだと！」

加藤田要は語気を荒くした。後ろの一段高いところに座っている山多田大三を意識したパフォーマンスだ。

「農林大臣、わが東日本共和国の農民に、やる気のない者がいるとでも言うのかっ」

「お言葉ですが官房第一書記」

現一郎は歯がゆさを抑えて言い返す。彼は農政を与る身として、事実を言わないわけにはいかなかった。

「わが国の国営農場では、収穫した米は１００パーセント、国に納入しなくてはなりません。ご存じの通り、『米は国民みんなのもの』というスローガンがあり、勝手に一粒でも食べた者は、即刻銃殺されてしまいます。そして農民たちは、後から配給されてくる米を、自分たちの給料からお金を出して買わなくてはなりません。もちろん、一等米など品質の良いものはわれわれ平等党役員の家庭に流通させるわけですから、農民には三等のクズ米しか行きません。

このような仕組みの中で、農民たちに『やる気を出して米を作れ』と言うのは、無理があります」

「何だとっ！」要はいきり立つ。

そのとき。

ごそっ、とテーブルの奥のずんぐりした影が動いた。

居並ぶ閣僚たちが、みんなぴくっとして奥を見た。

「農林大臣」

うざったいだみ声が呼んだ。山多田大三だ。

「はっ」

現一郎は座ったまま声の主に向きなおり、軽く頭を下げる。まったく、平等が売りものの共和国なのに、国家元首の権力や威光は帝国とは名ばかりの西日本以上だ、と現一郎は心の中で毒づいた。

「農林大臣、おまえの感じ方は間違っている。わが東日本共和国の農民は、世界一勤勉献身的な、優秀な農民である」

「はは」

現一郎が何か言葉を返そうとする前に、

「おおお！　なんという力強いお言葉！」

加藤田要が汗をふきふき感激しはじめた。

（やれやれ）

現一郎は、差し迫った食糧危機はどうなるのだろう、と暗澹《あんたん》たる気持ちになった。

「山多田先生」

通産大臣が言った。

「米の収穫量がこんな数字では、また西日本から米を買わなくてはなりませんが」

「うむ。買えばいい」

「しかし山多田先生」

財務大臣が言った。

「財源がありません。今年も西日本から米を買うのであれば、国民に支払う給料を、下げなければなりません」

「うむ、下げろ」

そ、そんなことをしたら、と現一郎は喉《のど》まで言葉が出かかった。

(何をやろうって言うんだ！　今年だって、賃上げまったくなしで工場にも農場にも去年の三割増しのノルマを押しつけたんだぞ。結局、予定の三分の一も達成されなかったが——もしこれ以上一般国民の生活水準を下げたら、今度こそ国民が完全にやる気をなくすぞ！)

「山多田先生」

通産大臣が手を挙げた。

現一郎は、こいつまた変なことを言うんじゃないだろうな、と嫌な気分になった。実際に国の財政を与っている財務大臣は現実派で、どちらかといえば反山多田派、現一郎の味方である。実際に外国を見ている海軍の高級将校の一部も、現一郎に同情的だ。しかしこの通産大臣は完全に山多田大三の腰巾着《こしぎんちゃく》だった。それも、馬鹿ではなくいっぱしに悪知恵が働くから油断がならない。去年、全国の農民の〈隠し田〉を洗い出すために測地衛星を打ち上げたとき、見つけた隠し田をすぐに押さえないで、秋の収穫までそのままにさせておこうと言い出したのはこいつだった。通産大臣のプランで、刈り入れが済んだ直後に軍隊を派遣して隠し田にかかわった農民を全員逮捕、米は全部没収したうえで全員を銃殺した。

隠し田で作られていた米は、農民たちが自分たちで食べる米だったので、完全無農薬有機栽培、手入れも行き届いて素晴らしい味の米であった。

「山多田先生、いっそのこと、国民に給料を払うのを、やめにしたらどうでしょうか」

（な、なにっ？）

「む？　どういうことだ通産大臣」

「はっ」

通産大臣はパッと立ち上がると、奥の山多田大三に向かって威儀を正し、きをつけの姿勢のままかん高い声で言った。

「山多田先生、わが東日本共和国では、国民は農民も工員ももちろん兵隊も、全員が公務員で国から支給される給料で暮らしていますが」

「うむ」

「もともと、国民が国に奉仕するのは、あたりまえです。そのあたりまえのことに対して、どうして給料を払ってやらなければならないのでしょうか。そんなものもらわなくたって、国民は喜んで国のために働くはずです。いや、働くべきですっ！」

「ううむ。立派な意見だ」

奥の大三が三重あごでうなずくのを確かめて、居並ぶ閣僚と高級将校たちは汗をかきながら拍手しはじめた。

パチパチパチパチ

それを受けて、得意になった通産大臣は、汗をかきながらかん高い声で続けるのだった。

「山多田先生、わが東日本共和国の国民は世界一優秀ですから、給料なんかもらわなくたって命がけで国に奉仕し、作物は100パーセント国に納入し、かつ、自分の責任で必要な栄養くらい何とかして摂《と》れるはずです。摂《と》れなきゃいけません。いえ、摂れるべきですっ！」

「ううむ。通産大臣に銀ざぶとん一枚！」

大三がだみ声で吠《ほ》えるように言った。

「ははっ」

通産大臣は汗をかきながら大三へ深々と礼をした。

たちまち会議室奥のドアが開いて、ミニスカートの制服の女性警護官の一人が、銀色の糸で織られた豪華なざぶとんを運んできた。

(――ったくもう)

現一郎は心の中で悪態をついた。この銀ざぶとんは、大三の気に入ることを言った閣僚に大三が褒美《ほうび》としてくれてやるもので、もっと気に入られると金ざぶとんがもらえることもある。金なら一枚、銀なら五枚で、東日本国民が一生かかってもかなわない夢である個人での海外旅行が許可されるのだ。銀なら五枚、というところが、せこい気もするが、通産大臣はすでに隠し田の一件で銀ざぶとんを一枚せしめており、頑張れば海外旅行は夢ではないのであった。

「や、山多田先生！」

いくらなんでも、現一郎は黙っているわけにはいかなかった。

「なんだ農林大臣」

「私が農林大臣として思いまするに、そんなことをすれば、農民がますますやる気をなくしてしまいます。たとえ給料を支払うのをやめにするとしても、その代わりに食料や日用品は無料で支給するのですか？」

「そんなことはしない！」

通産大臣がいきり立って言った。

「食料や生活必需品をただで支給するなどしたら、国民に給料を払わなくした意味がなくなるではないか！　絶対にだめだ」

「では通産大臣、国民はどうやって食べていくのか？　農民はまた隠し田を作るぞ」

「隠し田を作ったら銃殺だ」

「ではどうやって国民は食べていけるのか？」

「そんなの自分の責任でなんとかできるはずだ」

「そんな無茶苦茶な言い方があるか！」

現一郎は、すこし感情的に発言しすぎているな、と危険を感じながらも、言わずにいられない。

「給料なんかなくしてみろ、国民はみな、やる気をなくしてしまうぞ！」

現一郎は机をどんとたたいた。

すると陸軍大臣が怒鳴った。

「何だと！　貴様、わが東日本共和国民が、やる気をなくすと言うのか！」

大三がだみ声で割って入った。

「それは間違っている。国民は、給料なしになっても、よりいっそう働くべきだ」

「し、しかし山多田先生、現に——」

「貴様っ」

陸軍大臣は反論しようとする現一郎を、とんでもない不心得者であるかのように、怒鳴りつけはじめた。

ざわざわざわざわ
「なんだか会議室の中が騒がしいな——？」
是清は、アタッシュケースの書類から顔を上げて、中央会議室の分厚い宴会場のような立派なドアを見やった。

父が今まさに、窮地に陥ろうとしているのだった。

是清はなんとなく、ぞくぞくとした。

「貴様、山多田先生が、せっかくこう言っておられるのに――世界一偉いのは、誰だっ？」

「う」

現一郎は、苦痛にゆがんだような表情で立ち上がると、きをつけの姿勢で、

「う、く、せ、世界でいちばん偉いのは、山多田大三先生です！」

東日本共和国では、『世界でいちばん偉いのは』と聞かれて、こう答えないとその場で銃殺されてしまうのだった。

陸軍大臣はさらに突っこむ。

「世界でいちばん正しいのは誰だっ！」

「せ、世界でいちばん正しいのも、山多田大三先生です！」

「では、世界でいちばん偉くて世界でいちばん正しい山多田大三先生が、国民は給料なしの食料の支給なしでも今よりよりいっそう働くべきだとおっしゃっているのに、間違いだと言うのかっ？」

「い、いえ――」

言葉に詰まった現一郎を見て、通産大臣が汗をかきながらひひひひひと笑った。

しまった！

現一郎はぞっとした。

ひょっとして俺は、罠《わな》にはめられたのか？

後悔したときには、遅かった。

「その者を銃殺せよ」

大三のだみ声が、会議室の隅で控えていた警護官に対して発せられた。

「う、うわっ」

ダダダダダダダダッ！

「うぎゃあーっ！」

父島南東百キロ洋上　平等3型巡洋艦

「――覚悟するのよ」
ひとみは、赤黒い化け物の頭部を狙《ねら》った45口径自動拳銃《けんじゅう》の引き金を引きしぼる。
グッ
ナメクジ芋虫は視覚器官を失って何も見えなくなったらしく、急な下り階段の梯子《はしご》のような鉄材に無数の偽足でつかまったまま、赤黒いナマコのような頭部を右左に振っている。

　トリガーにかかるひとみの指の関節が、白くなった。

「――――」

　しかし、ひとみはコルト・ガバメントの把柄《グリップ》を保持した両手を降ろしてしまう。

　どうしたのだろう。

　ひとみは階段で身動きできぬ化け物からは目を離さずに、肩で息をしながら、

「もっといいものがあるわ」

　つぶやくように言って、くるりと背を向け、ようやく暗がりに慣れてきた目で巡洋艦の艦橋第二層にあたるこの部屋――中央情報作戦室の内部を見まわす。

　ひとみのすぐ目の前に、レーダーや対潜ソナーなどの情報画面をずらりと並べた戦術管制卓が横たわっていた。インディケーター・ライトなどは全て消えていてパネルは暗い。四、五人の戦術情報士官が座るはずの席は全て空だ。座席は横を向いて放置されており、まるでこの部屋に闖入《ちんにゅう》してきた何者かに驚いて、全員があわてて席を立ってそのまま戻ってこなかったかのようだ。

（おそらくその通りだわ。この作戦室にこもっていた要員は、何が起きたのかもわからずに食われてしまったんだわ――）

裸足で歩く床がぬるぬるする。

ボディースーツ姿のひとみは、左右を見まわす。

(消火用パネルは……)

ほどなくして彼女は探しあてた。

「――あったわ」

作戦室の片側の壁面に、本当ならば非常電源で常時点灯している円い赤ランプがあって、四角いパネルのふたが閉まっている。火災が発生したときに消火をするホースが収まっている消火用パネルだ。

カチッ
ひとみは指先の爪でパネルを開けた。ピンク色の鋭いマニキュアの爪が、あんな武器になるとは思っていなかった。女性パイロットは飛行ミッションのときに化粧ができない。顔のファンデーションや口紅がヘルメットや酸素マスクにつくと、整備のメカニックが嫌がるからだ。だからひとみにとって、両手の爪を流線型に研いで、きれいにピンクのマニキュアを塗っておくのが仕事中の唯一のおしゃれだった。

「あった」

パネルの中には、ぐるぐると巻かれた消火ホースの隣に、小型の手持ち斧《おの》が壁にはめこむ形で収納されていた。

「非常用クラッシュ・アックス――これよ」

ひとみは、自分がかすかに笑みを浮かべていることに気づかなかった。

カシャッ
ひとみは壁から斧を取り外す。ステンレス・スチール製の銀色に光る細身の斧は、巡洋艦の内部で火災が起きて、ハッチが固着して逃げられなくなったときに、窓をぶち破って逃げるための非常用ツールだった。たいていの艦船や航空機には備えつけてある。

ひとみはポニーテールに結んだ髪をほどいた。

はらりとロングヘアが広がる。

「待ってなさい化け物。ピストルで殺すなんて、物足りないわ」

斧を右手に下げて、ひとみはゆらゆらと階段のナメクジ芋虫に近づいて行った。

死の一歩手前まで行って帰ってきたひとみ。

彼女は自分が無意識に舌なめずりしているのにも気づいていない。

ズデン、ズデン
トドほども大きい赤黒いナメクジ芋虫は、上半身をのたくらせて階段上でもがいている。

ほっそりした裸に近い人間の女が、銀色の斧を下げて近寄ってきたのに気づいたの

だろうか。肩に広がったロングヘアの、ボディースーツ姿の白い細身の女。それはつ
いさっきまで化け物が餌《えさ》にしようとしていた人間の個体だった。
ズデン、ズデンッ！
ブフォオッ
天井の階段ハッチにはさまれたまま、化け物は暴れはじめた。
ひとみは、自分の口調まで変わっているのに気づかない。
「――覚悟おし」
銀色の斧を頭上高く振り上げる。
そのとき。
タタタタタッ！
「？」
タタッ、タタタッ！
ひとみの腕が止まる。
銃声だ。
艦の下のほう、どこかの層でM64自動小銃が発射されたのだ。
（M64のフルオート射撃――？）
ひとみは眉《まゆ》をひそめる。

彼女はその銃声で、自分が一人ではなく、部下の乗員を連れてこの巡洋艦に降りてきたことを思い出した。

タタタタタッ
うぎゃぁぁぁぁ――

（悲鳴――？）

誰かがやられている。その細く長い悲鳴と銃声は、幾重にも曲がった階段と通廊の向こうから漂うように聞こえてきた。

「早く済ませてしまおうね」

ひとみは階段の化け物に向き直ると、すうっと息を吸いながら白い両腕で斧を振り上げ、

「はうっ！」

化け物の頭部に振り下ろした。

ザクッ！

ぶしゅうっ
吹き出す血。人間と同じ赤い血だ。

ブフォワッ！

水牛のようなうなりを上げて頭を振りまわすナメクジ芋虫。

ぬるっ
斧の柄が血で滑る。

「あっ」

ひとみは手が滑って、化け物の頭部に突き立てた斧の柄を放してしまった。

「まだひと打ちしかしてないのに！」

赤黒いナメクジ芋虫は、頭に斧を突き立てたまま、気が狂ったようにのたうちまわった。

ズダンッ、ズダンッ
ひとみはそれ以上、この化け物だけを相手にしているわけには行かなかった。

「ええいもう、面倒くさい！」

ひとみは再び両腕にコルト・ガバメントを構えた。

のたうちまわる化け物の頭に狙いをつける。

「あの世へお行き！」

ドンッ！

バシュッ。軟体動物の頭部に血が飛んだ。

「わっ」ひとみは思わず腕で両目をおおった。拳銃発射の白熱炎が、一瞬目を見えなくさせたのだ。

「くう――」指で両目を揉《も》みしだく。

せっかく目の慣れた周囲がまた暗闇《くらやみ》に戻って、たっぷり三十秒間、なにも見えなかった。

ブフォオオッ！

頭部の一か所からぴゅーっと血をほとばしらせながらも、あいかわらず化け物は暴れている。ひとみの撃った45口径の銃弾では、赤黒い表皮に穴は開いたものの、たいしたダメージは無いようだ。

「こいつ――」ひとみはよく観察した。銃弾による穴は次第にふさがっていくようだ。

この貴重な体験が、ひとみを救うことになった。

（この艦は巡洋艦だ――こんな化け物が大挙して侵入してきたら。乗組員は銃で対抗したに違いないわ。でも一人残らず食べられてしまったのだとしたら、こいつに銃は効果がないのかも知れないわ……）

カン、カン、カン
ひとみはゆっくりと、さらに下の艦内へと降りていく。

どのみち艦橋へ出る階段はさっきのやつがふさいでいるから、他に退路を求めなくてはならない。艦内の中央通廊をまっすぐ艦尾まで行ってヘリコプター飛行甲板へ出るか、どこか途中で上甲板へ出て、外の甲板伝いにヘリへ戻るか。

（真っ暗な艦内をいちばん後ろまで行くなんて、ごめんだわ――）

下の層へ降りる。足がつく前によく見まわすが、暗闇の中に化け物の気配は感じられない。

「えいっ」

冷たい金属の床に飛び降りた。

そこは、通称ゼロゼロレベルと呼ばれる甲板と同じ高さの階だった。

（どっちへ行けば――）

ひとみは前後左右を見まわして暗闇に目を凝らした。それにしても非常灯さえ消えてしまっているのはなぜなのだろう。そんなにも長いあいだ、この艦は無動力で漂流していたのだろうか？　でもさっき中山一曹は、食堂の冷蔵庫がまだ冷たいと報告してきたではないか。

（まさかあの化け物たちに、機関室のバッテリーを無力化させるような知恵があるとは――考えたくないわね……あ）

ひとみは、艦尾に対して右側へ延びる通路の突き当たりに角の円いハッチの輪郭があって、外の月明かりがかすかに差しこんでいるのを見つけた。

（出口だ！）

ひとみは裸足でそちらへ走りだそうとする。

「うっ」

しかしすぐに立ち止まらなくてはならなかった。

外の甲板へ通じるハッチの天井に、赤い複眼がゆらりと揺れて、ちろちろと光っている。

「――いるわ」

10メートル先に、一匹いる。天井と壁に黒いシルエットが張りついている。

「――――」

ひとみは、気配をさとられないように、ゆっくりと後退した。

赤い複眼は、アンコウのちょうちんのように揺れている。

ゴフォッ
巨大な本体は、まだ動かない。やつらの足が速いことはわかっている。狭い艦内の廊下で追いかけっこはごめんだ。

どこかでまた斧を手に入れなくては。拳銃や自動小銃に使われている口径7ミリたらずの高速対人殺傷弾は、標的に小さな穴を開けて高速で貫通するように作られている。つまり、敵の兵士の戦闘能力だけを奪い、なるべく殺さずに済むようにできているのだ。しかしあの化け物を倒すには、そんなものでは力不足だった。

（あたしはさっき実験して試せたけれど……銃はあまり効果がないばかりか、暗闇では発射の白熱炎で目が見えなくなってかえってパニックになるわ）

さっきの悲鳴と銃声は誰だったのだろう。中山一曹か水口一曹か――トランシーバーがなくなってしまったから連絡の取りようがない。石井一曹がずっと前から応答しなくなったということは、機関室に向かった途中にどこかで襲われてやられてしまったと考えたほうがいいのかもしれない。さっき襲われた誰かは、暗闇で発砲して周りが見えなくなり、さらに錯乱して撃ちまくったのだろう。

だがあの巨大な軟体動物の身体はM64小銃の一連射くらいでは多少出血する程度だろう。北海道の熊《くま》撃ち猟師が使う、命中すると相手の体内で鉛の弾丸が傘のように開き、体組織を目茶苦茶に破壊する熊撃ちライフルでも、あの巨体の動きを止められるかはさだかでない。

（この状況では、銃よりも斧のような武器のほうが、役に立つはずだわ――どこかに消火パネルは……？）

ひとみは息を殺しながら、前方のもう一体のナメクジ芋虫から目を離さずに、じりじりと後退して行った。

「――？」ふいに背中に、息をかけられた気がした。

ゆっくりと振り向く。

10センチと離れていない肩ごしに、赤い複眼が光っていた。

ピルピルピル
「きゃあっ！」

ゴフォッ
天井でもう一匹がナマコ口から息を吐いた。

ズザザザッ
ひとみを頭から呑みこむように大きく円形に開かれたナマコ口が、音を立ててかぶさってきた。

「きゃっ！」

ひとみは足を滑らす。

どたんっ
床が化け物の粘液でぬるぬる滑るおかげで、ひとみは仰向《あおむ》けにひっくり返った。

バクッ！

ひとみの鼻先5センチでナマコ口が閉じる。無数のひげのようなイソギンチャクの舌が、閉じた口からわらわらはみ出している。

ググググ

軟体動物は、いったん首を縮めて、床に倒れたひとみを食おうと再び口を開ける。

わらわらわら
恐ろしく大きく開いた円形のナマコ口の中でうごめく無数の舌。

プンッ、と音を立てて落ちてくる巨体。

「ひっ」

ひとみは床に転がってかわす。

ベチョッ！

化け物のナマコ口が何もない床にディープキスをした。

ピルピルピル
ろくろっ首の赤い複眼が、空中を泳ぐようにしてひとみを見つける。

ナメクジ芋虫は無数の偽足がうごめく腹を見せながら、いったん天井に上がろうとした。壁づたいに這《は》い降りてくるつもりだ。

「ううっ！」

ひとみには、とにかくそのとき『やらなければやられる』という意識があるだけだった。

だっ！

滑る床で転びそうになりながら化け物に向かってダッシュした。

ピルッ

今までにこんな反応を見せた〈獲物〉はいなかったに違いない。赤い複眼が『なんだこいつ？』というかのように短く鳴いた。

天井から半身を反らすように垂れ下がっていた赤黒いナメクジ芋虫は、再び口を大きく開けてひとみを食おうとするが、

さっ

ひとみはさっと身を沈め、すんでのところでナマコ口から逃れる。ナメクジ芋虫の背中側にうまくまわりこんだ。

目指すのはひとつ。やつの複眼だ。

ピッ、ピルッ

『なにするんだこいつ？』とでもいうように赤い複眼は鳴いたが、ろくろっ首の管をのけぞらせて逃げようとしても化け物の胴体とつながっているのだから逃れようがない。

ゴフォッ

本体はひとみをくわえこもうと追うが、ひとみを食うためには１８０度以上、胴体をのけぞらせなくてはならなかった。

「えいっ」

がしっ
ひとみは空中でラグビーボールにタックルするように、赤い複眼をつかみ取った。
ピルッ
「逃がすかっ」
タックルして脇に抱えこんだまま、思いっきり床に転がった。
どたどたっ
(放してたまるか！　放したら殺される！)
ひとみは右手に握っていたコルト・ガバメント45口径の銃口を、赤い複眼にぐりぐりっと押しつけた。
「炎を見るな！　撃つときには目をつぶれっ」
自分に言い聞かせるように叫びながら、
ドンッ！
ぶしゅううっ
吹き出すように血がほとばしる。
ピーッ！
のたくるように暴れる赤い複眼。
グォフォッ！

「いまだ逃げろ！」

外へ通じるハッチの天井にいたやつが、ズルズルッと天井を這いずってやってくる。

（逃げ道は――？）

さらに下の艦内へと降りる階段があった。

（――あそこしかない！）

ひとみはまた、だっと飛びこむように階段のハッチへ逃げこんだ。

銚子沖洋上　高度三万フィート

『デルタ1へ。目標への会合コース修正。機首方位025へ。目標への距離25マイル』

ヘルメットの中のイヤフォンに、女性要撃管制士官の声が入る。いくぶん緊張気味だ。

「デルタ1。025」

原田大尉は、酸素マスクの中のマイクに簡潔に答えた。答えながら眉をひそめた。

（どうしたんだ、今日は管制指揮官を〈パセリちゃん〉がやってるのか？）

目標へ誘導するのに、横風の修正が適切でない。この空域に慣れていない証拠だ。

ぐいん
二機編隊のリーダーであるデルタ1、原田大尉のF15Jはわずかに機首を左へ振る。

ほとんど遅れずに、目標へ近づくにつれ少しずつ左下に間隔を開いたコンバット・スプレッド隊形で原田機に続いているデルタ2、鈴木少尉のF15Jもわずかに針路変更をする。

（しっかりやってくれよ、このへんは風が強いんだぞ）

いつも空戦演習で出かける硫黄島近海の上空と違って、関東地方の上空は冬のジェット気流の通り道だ。この高度では100ノットを超える強い風が西から東へ絶えず吹いている。原田大尉のF15Jのヘッドアップ・ディスプレーの上にも、機の速度ベクトルの方向を示すFPV（フライトパス・ヴェクター）の小さな円の表示が大きく右へ振りきれていて、左へ針路修正をしなければ望みどおりのコースをたどれないことを示していた。

（こんなに風が強いなんて。演習ではこんなファクターは入ってこなかったのに！）

ゆるやかに旋回を続けるE3Aセントリーの薄暗く寒い（電子機器のための空調）

機内の要撃管制席。本来そこの指揮を執るべき管制指揮官の中佐は、離陸直後に急病で倒れてしまった。代わりに指揮官席に着いているのは、後ろでまとめたロングヘアに、メタルフレームの眼鏡をかけた若い女性要撃管制官である。

葉月佳枝中尉は、大直径のレーダースコープ、戦術状況表示ディスプレーを隅から隅まで見まわしながら、心の中でヒステリーを起こしかけていた。

(その上、なんでこんなに民間機が多いのよ！)

無理もない、彼女が訓練生として演習をした硫黄島の上空には、たまにグアムかサイパン行きの７４７が通るだけで、それもちゃんと演習空域は避けてくれた。レーダースコープに映るのは、仮想敵編隊と味方の戦闘機編隊だけだったのだ。

ところがここでは、米国西海岸やハワイから成田へ到着する、あるいはそちらへ出発する無数の民間旅客機がまるでレーダースコープにごま塩をぶんまいたかのように散らばって、まるで夏のお盆に大混雑する世田谷《せたがや》区民プールのような様相を呈しているのだった。

その中で、北方から航空路でない空域を南下してくる四機のバジャーを見つけたのは、さすがにＥ３ＡセントリーＡＷＡＣＳのパルス・ドップラーレーダーと敵味方識別コンピューターである。

「旅客機のみなさん、ちゃんとトランスポンダー（交通管制用レーダー応答装置）働かせといてちょうだいね。でないと間違えておとしちゃうわよ」

佳枝は汗をかきながらレーダー画面につぶやいていた。

「後ろのパセリちゃん、だいぶアップセットしてるようだな。大丈夫か」

そのE3Aの前部コクピットで、機長の伝田中佐は操縦席のシートを倒して煙草をふかしていた。

ボーイング707改造の（というよりボーイング707のほうが軍用輸送機C135の民間転用だと言ったほうが正しいのかもしれないが）E3Aは、マッハ0・78の最大航続経済速度でゆったりと旋回し続けている。背中にしょった円盤型のレーダーをできるだけ水平に保つため、バンクを取ることができない。方向舵《ほうこうだ》を使っての横滑り旋回である。Gが床に向かって働かないので、馴《な》れない人はすぐ酔っぱらうだろう。

「彼女、頭は切れるんですがね」

副操縦士の楠大尉も、右席から後部のドアを振り向いて見た。

「あんまり要撃管制官向きじゃないからなあ」

「津田塾だって？　彼女」

「偏差値高いですよ。家は成城《せいじょう》で、箱入りのお嬢さんです」

「成城の箱入りの、津田塾出たお嬢さんが、どうして要撃管制官やってるんだ？」

「例の〈パセリちゃんツアー〉ですよ」

楠は言った。

「〈パセリちゃんツアー〉？」

「はい、空軍の広報が一般の女性向けに募集した飛行隊見学ツアーに参加して、いっぺんにその気になっちゃったらしいんです。彼女、入隊時は飛行幹部候補生《パイロットコース》だったんですよ」

空軍が女性にもパイロットへの門戸を開きはじめた頃、一般の女性にも空軍のことをよく知ってもらおうと、泊まりがけの見学ツアーがひんぱんに開かれていた。空軍の広報部には〈パセリちゃん〉というマスコットキャラクターがあって、その名前を冠して見学ツアーは〈パセリちゃんツアー〉という、軍隊には似つかわしくもない可愛らしい名前とされた。

もともと飛行機は好きだった女子大生の葉月佳枝は、静浜《しずはま》基地でT７初等練習機に乗せてもらって大喜び。アクロバットで天地が逆さまになってもGがかかっても顔色ひとつ変えずにきゃぴきゃぴ喜んで、『今度はイーグルに乗りたい』と言い出し、何を血迷ったか、内定していた生命保険会社をけっぽって空軍を受け、飛行幹部候補生としてて入隊してしまった。

「だから〈パセリちゃん〉っていうのか、彼女」

伝田は、やっとわかったという顔でうなずいた。

「接近中の東日本空軍機、接近中の東日本空軍機、こちらは西日本帝国空軍、空中管制機。聞こえていたら応答しなさい。どうぞ」

佳枝は、二機のF15Jを確実に四機のバジャーとの会合コースへ向けたのち、当のバジャーの編隊に対して警告通信を始めた。

「接近中の東日本空軍機、応答しなさい。こちらは西日本空中管制機」

〈領空〉というものは沿岸からわずか12マイルの範囲までで、意外と狭い。そのすれすれ外側を通られたら、実際上、とがめる理由はないのである。『領空に入られそうなので戦闘機を差し向け、入られないように国籍不明機をエスコートする』というのが、一般のスクランブルの法的な根拠あるいは理念である。

この場合も、葉月佳枝は明確に「あっちへ行け」と言うことができない。南へ向かうバジャーの編隊は、領空を侵犯するコースではないし、無許可で航空路を飛んでいるわけでもない。でも、六本木の国防総合指令室からは、『東日本の航空機を銚子から南へ行かせるな、追い返せ』という指令が来ているのだった。言うことを聞かなければ発砲も許可すると言うおまけ付きだ。

「警告します。そちらの編隊は、西日本の民間航空路を横切ろうとしています。ただちに東へ進路を変えなさい。繰り返します」

佳枝は、適当に理由を考えて四機のバジャーに警告を繰り返した。

（だめかなあ、女の声じゃ）

冷房で寒いくらいのはずなのに、ヘッドセットをかけた白い頰《ほお》を汗が伝いおちた。

東日本共和国　暫定首都新潟
中央委員会　大議事堂

ダダダダダダッ！

「うぎゃあああっ」

ＡＫ47自動小銃の一連射を食らって、水無月現一郎は中央会議室の床に倒れた。

「ふふん」

楕円形の巨大な会議テーブルの奥の、一段高い席からずんぐりとしたダルマのようなシルエットが立ち上がる。スダレ髪に三重あご、黒ぶち眼鏡。東日本共和国の最高権力者、平等党中央委員会委員長の山多田大三だ。

「見苦しい。運べ」

大三はだみ声であごをしゃくった。

まるでＴＶ番組のアシスタントか何かのように、会議室後方の両端からミニの制服姿の女性警護官が現われ、倒れた現一郎を運んでいく。終始無言である。自動小銃を肩から下げたミニスカートの女性警護官は、農林大臣を射殺した後でも眉一つ動かさない。

広い会議室はどよめいている。

「おお」

「やはり水無月は国賊だったのか」

「山多田先生を『正しくない』などと言うとは」

銃撃のあいだ会議テーブルの下に隠れていた閣僚や軍の高級将校たちは、ひそひそと言葉を交わしながら汗をふきふき自分の席に戻る。しかしそれほどショックを受けた風もない。

閣僚たちも女の警護官も、会議中の銃殺には慣れっこになっているのだった。

「山多田先生」

腰巾着の通産大臣が山多田大三に最敬礼をしながら、

「おめでとうございます。平等の理想を汚す国賊が一人、射殺されました」

「うむ」

大三は満足げに、特注の玉座のような専用椅子に腰を下ろす。

通産大臣は、席に着きながらひひひひひと笑った。

大三の腹心、官房第一書記の加藤田要が起立したまま、

「山多田先生、実は都合がいいことに、この国賊水無月現一郎の息子是清が、軍事状況説明のために次の間の控え室に参っております。一緒に銃殺してしまいましょう」

大三はうなずいた。

「うむ。一族郎党皆殺しにせよ」

それを聞いていた財務大臣は、大汗をかきながら震える手を挙げた。

「お、恐れながら山多田先生」

「なんだ財務大臣」大三よりも先に加藤田要が、何か文句あるのか、ととがめるように財務大臣を見た。

「ごほん、山多田先生、恐れながら申しあげますが」

財務大臣は恐る恐る立ち上がる。相当な危険を冒している。それは承知だった。

「先生、国賊は一族郎党皆殺し、それはまことに当然、ごもっともでございますが」

「財務大臣、水無月の息子の助命嘆願でもする気なのか？」

ひひひ、と含み笑いを漏らしながら通産大臣が横やりを入れた。

「そっ、そんな滅相もない」

起立した財務大臣はとんでもありませんと手を振りながら、

「しかし、この国賊水無月現一郎の妻アリアズナは、はるかな昔、旧ソ連中央委員会で副委員長をつとめたコバレフスカヤ氏の末娘ということであります――」

おう、おおそうだった、と会議室の閣僚たちにどよめきが走った。

「――アリアズナは昔の旧ソ連時代、モスクワでは共産党中央委員会の子弟たちのあいだでアイドルであったと聞いております。もし、かの妻アリアズナやその愛息を銃殺したということになりますと――」

財務大臣はちょっと言葉を切って、奥の玉座のような特別席におさまる大三の顔をちらりと見た。

「――現在、この新潟に身を寄せておられるネオ・ソビエトの方々に、受けがよろしくないものと……」

すると大三は、

「ううむ――」不機嫌そうに思案の表情になった。

財務大臣は続ける。

「その当時の中央委員会の子弟たちが、現在のネオ・ソビエトの中心勢力であることは言うまでもありません。現に、新潟ホテルでのネオ・ソビエトの晩餐《ばんさん》会に、アリアズナは頻繁に顔を出しております。ここは先生、国賊現一郎の抹殺は当然としても、アリアズナとその血縁者には大いなる慈悲の心をお示しになられたほうが――」

財務大臣は、また目を上げてちらりと大三の表情を読んだ。会議テーブルの奥は暗くしてあり、大三の顔はよく見えなかったが真剣な思案の空気が伝わってくる。

（考えろ大三。おまえが傀儡《かいらい》政権の首領でいられるのも、旧ソ連の残党のバックアップのおかげだろう――）

せめて妻アリアズナと息子の是清、娘の西夜《さや》の命を救ってやることが、同調していた現一郎への財務大臣の最後のはなむけだった。

（――よく考えるんだ大三。アリアズナを殺して、失脚したっていいんだぞ。おまえのために言ってやっているのだ）

大体、外貨準備高の少なさでは極東一の貧乏国が宇宙兵器を保有できているのは誰のおかげなのかと言うと、ネオ・ソビエトの一派がソ連崩壊の直前に持ちこんだからである。

「ううむ。たしかに一族郎党皆殺しの必要は、ないかもしれん」

大三は、うなずいた。

「はは」

ほっとする財務大臣。

「ロシア人の妻まで殺す必要はない。水無月は、実際に謀反を起こしたのではないからな。しかし」

「は」

顔を上げる財務大臣。

「あの長男は、殺す。そして長女は、わしの後宮に入れる」

「は。はは」

大三は、水無月是清がかっこいいので、許す気はないのだった。そして妹の西夜は可愛いので、殺すのがもったいないのだった。

だが財務大臣は、身の危険をかえりみず、食い下がった。是清を殺したくなかった。なぜなら、財務大臣の可愛い孫娘が、水無月是清にぞっこんで、結婚させてくれとせがんでいたからだ。もちろん国賊の息子になってしまった是清とはもう縁結びをしてやれないが、孫娘の悲しむ顔は見たくなかったのだ。

「しかし、先生」

「なんだ?」

「西夜を先生の後宮に入れられるのは、アリアズナにとって誠にもったいなく、大きな喜びでありましょう――」

あの気高い金髪夫人は悲しむだろうな、と財務大臣は思った。愛娘がこの俗物の慰みものにされるんじゃ――

「——しかし是清を銃殺にしてしまうと、アリアズナは悲しむでありましょう。そうすると、やはり、ネオ・ソビエトの方々の受けが……」

「まさか助けろとでも？」

大三はぎろりと睨んだ。

「とっ、とんでも！　滅相もありません」

財務大臣は手を振って否定する。

「ではどうしろというのか財務大臣！」

加藤田要が怒鳴りつけた。

会議室の後方で、ミニスカートの警護官がカチリと自動小銃の安全装置を外した。

「せ、先生」

財務大臣は震えながら、

「先生のせいでなく、是清が死ねばよいのです。是清を現在の情報部から、必ず死ぬような最前線の部署へ、配置換えされたらいかがでしょう」

「ううむ」

大三はうなった。

財務大臣は続けて、

「行けば必ず死ぬような、最前線の指揮官か何かにして、アリアズナに先生への恨みを抱かせず、かつ国のために働かせつつ是清を死なせれば、共和国にとって一石二鳥、いえ三鳥でございます」

「ううむ」

大三は目を見開いた。

「財務大臣、おまえは国のためを思っている国士である」

財務大臣の背後で、女性警護官が小銃に安全装置をかけ、肩にかけ直した。

「ははぁっ」

財務大臣は、深々と頭を下げた。心臓が破れそうであった。

（三年は寿命が縮んだぞ。感謝しろよ是清――）


会議は議題に戻り、結局、東日本共和国では、来月から国民に給料はいっさい払わないことになった。

これから国民はみな、自分の責任で必要な栄養を摂《と》ることになる。

さらにまた、新たな労働達成目標が、高らかに掲げられた。ノルマをこなせなかった農場や工場の責任者は、今まで網走《あばしり》の強制収容所送りで済んでいたものが、来月からは即刻銃殺されるということに決められた。

加藤田要が立ち上がり、

「それではみなさん、全員でわが東日本共和国国民愛唱歌〈山多田先生なぜえらい〉を斉唱し、会議をお開きにしたいと思います」

がたがたがた

居並ぶ閣僚、高級将校の全員が椅子から立ち上がり、きをつけをした。

直立不動の加藤田要が、かん高い声を出す。

「国民愛唱歌、〈山多田先生なぜえらい〉一番、はじめっ。さん、はい」

ひゅうううう

冬の夜の新潟には、日本海からの凍りつくような寒風が吹き抜けていた。

超巨大な赤と金のモスクのような中央委員会大議事堂の前には、北京の天安門に負けない目の届く限りの広大な石畳の広場がある。

ひゅううう

真っ暗な石畳の広場には、十二万人の一般国民が、薄っぺらな毛布一枚をかぶって震えながらもう五時間も待機させられていた。彼らは〈バンザイ国民〉である。

キンコーンカンコーン

広場を埋めつくす十二万人の一般国民の男女は、モスクに鳴る鐘の音でうっそりと顔を上げた。

キンコーン、カンコーン

ぞろぞろ

ものも言わずに、一般国民たちは毛布を置いて立ち上がる。

ブイイン

衛兵を乗せたジープが、〈バンザイ国民〉のあいだを走り、ＡＫ47カラシニコフ自動小銃を肩にかついだ衛兵が次々に跳び降りて散っていく。

「立てっ」

「立て、立てっ」

小銃の銃剣で、うずくまった国民を突くようにして起こしていく兵士たち。

「軍曹どの。凍死者がかなり出ております」

「見苦しいから広場から放り出せ」

「はっ」

「栄誉ある〈バンザイ国民〉が、バンザイをする前に死ぬとはなにごとか。たるんどるぞこいつらは！」

やがて会議がお開きになると、金と銀の糸で編んだ大マントをひるがえす山多田大三を先頭に、宮殿のような大回廊を閣僚たちがぞろぞろと歩いていく。めざすは大議事堂の最上階大望楼である。

びゅううう
冬の夜の寒風が、モスクのてっぺんになるととりわけ強い。日本海からの風が、イスラム寺院とクレムリン宮殿を足して二で割ったような巨大な尖塔《せんとう》や球状の屋根に当たって音を立てている。それが大議事堂内の大回廊から最上階大望楼へと向かう巨大らせん階段の内部を昇っているときからあたりに響いている。

びゅううう――

巨大らせん階段は、モスクの球状の屋根の内部の大空洞を、上へ上へと続いていた。そこを赤地に金と銀の装飾をほどこした大マントをひるがえす大三を先頭に、数十人の閣僚と高級将校たちが昇って行く。

「――――」

山多田大三は、東日本共和国で絶対権力を手に入れてから、あまり饒舌《じょうぜつ》な演説をしなくなった。面倒くさいからである。国民に口でサービスしてやる必要はない。言うことを聞かないやつは粛清《しゅくせい》するだけだった。もし国民へのアピールで必要なことがあれば、腹心の家来たちがちゃんとおぜん立てをした。

たとえば、この中央委員会の定例または特別会議で議が決したときには、山多田大三は大議事堂の最上階大望楼に姿を現わして、『山多田先生の勇気ある決断に感動し、目標達成の決意に燃えていてもたってもいられずに大議事堂前庭に結集した数十万人の国民の歓呼の声』に応えることになっていた。

大三を先頭に巨大らせん階段を昇る行列の最後尾で、陸軍の高級将校がふところからトランシーバーを取り出し、小さな声で外の警備隊指揮官を呼んだ。

「〈バンザイ国民〉の待機はよいか。送れ」

ザー

「国民広場警備隊〈バンザイ国民〉の準備はよいか。送れ」

ザー

『ピッ、こちら国民広場警備隊。〈バンザイ国民〉十二万名、準備よろし』

「ようし、全員、笑えっ」

最前列で壇上に立った警備隊長が、大出力パワーメガホン（西日本製）でがなりたてた。

「キイイイン、あーあー、入ってるかこれ？　よし、総員、決意に燃えた笑顔だっ！」

ひゅううう

木枯らしが一段と冷たさを増す。

うぞうぞうぞ——

みすぼらしい身なりの十二万人の大群衆は、ただ身を切るような寒い木枯らしの中に、立っているのがやっとであった。

「どうしたっ！　まもなく山多田大三先生がお姿をお現わしになられるというのに、幸せそうな笑顔も出てこないとは、おまえらは不適国民かっ！」

衛兵が小銃を構え、そこらの国民の足元に、銃弾をばらまきはじめる。

ダダダダダダッ
ひええっ、とあとじさる数十名の国民。

しかし大きな悲鳴は上がらない。十二万人の〈バンザイ国民〉は、全国から今日の中央委員会の特別会議のために駆り集められ、ほとんどが徒歩で新潟へ連れてこられ、ろくに食料も防寒着も与えられず寒風吹きすさぶ大議事堂の前庭広場に集合させられて、五時間も待機させられたのだ。誰もが体力も神経も、消耗し切っていた。

ダダダダダダダッ
ひ、ひいいい、と力ない悲鳴を上げる国民たち。

「ようし！　では総員で声を合わせる！『ああ、幸せだなあっ！』、はいっ」

しーん……

「こらっ、おまえたちはそれでも栄誉ある世界一優秀な東日本国民かっ！　声の出ない者は不適国民だから銃殺する！　心して声を合わせよ！『ああ、幸せだなあっ！』」

ずんずんずん

山多田大三は巨大らせん階段を昇って行く。

すでに、大議事堂前庭広場に詰めかけた大群衆が立てる熱気が伝わってくるようだ。

（うむ）

大三は思った。

（俺の権力は、盤石《ばんじゃく》だ。あのとき革命に加わってよかった。俺は正しい選択をしたのだ）

山多田大三は、東日本分裂紛争が勃発する以前、東北のある地方都市で公立高校の教師をしていた。絶対平等政権の親玉であることから、大三は社会科教師であったのだろうとする俗説が多いが、実は彼は英語教師だった。高校生にリーダーを教えていたのである。学校はその地方ではいっぱしの進学校で、優秀な生徒が入ってきていたのだが、大三が世の中を斜に構えて見て『どうせ――』とか『努力したってせいぜい――』とかしか言わないので担任したクラスの生徒たちにもその気分が伝染し、彼の受け持ったクラスは必ず他のクラスと比較して平均点が十点下がるという〈大三現象〉を引き起こしていた。

旧ソ連の革命支援がひそかに東北地方に浸透しはじめたとき、ひょっとしてこれは、チャンスなのではないかと大三は思った。大ぼら吹きと偉そうな態度には、自信があった。大三はすぐに、教師の組合の地区委員長をあらぬスキャンダルをでっちあげて引きずり下ろし、赤い旗を振りながら反乱軍の先頭に立った。しかし弾がとんでくるとすぐ他の者を盾にすることを忘れなかった。だから最後まで生き残り、反乱軍の首長になってしまった。

〈ネオ・ソビエトが世界を征服すれば、アジアとオーストラリアは俺のものだという――ふん、宿無しのソビエト人どもが、せいぜいほざくがいいさ。今はおとなしく協力してやるが、いずれ星間文明の超テクノロジーを手に入れたら、おまえたちネオ・ソビエトに用はない。この世界は全部俺のものだ！〉

世界を征服したら世界中の都市で毎週ミスコンをやり、一位になった娘を毎晩日替わりで味わう、というのが大三の今のいちばんの夢である。ちゃんと昔、東京で受けた〈自己啓発セミナー〉で習った通り、やりたいことを紙に書いて、委員長執務室の壁に貼《は》って毎日眺めている大三なのであった。

びゅううううう――

山多田大三はついにモスクの頂上、大議事堂最上階大望楼へ姿を現わした。

うぉぉぉぉぉぉぉ
大群衆のうなるような声が、目の届く限り広がる夜の大議事堂前庭にこだました。

バンザーイ!

バンザーイ!

やまただせんせい、バンザーイ!

広場を埋めつくす大群衆が、モスクからのサーチライトに照らされて、その頂上に立つマント姿の大三に歓呼の声を送る。

「お聞きくださいい山多田先生! この国民の熱狂を! この国民の感動を! 国民はみな、山多田先生の愛と勇気にあふれるご決断に感動し、新たな建国の決意に燃えて、ここへ結集しておるのですぞ!」

加藤田要が、感動に打ち震える声で広場の叫びに負けんと大三へ進言した。

「さあ、手をお振りくださいい山多田先生! わが国民に、新たな輝かしい前進の道をお示しください!」

うむ、とうなずくと、大三は望楼の突端に一歩踏み出し、手を振った。

うぉぉぉぉぉぉぉ!

バンザーイ!

やまただせんせいバンザーイ！

一方、広大な前庭広場では、数十名の衛兵が自動小銃を手に走り回り、すこしでもバンザイに気合いのこもらない国民を見つけると、即座に銃殺していた。

ダダダダダッ！

「ぎゃあああ〜っ」

それを目にした国民は、殺されるより声がかれたほうがはるかに増しだと、よりいっそう気も狂わんばかりに両手を突き上げ、バンザイし続けるのだった。

うむ、うむとうなずきながらゆっくりと手を振る大三。

その背を見ながら、財務大臣は『いま蹴飛《けと》ばしたらおちて死ぬかな』と考えていた。

（いや、まずい。大三を葬っても背後についているネオ・ソビエトのやからをこの国からたたき出さなければ、真の平和は訪れないだろう。それに……）

財務大臣は、自動小銃を構えて油断なく閣僚たちを見張っているミニスカート姿の女性警護官たちをちらりと見やった。ミニスカートとブーツのあいだの素足の太腿《ふともも》に鳥肌が立っているのが見えた。

（俺もまだ、死ぬわけにはいかない）

バンザーイ！

バンザーイ！

やまたださんせいバンザーイ！

財務大臣は、隣にさりげなく立った海軍大臣に、前を見たままぼそりと言った。

「――水無月の長女……西夜《さや》だったかな。君のところで預かっていたな」

海軍大臣も前を見たまま、つぶやくように、

「――海軍で行儀見習いをさせたいとの意向で……上級研修生として練習航海に出しております」

諸外国をよく見ている海軍大臣も、現一郎に同調していた反山多田派であった。しかし大三へ反旗をひるがえすのも、水無月現一郎を失ったことで当分先へ延びるだろう。

「巡洋艦に乗せているのです。団体生活は、ためになりますから」

「ほう。可愛い子には何よりも旅だ。良いことだよ」

「は」

うわぁぁぁぁぁ！

歓声が、さらに高まった。

広場の後方から、西日本で言えば小学生に当たる年齢の子どもたちが数千人、そろ

いのひらひらしたコスチュームで隊列を組んで入場してくると、競技場よりも広大な議事堂前庭の真ん中でにこにこ笑いながらマスゲームを始めた。

うわぁぁぁぁ！

バンザーイ！

バンザーイ！

身を切るような寒風なのに、手足丸出しの児童たちは思いっきりの笑顔でにこにこ笑っていた。さすがに子どもたちは笑顔に気合いがこもらなくて銃殺になることはないが、幸せそうに笑っていなかった子には、共同宿舎に帰ってからむち打ち百たたきが待っていた。

大輪のような色とりどりの花が広場に開いていく。

「なあ君」

財務大臣はマスゲームに見ほれているふりでつぶやいた。

「は」

海軍大臣も、これは見事、と拍手しながら答える。

「巡洋艦と言うのは、外国にも寄港するのかね？」

「普通、そうであります」

「そうか。それはいい。台湾あたりがいいな」

「は。そうですな。暖かいところは、なによりです」

うわぁぁぁぁぁ！

やまただせんせいバンザーイ！

バンザーイ！

きょうわこくバンザーイ！

びょうどうバンザーイ！

山多田大三は、血の出るような練習の成果であるものすごいマスゲームを満足げに見下ろしながら、

「加藤田第一書記」

「は」

「例の〈捕獲作戦〉はどうなっている？」

「は。すでに三時間前、落下海域に差し向けた巡洋艦から、『目標物発見』の報が入っております。まもなく捕獲完了するものと」

「うむ」

「すぐに軍の秘密研究所へ曳航《えいこう》し、ネオ・ソビエトの研究チームの手を借りて、世界解放のための超兵器の製作にかからせましょう」

「うむ！」

大三はうなずく。

閣僚たちには背を向けて見せないが、不敵に笑っている。まるでいかさまに成功したばくち打ちの気分であった。実は宇宙から強制的にたたき落とした〈黒い球体〉のことは、大三にごく近い腹心をのぞいて、閣僚たちさえ知らなかった。巡洋艦〈明るい農村〉が訓練航海の途中で緊急命令を受け、父島海域に向かわされたことすら、誰も知らなかった。

海軍大臣はまだその巡洋艦が平穏な訓練航海を続けているものと思っていた。だから財務大臣に答えたのである。理由を作って台湾あたりに寄港させ、水無月現一郎の娘・西夜をなんとか亡命させてやろうと考えていた。

「陸軍大臣、海軍大臣、空軍大臣」

だみ声で大三は三軍の最高指揮官をそばに呼んだ。

「は」

「は」

「は」

大三は、マスゲームのクライマックスで人間ピラミッドを作っている数千人の子どもたちを見たままで、

「わが国は間もなく、世界最強の〈力〉を手に入れる！」

「は」

「は」

は？　と海軍大臣は聞き返したくなった。

（何を言い出すのだこのおっさん――旧ソ連おさがりの貧乏軍隊が、世界最強？）

ばさっ

大三はマントをひるがえして、

「諸君！」居並ぶ閣僚、高級将校を睨み渡し、演説し始めた。

（演説などとは最近珍しい……なんかいいことあったのかこのおっさん――）海軍大臣は直立不動の姿勢を保ちながら、心の中で大三の態度をいぶかった。

きをつけした全閣僚、高級将校を前に、大三はだみ声で高らかに宣言した。

「全軍に号令せよ。世界を解放する戦いが始まる。我らにはすべてを超越した〈力〉が味方するだろう！　いざ進め！　手始めは西日本だ。わしの立てておいた極秘プランに従って、これからおまえたちはその輝かしい戦いの準備に入るのだ」

海軍大臣は眉をひそめた。

（また軍の指揮系統を無視して兵隊を動かす気か……西日本の国会を襲った事件で、こりたんじゃなかったのか）

三軍の司令部がちゃんと機能していれば、いくら国際常識のない東日本共和国軍だって、隣国の国会を襲って議員を皆殺しにするような作戦を実行に移すはずがない。五年前の〈東日本ゲリラ国会襲撃事件〉は、実は大三が独断で特殊部隊と陸軍戦車隊を動かした結果だったのである。

（今度は何が始まるんだ――？）

海軍大臣は、もう海軍大臣をしているのが嫌になってきた。

銚子沖洋上

ゴオオオオ！

原田大尉のＦ15Ｊは、音速のぎりぎり手前の５５０ノットで銚子の岬を背にし、太平洋上を北東へ向かった。高いところに絹雲がうっすらとあるだけで、月明かりが凪《な》いだ海面を照らす。３００００フィートの高空から見下ろすと、海は鈍く輝く鏡のようだ。

（目標に会合する前に、もう少し高度を上げておきたいな――）

原田大尉はヘルメットに酸素マスクをつけた頭の中で考えていた。このへんには２９０００フィートと３１０００フィートに民間機の航空路がある。成田に発着する旅客機が飛びかうエリアを抜けるまでは、現在の高度を維持しなくてはならなかった。

(――バジャー四機は28000フィートで来るって? ――やつらニアミスしたいのか)

28000フィートにも、成田へ到着する旅客機のための航空路が設定されている。夕刻は到着機のラッシュで、北から28000で銚子沖を横切るのは、トラックがびゅんびゅん走る夕方の東名高速を無理やり横に渡ろうとするのに等しい行為であった。

『フランケット・トスよりデルタ1。目標は十一時方向。距離15マイル』

ヘルメットのイヤフォンに、〈パセリちゃん〉――葉月佳枝中尉の声が入る。

原田は、空に突き出したように感じるF15Jの視界のよいコクピットで、機首のやや左方向の空間へ目を凝らした。もうすぐ見えるはずだ。

原田次郎大尉は、航空学生出身のパイロットだった。三十六歳。まだ結婚していないのは野性味にあふれるかっこいい男なので女に不自由していないのと、自分の人生に今いち安定感が持てないせいであった。

空軍には、高卒でもパイロットになれる道がある。航空学生といって、毎年高校三年生を対象に募集試験を行って、八十名程度を採用している。大学を出ていなくても、優秀な少年を若いうちに鍛えて優れたパイロットにしようという、昔で言えば士官学校に対する予科練のような存在である。

四国の山奥で、瀬戸物を焼いている家の次男だった原田は、なかば田舎から抜け出す手段として空軍を受けた。「大学へ行かせてくれ」とは、高校を出てすぐに焼き物小屋を継いだ兄に悪くて言えなかった。空軍の航空学生は飛行機好きの少年たちがたくさん受験したが、戦闘機パイロットへの道は険しく、途中で脱落すると高卒の資格で一般隊員として働かねばならなくなるのでリスクが大きかった。将来の選択をする少年たちにとって、それはかなりの賭《か》けであった。三十倍の難関を突破しても、大学に受かった者は航空学生を蹴って大学へ行ってしまうことも多かった。原田には選択の余地はなかった。大学へ行ってからもう一度飛行幹部候補生や民間のエアラインのパイロット訓練生を受けることができる恵まれた少年たちとは彼は違っていた。試験も必死で受けた。そして、昇進しても防衛大や一般大学出身のパイロットを絶対に抜けないことを承知の上で、十九歳で航空学生として入隊したのである。

「タリホー（目標発見）！」

原田は酸素マスクの中のマイクに短く叫んだ。

機首の十一時方向、青黒い水平線よりやや下、ごく小さな、畳みかけた製図用コンパスのような鋭角のシルエットが四つ。きちんと編隊を組んで南へ一直線に向かっている。

『タリホー！』

彼の機の左斜め後方につき従うウイングマンの鈴木少尉も、目標を目視でとらえたことを告げた。〈パセリちゃん〉の目標への誘導は、どうにか正確だったようだ。空中管制機に誘導されて敵機へ向かう場合は、こちらの接近をさとられぬように、戦闘機の索敵レーダーは一切使わない。Ｆ15Ｊは本格的なステルス機ではないにしても敵のレーダーには映りにくいはずだから、東日本のバジャーのパイロットは、いきなり鼻先へ現われた二機のイーグルに度胆《どぎも》を抜かれるはずだ。

『デルタ1、バジャーはこちらの警告を無視して南進中。南へ行かせるな。追い散らせ。警告射撃まで許可する』

「了解！」

原田は強い横風を考慮に入れながら、四機の鈍い銀色のバジャーに斜め上方から会合するように機首を少し左へ向けた。

「フォーメーション・アルファ」

酸素マスクのマイクに短く告げると、警戒のために間隔を空けていた鈴木少尉の二番機が再び５００フィート（１５０メートル）まで近づいてきて、原田のＦ15Ｊにきれいに追随しながら飛び始めた。

（よし行くぞ）

原田はバジャーの編隊へ5マイルまで近づくと、頭上に民間機がいないのを確かめて操縦桿を引き、いったん急角度で上昇した。左手のスロットルレバーはそのまま。彼のイーグルは550ノットの速度エネルギーを高度の位置エネルギーに変えて上昇する。400ノットで飛ぶ低速のバジャーにうまく並ぶには速度を持ちすぎていた。彼は減速と同時に周囲の確認をやるつもりだった。宙返りの要領でバジャーの編隊の頭上5000フィートまで駆け上って背面の状態で編隊の位置を確かめ、かつ周囲にミグ戦闘機が潜んでいないか見渡して確認する。同時にキャノピーのてっぺんについたバックミラーも見る。鈴木少尉のF15もしっかりとついてきている。そのまま編隊を背中から襲うように降下する。

（もしやつらが接近する俺に気づいていたとしても、いったん上昇した時点で見失ってしまったはずだ。そしてどこかへ見失ったイーグルがいきなり頭上から真横へ降ってきたら、肝をつぶすだろう）

原田はマスクの中でかすかに笑った。水平飛行しか習ったことのない大型機のパイロットを戦闘機の三次元機動であざむくのはわけもないことだった。彼はイーグルの操縦には自信を持っていた。空軍のイーグル・ドライバーの中でも十指に数えられる腕前だろう。

航空学生の八十名の同期生のうち、現在F15の操縦桿を握っているのは彼をふくめて七名だけだ。原田は賭けに勝った。彼は栄えあるイーグルのパイロットだった。しかし三十六歳で、まだ大尉だった。パイロットとしての腕前と組織の中での昇進とは、まったく別のものだという現実を知らなければならなかった。

ザアアアアッ

胴体上面のエアブレーキを立てて、バジャーと速度を合わせながら獲物を頭上から襲う鷲《わし》のように原田のイーグルは降下して行く。ヘッドアップ・ディスプレーの中で、銀色の四機はぴくりとも動かない。相対位置がぴたりと合っているのだ。このジェット気流の中で大した腕前の操縦だ。

(バルカン砲をセレクト――レーダーは必要ない)

原田は左手の親指で、スロットルレバーの脇についた兵装選択スイッチをカリッと手前に引いた。ヘッドアップ・ディスプレーが機関砲モードにセットされ、自分の機首の方向を示すW型の表示の上に+の印が現われた。これでトリガーを絞ればいつでも弾が出る。

(――ったく、腕前があっても俺は飛行隊長になれないし、宇宙飛行士にもなれない。やっぱり民間へ行こうかなあ……)

原田は、最近つまらなかった。自分より若い防衛大出のパイロットがどんどん階級で追い越して行く。自分よりも何年も後からイーグルへ移ってきた新米が、大学で宇宙物理をやっていたからと、すぐに宇宙飛行士に選抜されて衛星高度戦闘機へ転換してしまう。今、自分が二番機で引き連れている鈴木少尉も防衛大出だから、歳は十歳若いけれどいずれ自分の上官になるだろう。腕前では誰にも負けないつもりなのに。面白くない。

（面白くない。俺も四十になればもうイーグルには乗れない。地上でデスクワークをしたって定年までに中佐になれればいいほうだ。やっぱり戦闘機を降りたら民間へ行こうか——）

同じ航空学生出身の先輩が、去年民間エアラインの西日本帝国航空へ就職して、「747もいいぞ。おまえも来いよ」としきりに誘ってくれていた。

ザアアアッ

イーグルはみるみる降下する。

ヘッドアップ・ディスプレーの中で、照準レティクルの重なったバジャーの背中が急速に大きくなってくる。

（真横へいきなり出てやろう。後方は危険だ。バジャーには後部銃座があるからな——）

至近距離でTU16の尾部に装備された23ミリ機関砲を食らいたくはない。

原田は、四機編隊のいちばん右翼の一機のさらに右横50フィート（15メートル）へ舞い降りるようにイーグルの操縦桿を操った。二番機の鈴木少尉は、彼の左後方やや上に位置してこちらの援護にまわる。

よし、原田はうなずいて、国際緊急周波数の243メガヘルツに無線をセットし、下方のバジャーに呼びかけ始めた。

「2800フィートで南下中の東日本空軍機。こちらは西日本帝国空軍要撃機。そちらの編隊は西日本の民間航空路を横切ろうとしている。ただちに針路を北に向けて帰れ。繰り返す、ただちに針路を北に向けて帰れ！　どうぞ」

どうせ簡単に言うことを聞きゃしないんだろうな、と思いながら原田はイーグルの機体をバジャー編隊の右翼機に並べ、エアブレーキをたたんで降下を停めた。

ぴたり。原田のイーグルは警告とともに突然頭上から現われて、バジャーの編隊の真横にぴたりとくっついて空中で停った。

（どんな連中だ？）

原田機のコクピットから、右翼機の旧式な視界の悪そうな操縦席が見える。畳みかけた製図用コンパスのような、後退角の大きな主翼とその付け根に内蔵された双発のジェットエンジン。旧ソ連時代のツポレフ設計事務所がこしらえた、金属製の昆虫のような独特のシルエットだ。

（ふん、うろたえてるな）

その狭い操縦席の中で、いくつかの頭が動いていた。昼間なら相手機のパイロットの顔が見える近さだ。バジャーの右翼機の乗員が、こちらを指さしてうろたえているのが手に取るようにわかった。

「繰り返す。ただちに180度ターンして北へ帰れ。そちらが従わない場合は、攻撃を許可されている。繰り返す――」

原田は警告を繰り返しながら、前方を見やってウッとうなった。

銚子沖28000フィート。成田へ到着する旅客機の航空路に接近している。

（冗談じゃねえ。口実でなく、とりあえずこいつらを東か北へ向けないと、とんでもないことになる！）

原田の目にも、左の太平洋上から右の銚子上空へ向かって、白い飛行機雲を曳《ひ》きながら飛んでくる十数機のジェット旅客機が見え始めていた。成田へ向かう無数の旅客機は、わずか5マイルの最小管制間隔をとって列をなして進入してくる。このままバジャーが南下すれば『東名高速を走って横断する』という表現は、誇張でもなんでもなくなる。

「こらおまえらっ、目の前が見えてるのかっ！」

原田はマイクに怒鳴った。

その頃、原田機の機首に装備された外部監視カメラからの映像が、銚子沖を旋回するE3Aセントリーの要撃管制席に届いていた。

「このバジャー、何を積んでるんだ？」

データ解析係の少尉が、思わず声を上げた。

「左右の主翼下に一基ずつ、小型無人機のようなものを吊り下げている。かなり大きい——全長は6メートル近い。これは……」

その声に、思わず横からディスプレーをのぞいた葉月佳枝が叫ぶ。

「それ、〈スクラッパー〉よ！　旧ソ連の初期型対艦ミサイルだわ、旧式だけど。バジャーは偵察任務じゃない。このことをすぐに六本木へ知らせて！」

「はっ」

データ解析係の少尉は、国防総合指令室へ直通のデジタル通信回線へ、猛烈な勢いでメッセージを打ちこみ始めた。

佳枝はレーダー画面に視線を戻しながら、このE3Aに乗り組む要撃管制官で、自分より経験の長い者が一人もいなくなってしまった事実に歯がみしていた。管制指揮官の中佐は、猛烈な食あたりで意識不明のままだ。衛生兵の経験がある機上整備士の下士官が、さっきから中佐を横に寝せて点滴を打っている。当分使いものにならないだろう。

どっどっどっどっどっ

さらにその頃、銚子へ向かう航空路の真下、銚子の岬からほんの50マイル（90キロ）ばかり沖合の海上に、電気ランプをいっぱい点けた一隻のイカ釣り漁船が波にもまれて漂っていた。

一応、西日本海軍の艦艇に見つかったときのために操業しているように見せかけているその漁船は、実際はイカなど獲ってはいなかった。300トンに満たない小さな漁船の船倉には、旧ソ連で三十年前には最新鋭だった電波傍受設備が詰めこまれ、イカ臭い中で漁師姿の情報部員たちが西日本の発するあらゆる電波に耳を澄ましているのだった。

どっどっどっどっ

くたびれたディーゼルエンジンが、黒潮海流の中で船の位置を一定に保とうとまわり続けている。

『作戦を開始せよ。作戦を開始せよ。世界を平等に。以上』

本国新潟からの秘密指令が暗号で届いた。

指令を書き取った漁師姿の男は、メモをしたわら半紙（東日本ではまだ一般にザラ紙を使っている。ちなみにトイレは新聞紙が当たり前である）を引きちぎって、そばに立つ飛行服姿の男に手渡した。

「山多田先生が、ついにご決断されたらしい。かねてからの作戦を実行だ」

飛行服の男は、うなずいた。

「よし、船員どもに出撃の準備をさせよう」

どっどどっどっどっどっどっ
油で汚れきった木製の甲板には、イカ臭い匂《にお》いとディーゼルエンジンのオイルの匂いが潮風に混じって漂っていた。飛行服の男は、一般国民の漁船船員には贅沢《ぜいたく》でとても買えない革の飛行ブーツを履いて甲板へ上がってきた。下の船倉にいた情報将校と、飛行服の彼だけが平等党役員だ。将校の階級と、個人としての名前を持っていた。その他の船員たちは一般の〈番号国民〉なので、個人の名前はなく各自の〈国民番号〉が名前の代わりだった。『名前をつけてしまうと個性が出て平等でなくなる』というのが、『山多田大三先生のお決めになったありがたい国家方針』であった。『かっこいい名前の人間は得をして、かっこわるい名前の人間は損をするから差別が生じる』という。

「船員ども！　出撃の用意をせよ！」

飛行服の男は、甲板に立つと両手を腰にあてて偉そうに命令した。彼は海軍の大尉であった。生まれたときから平等党役員の家で偉そうに育ってきたため、一般国民にはこうして命令するものだと思っていた。ちなみに一般国民は東日本軍の兵士にはなるが、絶対に将校にもパイロットにもなれない。

ばさばさばさ

イカ釣り漁船の甲板の中央、普通ならば釣り上げたイカを放りこんで溜《た》めておくくぼみの部分に、ぶ厚い防水布をかぶせた巨大な一匹の魚のようなシルエットの物体が載せられていた。今その防水布が、一般国民の船員たちの手によってはぎ取られていく。

ばさばさばさ

「遅いぞ、もっと手早くやれっ」

男は、自分は何もしないで、作業する漁船員たちを叱咤《しった》し続けた。

「いよいよかねてからの作戦を開始する」

四機編隊の先頭を飛ぶバジャーのコクピットで、機長であり編隊長である少佐が言った。

「恐れることはない、山多田先生がお立てになった作戦だ。絶対にうまく行く！」

少佐は、くたびれた旧式ジェット爆撃機の前部コクピットへ集まった乗員たちを見まわして叱咤激励した。28000フィートは、仮に機内を与圧しないと、酸素マスクを着けなければ一分三十秒で意識を失ってしまう高度である。古いバジャーの与圧システムは調子が悪く、機内の気圧は地上の半分までにしか上げられなかった。バジャーの乗員は、自分の席に着いているときには酸素マスクを着けなくてはならなかった。その上機内はものすごく寒かった。

「編隊長、西日本のF15です！」

副操縦士が、右翼機のさらに右横に神業のように出現した双尾翼の戦闘機のシルエットを見つけて叫んだ。

「イ、イーグルだと？」

「どこから現われた？」

コクピットにいあわせた乗員の全員が、どうしようもうだめだ、という表情で顔を見あわせた。指揮官の少佐をのぞき、乗員は若い者ばかりだった。それも小さい頃から平等党役員の息子として過保護でちやほやされて育ち、女の子や仲間への見栄から空軍の飛行機乗りになって見せたようなやつらばかりだったので、『死んでも任務を達成しよう』などとは誰も思っていなかった。世界最強のイーグルに比べれば、このバジャーなど犬鷲の前のニワトリにすぎなかった。

「ええいがたがたするなっ！」

少佐は怒鳴りつけた。

「山多田先生じきじきのご命令を遂行できなかった者は、銃殺だぞ！　おまえらそのくらい覚悟のうえで空軍に入ったんだろう！　さっさと全員配置に就けっ！」

「は」

「はっ」

「はっ」

若い乗員たちは、蒼《あお》ざめながらあきらめたように、狭い機内を各自の持ち場に散って行った。機関士、航空士、ミサイル爆撃手、通信士、後部銃座射撃手がそれぞれの位置に就く。

キイイイイン

二機のF15を横にひっつけたまま、旧式バジャーの四機編隊は太平洋――成田間の民間航空路目がけて突進して行く。

「少佐、西日本のイーグルが、さかんに『針路を変えろ』と言っています！」

通信士が耳のレシーバーを押さえながら叫んだ。

「無視しろ！」

少佐は怒鳴った。

「エンジン全開だ。フルスピードで突っこむぞ」

「これ以上は無理です！」

副操縦士が悲鳴を上げた。

「両翼の対艦ミサイルが重すぎます！」

「こいつら何考えてやがる！」

原田大尉は怒鳴った。

「フランケット・トス。こちらデルタ1。目標は民間航空路へ突っこんで行く。このままでは旅客機と衝突の危険がある。撃墜したい」

『デルタ1、フランケット・トス了解。目標を撃墜せよ。兵器使用自由。繰り返す、兵器使用自由』

「了解！」

原田は操縦桿を右に滑らかに倒し、60度バンクでバジャーの編隊からブレークした。鈴木少尉の二番機が続く。２Gがかかって腕の重さが倍になったが、この程度はプロの戦闘機乗りにとって荷重のうちにも入らない。

（時間がない！）

原田はマスクの中で舌うちした。

（航空路まで15マイルないぞ！）

前方、月明かりの下、白い飛行機雲を曳きながらちょうど三機の旅客機が一列になって横切っていく。747-400、MD11、それにエアバスA340だ。

本当は、エアブレーキでまっすぐに後退してすぐに撃ちたいのだが、バジャーの真後ろには、敵の後部銃座がじゃまで入れない。それに後ろから撃つと、前方を横切る民間機に流れ弾が当たらないとも限らない。

(上からやるしかないか！)

間に合うか？

しかしやつらは航空路へ突っこんで行って何をするつもりだ？

主翼の下の対艦ミサイルは、何のために持っているんだ？

そして今回のこの非常事態……いったい何が起きているんだ？

キイイイン！

それだけのことに頭をめぐらせながら、ベテランの原田大尉は大きく斜め宙返りのように上昇旋回をして、背面に近い形で四機のバジャーの後ろ上方へまわりこんで行った。

六本木国防総省　総合指令室

「F15が攻撃に入ります！」

空軍要撃担当オペレーターの声が、総合指令室に響きわたった。

「ううむ」

峰はうなって、総司令官席から前面の戦術状況表示スクリーンを見やった。銚子沖の空域がピンク色になった。戦闘空域として指定されたのだ。

「西東京航空管制センターへは連絡できたか？」

「民間機の管制センターへは警報を入れましたが――」

総合指令室の先任当直将校、羽生中佐が振り向いて言った。峰との葛藤《かっとう》を顔に出している暇はなかった。何度もなめたのだろう、口紅がすっかりはげてしまっている。

「――民間機の退避は間に合いませんでした。戦闘空域へ旅客機三機が進入していま す！」

「むう」

峰はうなった。巻き添えを食わなければよいが。

それにしてもこのバジャーの行動は解せない。峰は隣席の吉沢少将を振り返った。

「吉沢さん、バジャーは対艦ミサイルを抱いておるそうだな」

「うん」

吉沢はうなずく。

「峰さん、やつは父島空域へ飛んで、わが方の艦船をたたくつもりなのだ」

「しかし無謀じゃないか。護衛の戦闘機もなしで、年代物のバジャー四機だけで南下してくるとは。父島まで行きつけると思っているのか」

峰はバジャーの目茶苦茶な行動が理解できないでいた。

「旧ソ連は――」

峰は思い出すように言う。

「大昔の旧ソ連は、山多田大三を完全に信用しておらず、お下がりで供与したミグ21戦闘機に空中給油装備をつけてやらなかった。もちろん給油機もだ。日本海を渡って、逆に攻めて来られたら困ると思っていたのだ。だから東日本に、父島まで無給油で往復できる戦闘機はない。あのバジャーとターボプロップの大型爆撃機ベアを除いて、父島へ向かえる航空機はないのだ。やつらに制空権を取るのは不可能だ」

「なのに護衛もなしの丸腰に近い状態で、あえてやつらはやって来た。それも低空を這ってくるのならまだしも、あんな見つかりやすい高度で」

「そうだ」

峰はうなずいた。

「何か勝算でもあると言うのか？」

「峰さん、気をつけたほうがいい。あの山多田大三がしかけてくることだ。何か裏がきっとある」

峰はううむとうなって、戦術状況表示スクリーンに見入った。

パッ
銚子沖の戦闘空域が一部拡大投影された。

「E3Aからのレーダー映像を元にした状況表示です。かなり精確です」

オペレーターの声に、峰はうむとうなずく。

（あのE3Aセントリーが銚子沖上空に頑張っているかぎり、高空を飛ぼうが低空を這おうが銚子沖を突破して南下するのは不可能だぞ——何を考えている大三？）

将棋盤にたとえれば、駒《こま》の張り方は水も漏らさぬ申し分ないものだった。

いや、申し分ないはずだった。通常の常識に従えば。

（F15が後ろについたな——）

間もなく四機のバジャーはおしまいだろう。大三の命令で、特攻じみた戦いをやらされた東日本将兵がふびんであった。

「それにしても——」

峰はつぶやいた。

ん？　と吉沢が顔を向ける。

「いや、気になることがいくつかあってな。新谷少将のことと――」

「巡洋艦に降りていたなら、命は大丈夫でしょう」

「ううむ、どうも嫌な予感がするのだよ。それに……」

「それに？」

「あの黒い球体は父島海域に落ちたとしても、球体を曳航していた銀色の〈針〉のような星間文明の船――あれはどうしたんだろうね？」

そういえば、と吉沢が言おうとしたとき、

「F15、射撃できず！　射撃できず！」

要撃担当オペレーターが、金切り声を上げた。

「何だ！」

「どうしたっ！」

二人の将官は、身を乗り出して前面スクリーンを見た。

8. 銚子沖空中戦

＊父島海域に落下した、星間文明の黒い球体。それに何が封じこめられていたのかも知らず、西日本帝国と東日本共和国は奪い合いの緊張状態へ突入した。

銚子沖を戦闘機の護衛もつけずに強行突破し南へ向かおうとする四機のバジャー爆撃機。彼らは何をするつもりなのか？

そして、幽霊巡洋艦の艦内に閉じこめられた望月ひとみの運命は？

銚子沖洋上　高度二万八千フィート

「もう一杯コーヒーを頼んでくれ。眠気が取れん」

広くて視界のよいＭＤ11旅客機のコクピットで、左席に座った機長が言う。

「シスコからもう十時間だからな」

「人使い荒いですからねえ、うちの会社」

右席で若い副操縦士がうなずく。その向こうに月明かりに照らされた海岸線が見え始めている。鹿島灘《かしまなだ》の海岸線――そこは隣国の東日本共和国、仮想敵の土地だ。

前方に目を転じると、水平線の手前に銚子の岬がシルエットになって浮かぶ。まもなく成田への降下に入るポイントだ。


ゴオオオオ――

月の昇った太平洋の上、高度28000フィートの航空路を、サンフランシスコ発成田行きの西日本帝国航空003便ＭＤ11が飛ぶ。月夜に白い飛行機雲を曳き、マッハ０・８６の巡航スピードで銚子ＶＯＲ（無線標識）へと向かっている。

マクダネル・ダグラスＤＣ10の胴体を延長して主翼端にウイングレットを付け、エンジンを電子制御のＰＷ４０００に換装してコクピットを二名編成仕様のグラス・コクピットに改造したＭＤ11は、西日本帝国航空の長距離線用機材として７４７‐４００とともに太平洋線に就航していた。


「キャビンでは到着前の軽食をサービス中です」

前部ギャレーのキャビンクルーにコーヒーを注文した副操縦士が、インターフォンのハンドセットを置いた。

「よし、降下まえに着陸の打ち合わせをしておこう。成田のＡＴＩＳ（定時気象通報）をリクエストしてくれ」

「わかりました」

副操縦士は、二人のパイロットの中間のコンソールにあるデータ通信システムのキーボードに、成田の最新の気象情報をよこすように打ちこんだ。地上のデータ支援センターが、すぐに応答して数行のメッセージをプリンターに出してきた。

「成田は北西風、視程は十キロ以上、気圧補正は29・92か。滑走路《ランウエイ》は34《スリーフォー》だな」

「はい」

「銚子の手前のアリエス・ポイントからレーダー誘導《ベクター》に入って九十九里《くじゅうくり》を南下、コスモ・ポイントから滑走路34へのＩＬＳに乗る。いつものパターンだろう。ＦＭＳ

（フライトマネージメントシステム）に降下経路をインプットしておいてくれ」

　機長は成田空港のアプローチ・チャートを眺めながら指示をした。降下に必要なデータを、ＭＤ11の頭脳であるフライトマネージメントシステムと、自分の目の前の計器にセットする。サンフランシスコから交代なしで飛んできた二人のパイロットは、すでにくたくたにくたびれていた。シスコでの出発準備作業をふくめて、もう十二時間以上ぶっ通しで緊張を強いられている。シスコ線は二名編成機が交代なしで飛べる時間限度のぎりぎりに近く、精魂尽き果てた状態で最も緊張する着陸をこなさなければならないので、パイロットには評判が悪かった。

「コーヒー遅いな」

「軽食のサービスが立てこんでいるんでしょう」

　二人のパイロットは、自分たちの西日本帝国が隣の東日本と交戦寸前になっていることなど知りもしなかった。そして自分たちが戦闘空域に巻きこまれてしまったことも。


　グオオオオオ！

　原田大尉のＦ15Ｊは、斜め宙返りに近い機動をして、四機のバジャーに右後方の背中から襲いかかっていった。月明かりは十分に明るく、原田はバルカン砲の射撃にレーダーのアシストを必要としなかった。

「鈴木、左の二機をやれ」

酸素マスクの中のマイクに短く命じると、

『デルタ２了解』

原田機のやや後方、左斜め上の位置をキープしながらついてきているウイングマンの鈴木少尉が答えた。

（実戦はこれが最後になるかな――後ろの鈴木に階級で抜かれそうになったら、空軍はやめてしまおう……いや、やめるなら早いほうがいい）

原田大尉はヘッドアップ・ディスプレーの中で大きくなる銀灰色の旧式爆撃機の背中を見ながら考えていた。宇宙飛行士にも、次世代戦闘機F35ライトニングⅡの導入テストパイロットにもなれないのなら、自分がこれ以上空軍にいる意味はないような気がしていた。高卒で航空学生として空軍に入った原田には、このあたりが自分の人生を考える潮時であった。三十代も後半に入っていた。超音速戦闘機には、あと四年も乗れまい。

（最後まで戦闘機にしがみつくより、頭が軟らかいうちに大型旅客機の操縦を覚えたほうがいいかもしれない。去年、民間へ行った先輩みたいに――）

ヘッドアップ・ディスプレーの真ん中の、自分の機首方位を示すW型の表示の上にリファレンス・サークルの円が重なる。バジャーの右翼機への距離は、３マイルを切った。

（こいつをおとしたら、先輩が誘ってくれている西日本帝国航空へ行こうか——そうすればもっと楽で、いい暮らしが待っている）

バルカン砲の射撃パターンに入りながらもそんなことを考えていられるのは、原田の腕前が優秀で、思考に余裕があるからである。後ろについてきている鈴木少尉はＦ15Ｊに移ってまだ日が浅く、とてもそんな余裕はないだろう。

バジャーの後退角の大きい主翼がリファレンス・サークルからはみ出していく。シュート・キューが表示される。射線に入った。すでに銚子から成田へ向かう民間航空路へ入りこみつつある。一瞬も猶予はできなかった。原田は四機編隊の右翼機めがけ、操縦桿《かん》にかけた右の人差し指をしぼった。ほんの一秒間。

ヴヴォッ！

Ｆ15Ｊの淡いブルーグレーの機首の下から、20ミリバルカン砲の弾丸が約百発、オレンジ色の光の筋をひいて一本の棒のようにバジャー右翼機の右翼の付け根に襲いかかる。

バシャッ！

あっけなかった。老朽化していたバジャーは、右翼の根本からたちまち分解し、銀色の破片の雲となってあたりに飛び散った。

四機編隊の左翼機も同様だった。鈴木少尉のバルカン砲の一連射を食らって左の翼端を吹き飛ばされ、くるりと腹を見せて頭から落ちていった。

（次！）

原田は落とした右翼機の３００メートル先、この四機編隊の隊長機に狙《ねら》いをつけていく。隊長機と二番機は、双発エンジンの推力を限界まで上げて、速度を上げながら右へ旋回する。

（逃げても無駄だ。民間航空路へ入りこむ前に落としてやる！）

が、遅かった。

「なっ」

次の瞬間、原田は度胆《どぎも》を抜かれ、思わず操縦桿を引いていた。

「何しやがるこいつ！」

着陸に備えて準備をしていたＭＤ11の二人のパイロットは、いきなり目の前に現われて直前を飛び始めた銀色のジェット爆撃機に仰天した。

「うわわっ！」

機長は反射的にスピードブレーキのレバーをフルに引いた。旧式のバジャーよりも

ＭＤ11の巡航速度のほうがはるかに速く、コクピットの窓の前方十メートルまで旧ソ連製爆撃機の後部銃座が迫ってきて、減速するのが一瞬遅ければ追突していただろう。

ぐわん

ＭＤ11の主翼上面で、合計十枚のフライト・スポイラーが油圧の力で一斉に起立した。

急減速。

体が浮き上がる。

「きゃーっ」

「うわーっ」

軽食サービスをしていた機内では、座席のテーブルに出されていた食事のトレイが一つ残らず浮いてひっくり返り、キャビンアテンダントがコーヒーポットを持ったまままだだだだだっと通路を機首方向へ転がっていった。

オートパイロットが自動的に働き、高度を落とさないように機首を上げた。

「なんだこいつはっ！」

機長は、目の前二十メートルを針路を合わせて立ちふさがるように飛ぶバジャーの尾部を睨《にら》んだ。それはバジャー編隊の隊長機だった。

『西日本の民間機。西日本の民間機。聞こえるか』

国際緊急周波数に常時合わせてある機長側の無線機から、声が響き始めた。

『西日本の民間機。われわれは、ただいまより貴様が我々の指揮下に入ったことを宣言する』

「なんだとっ？」

標識灯を点けていない、年季の入った銀灰色の爆撃機の尾部で後部銃座が動いた。三連装のＧｓｈ23Ｌ・23ミリ機関砲の三本の砲身が、ぬーっとこちらを向く。

「げっ」

副操縦士が悲鳴を上げる。視界のよいＭＤ11の窓からは、銃座に寝そべってこちらに狙いをつける射撃手のゴーグルまで見ることができた。

六本木国防総省　総合指令室

「Ｆ15、射撃できず！」

空軍要撃担当オペレーターの声に、峰は思わず身を乗り出した。

「どういうことだっ！」

「統幕議長、大変です。バジャーが成田行きの民間旅客機の進路に割りこみ、後部銃座の機関砲を向けて人質にしてしまいました！」

「なんだとっ」

峰はあまりのひどさに、総司令官席で自分の白い軍服のひざをこぶしで叩《たた》いた。

「敵国の民間機を人質に取って、ピケットラインを突破しようだなんて一国の空軍がやることかっ！」

「峰さん」

隣で見ていた陸軍参謀総長の吉沢少将が助言する。

「峰さん、相手は山多田大三だ。これくらいは序の口かもしれん。この先どんな汚い手を使ってくるかわからんぞ」

銚子沖洋上　東日本共和国イカ釣り漁船

「ようしっ、防水布を取り外したら発進準備にかかれっ」

すすけた油臭い木製の甲板の上で、飛行服姿の男は一般国民の漁船員たちに大声で命じた。

３００トンに満たない木製のイカ釣り漁船である。普段は船倉に詰めこんだ電波傍受設備で西日本の情報を収集しているスパイ船であった。もちろん漁船員の格好をした情報部員が船倉で受信機に耳を澄ましているあいだ、一般国民の船員たちが実際にイカを獲ることもあった。東日本共和国の食糧事情は悪く、スパイ船にまで漁獲量のノルマが課せられていた。

しかし今日は、釣り上げたイカを放りこんで溜《た》めておく甲板中央のくぼみには、青い防水布で厳重に包まれた巨大な一匹の魚みたいなシルエットの物体が鎮座していた。

ズルズルズル
防水布が漁船員の手ではぎ取られていく。新潟ほどではないにしても、十二月を目前にした銚子沖の海上は寒く、波しぶきがかかると手がかじかんだ。

ズルズル
物体を包んでいた青い布が取り去られると、そこには折り紙飛行機のように主翼を上に向けて折りたたんだ、青灰色のシシャモのようなジェット戦闘機の機体が現われた。

「主翼を展張して、固定するのだ。出発前に教えた通りにやれ！」

飛行服の男は、自分は何もしないで、積み上げた網や漁具の上に立って指図していた。

どっどっどっどっど

くたびれたディーゼルエンジンがまわり続け、船の位置を一定に保ちながら、甲板上の漁業用ライトに電力を供給している。それは遠くから見ると、いかにも一生懸命操業している本物のイカ釣り漁船のように見えた。

飛行服姿の男は、頭上を見上げる。このあたりの上空は、太平洋上から成田へと進入する民間旅客機の航空路になっている。

（いるぞいるぞ）

男はほくそえんだ。

おりしも、銚子沖で起こった空戦のために、成田へ帰着する便はホールドをかけられ、銚子のかなり手前で待機旋回を余儀なくされていた。

ゴォォォォォ――

耳を澄ますと、赤と緑の航行灯を両翼端に点けた数機の旅客機が、頭上を旋回している音が聞こえてくる。

（さすがは山多田先生のお考えになった作戦だ。今夜は西日本の贅沢《ぜいたく》主義者どもを蹴《け》散《ち》らしてくれるぞ）

男は燃えた。彼は平等党の役員で、東日本共和国では貴族に近い階級の人間だったが、今までに一度も海外旅行をしたことがない。ところが西日本では、今頭上を旋回している旅客機に乗って、そのへんの農民でも工員でも女子事務員でも（東日本には

ＯＬという言葉がない）、あまつさえ学生でも、気軽にグアムやハワイに出かけて遊んでいると聞く。山多田先生のお話では東日本共和国は世界一豊かで世界一偉い国なのに、その東日本共和国の平等党役員の自分ができないことを西日本の平民（彼は、西日本帝国の〈帝国〉は名ばかりで、階級などとっくに無くなっている事実を知らない）どもがいとも簡単に楽しんでいる。彼にはそれが許せなかった。だから今回の作戦を言いつかったときも、難しいのは承知で喜んで出てきたのだ。

「えいさ、えいさ」

一般国民の漁船員たちは、夜の黒潮海流の中でもまれ続ける小さな漁船の甲板で、Ｙａｋ38フォージャーＶＴＯＬ戦闘機の主翼組立て作業にてこずっていた。

「しょうこうさまあ、しょうこうさまあ」

漁船員の一人が、彼を呼んだ。

「何だっ」

「おら、どうしてもわかんねえだよ。このしるしはなんだべ」

主翼の接合面にペンキで記入された、『ここをここにくっつけろ』というロシア語の表記が読めないのである。無理もない、東日本の一般国民はロシア語はおろか、ひらがなとカタカナしか習っていないので漢字も読めないのだ。

「ええい貸せっ」

男はついに業を煮やし、自分でフォージャー戦闘機の主翼を組み立て始めた。

銚子沖洋上　高度三万フィート

「西日本帝国航空００３便、そちらに燃料はどのくらいありますか？　どうぞ」

銚子沖を旋回する、西日本空軍の早期警戒空中管制機Ｅ３Ａセントリーの要撃管制席で、長い髪を後ろにまとめた葉月佳枝中尉がバジャーに拿捕《だほ》されたＭＤ11旅客機に呼びかけていた。

「西日本帝国航空００３便、聞こえますか？　こちらは空軍空中管制機フランケット・トス」

『フランケット・トス、ジャパンインペリアル００３です』

よかった、佳枝は胸をなでおろす。

「ジャパンインペリアル００３、こちらからはレーダーのターゲットがくっついて一機にしか見えません。状況はどうですか？　燃料はありますか？」

佳枝はＥ３Ａ機内の薄暗い要撃管制席で、大型の戦術状況ディスプレーに表示される機影をメタルフレームの眼鏡ごしに見つめていた。ボーイング７０７旅客機を改造したＥ３Ａが背中に背負っている直径九メートルの円盤型パルス・ドップラーレーダーがとらえた生のレーダー映像に、６００の目標の中から２００機の敵機を識別できるという敵味方識別コンピューターが解析した高度、速度、加速度、未来予測位置、その航空機が使用しているレーダーの種類などのデータが重ねられて表示されている。しかしバジャーの編隊とＭＤ11があまりに接近して飛んでいるため、レーダーターゲットが重なり合って佳枝には一機の大型機にしか見えていなかった。

『こちらはジャパンインペリアル００３の機長。当機の直前方二十メートルにバジャー。それから右横にも一機くっついている。こちらに後部銃座の機関砲が向けられている』

西東京管制センターの民間用管制周波数を使って、ＭＤ11の機長は報告してきた。

『バジャーは「われに従って飛べ」と言ってきた。航空路をはずれて南へ向かわされている』

「南へ――」

佳枝は戦術状況ディスプレーを見る。一つに固まったレーダーターゲットが、銚子ＶＯＲへ向かう航空路からはずれて、真南へ向かって移動し始めた。

『こちらは乗客を３００名あまり乗せている。従うよりないだろう。しかし燃料は、巡航であと二時間ぶんしかない』

「了解しましたジャパンインペリアル００３。空軍のＦ15が５マイルおいて監視しています。国防総省はそちらを助け出す対策を検討中。ご安心ください」

マイクを切って、自分で言っておきながら「ご安心もないものだわ」とつぶやいて、佳枝はキーボードをたたいて旅客機の状況を六本木へ送った。

「ＭＤ11旅客機の燃料は、あと二時間――乗客は３００名――、ふう」

そこまで打って、額の汗を拭《ふ》いた。

メタルフレームの眼鏡もはずして拭く。もともとは飛行幹部候補生、つまり大学を卒業してパイロット訓練生として空軍へ入隊した彼女が、途中で要撃管制官に転進しなくてはならなくなったのは勉強のしすぎで目を悪くしたのもあったが（乱視が少しでも入ると10マイル先の敵機が視認できない）、一つのことに夢中になると他のことが目に入ってこなくなる傾向があったためである。

「ええと、落ちつけ、六本木へは報告したから、今のうちに待機中のイーグル六機に空中給油させて――給油させる順番は――ええと、原田大尉のＦ15はあと何十分飛べるのかしら……？　あ、そのまえに給油機と連絡しなくちゃ」

佳枝は頭が混乱してきた。

（また脚の出し忘れみたいなへまをするなよ佳枝。これは実戦なのよ！）

自分に言い聞かせながら、横田から上がってきたＫＣ10給油機にコンタクトして待機旋回中のＦ15Ｊの編隊へ誘導する。

「ミルクメーカー1、編隊会合ポイントへ誘導する。機首方位090、高度30000」

『ミルクメーカー1了解』

「デルタ3、デルタ4、給油機が来た。機首方位090へ。洋上へ出て給油せよ。デルタ5、6、7、8は現在位置で旋回して待機」

『了解』

『了解』

パイロットたちが次々に返答し、大型給油機と二機のF15が、戦術状況ディスプレーの中で指示通りの方位へ飛び始める。

「ふう」

彼女は汗を拭く。

「葉月中尉、コーヒーどうですか?」

隣の席で、原田機の機首カメラの映像やバジャー自体の発する電波をデータバンクと照合していたデータ解析士官の少尉が気を利かせた。

「ああ、ありがとう一杯ちょうだい。クリームとお砂糖入れてね」

「了解です」

少尉は立ち上がってギャレーへ行く。もとが旅客機だから、大型コンピューターを何台も積みこんだうえに乗員用の休憩室や台所をつけられるくらい、E3Aの機内は広い。

佳枝は再び戦術状況ディスプレーに向かう。

西日本帝国航空のMD11を拿捕したバジャー二機は、高度28000フィートを保ったままぐんぐん南下していく。原田大尉と鈴木少尉の二機のF15が随行していく。しかしF15はもうじき燃料が切れるから、他の機と交代させなければならない。

（パイロットコースを降ろされた出来の悪い自分が、こうして国防の最前線に立って戦闘機の編隊に指示をしているなんて……人生何があるかわかったもんじゃないわ）

佳枝は心の中でつぶやいていた。

彼女は操縦は下手ではなかった。しかし、T4中間ジェット練習機で離着陸訓練をしているとき、最終進入の操縦に夢中になって着陸脚を出し忘れたまま芦屋《あしや》基地の滑走路へ胴体着陸をやらかしてしまったのだ。それきり彼女は、パイロット訓練コースから降ろされてしまった。

（でもどうしても、飛行機に乗りたかったんだよな、あたしは――）

でもどうしても飛行機に乗りたかった佳枝は、E3Aセントリーの機上要撃管制士官に選抜されることに望みをかけて、要撃管制官コースを選択して空軍に残ったのだった。

佳枝はふと、訓練コースで同期だった望月ひとみはどうしているかしら、と思った。

（ひとみ、どうしてるかな………でも救難ヘリの機長なら、〈東〉と武力衝突になっても死ぬような危険はないわよね――）

大間違いであった。

父島南東百キロ洋上　平等３型巡洋艦
同時刻

ずだだだっ

「あ、あいたー……」

ひとみはボディースーツのヒップをさすりながら身を起こした。

軍艦の狭い急な階段を転がり落ちるのは二度目だが、要領を憶《おぼ》えるというようなことではない。やっぱり痛い。それでも骨折などしないのは、気が張りつめているからだ。

（ここは――？）

真っ暗な周囲を見まわすひまもなく、
ピルピル
ピルピルピルピル
頭上の天井から鳴き声が近づく。
「嫌だ、二匹で追ってくる！」
ズザザザッ
巨大な赤黒いナマコ口が天井の階段ハッチから姿を現わし、頭から急な階段を降りてくる。ろくろっ首のような複眼はだらりと垂れ下がって赤い光も無い。ひとみが拳《けん》銃《じゅう》で複眼を撃ち抜いたほうの化け物だ。
ズルズルズル
巨大なナメクジ芋虫は無数の偽足でわさわさわさわさわさ手すりにつかまっている。芋虫のような無数の偽足は、よく見ると一本一本が人間の赤ん坊の小さな柔らかい指のようだ。
わさわさわさわさ
（冗談じゃないわ！）
ひとみは痛む足を引きずって走り出す。
逃げなくては！

ブオオオ
化け物は見えないらしく、ひとみの気配をかぐように頭を左右に振りながら廊下をやってくる。

ピルピルピル
続いてもう一匹が階段を降りてくる。出口を守っていたやつだ。こちらは目が見える。

（どこか隠れる場所は？）

ひとみは立ち止まって見まわす。

（とにかくこいつらをやり過ごして、なんとかヘリコプター飛行甲板へ脱出しなくては！）

ひとみが立っているのは、この死んだように静かな巡洋艦のメインストリートにあたる、中央通廊の起点だった。狭い廊下が艦尾方向へ一直線に延びている。

（暗くて見えないわ）

艦の照明は非常灯もふくめてすべて切られており、この軍艦の腹の中は真の暗闇《くらやみ》だった。

ひとみはそれでも周囲の空間に目を凝らす。巡洋艦の中央通廊といっても幅は1メートルに満たない。天井は旧ソ連製だからさすがに高いけれど、大小のパイプ類がのたくっていて何かが潜んでいてもわかりそうにない。

（隠れる場所！）

両側に船室らしいドア。

「あった！」

ひとみは手近の船室のドアに取りつく。ノブを握り、まわす。

カチャ
「開いた！」

だっと駆けこみ、後ろ手にドアを閉じる。

バタン
「はぁ、はぁ」

小さな個室だった。窓もひとつだけある。士官室だろうか。ひとみは用心深く室内の気配を嗅《か》ぎ、何もいないとわかるとようやくドアに背中をもたれて肩で息をした。

「はあはあはあ――ったく、こういうのを〈極限状況〉って言うのかしらね……」

救難ヘリコプターの機長である自分が、まさか仮想敵国の巡洋艦の内部で、人食いの化け物と追いかけっこをやるはめになるとは、この艦に着艦するまで想像してもいなかった。

（この巡洋艦、ここで何をしていたのかしら――何かを釣り上げようとしていた飛行甲板のクレーンといい、右舷《うげん》を向いて発射態勢のまま停止していた対潜アスロックの砲塔といい……この巡洋艦で、何が起きたのかしら?)

ひとみは見まわす。

さっき化け物をピストルで撃ったときの白熱炎の影響から、ようやく目が慣れてくる。

(何の部屋だろう、ここ……?)

目の前に、外からの月明かりがさしこむ円形の窓。その下に机が一つ。

「外に出られるかしら――?」

ひとみは机の上に裸足で立つと、円形の舷窓から外を見た。

(出られるけど――すぐ海面だわ)

この船室は、巡洋艦の喫水からわずかに上に位置していて、窓から飛び出したが最後、甲板へは上がれない。

壁際にはベッドがあり、シーツが整えられてある。

ひとみは白いシーツをかけたベッドにへたりこんだ。

「ふう――」

本書は一九九四年九月、一九九五年一月に徳間書店より刊行された『レヴァイアサン戦記　帝都東京分裂』『レヴァイアサン戦記②　東日本共和国侵攻』を合本、改題し、大幅に加筆・修正した文庫オリジナルです。

天空の女王蜂《ホーネット》 F18発艦せよ

二〇一三年六月十五日　初版第一刷発行

著　者　夏見正隆
発行者　瓜谷綱延
発行所　株式会社　文芸社
〒一六〇－〇〇二二
東京都新宿区新宿一－一〇－一
電話　〇三－五三六九－三〇六〇（編集）
〇三－五三六九－二二九九（販売）

印刷所　図書印刷株式会社
装幀者　三村淳

ISBN978-4-286-13924-1